DAS GEHEIMNIS DER ORANGEN

ELLA WÜNSCHE

Bibliografische Information der Deutschen Nationalbibliothek: Die Deutsche Nationalbibliothek verzeichnet diese Publikation in der Deutschen Nationalbibliografie; detaillierte bibliografische Daten sind im Internet über dnb.dnb.de abrufbar.

© Ella Wünsche 2020

Herstellung und Verlag: BoD – Books on Demand, Norderstedt

ISBN-13: 9783752687101

Lektorat: Christiane Kathmann, www.lektorat-kathmann.de / Sandra Schwarzweller, text-boutique.com - Korrektorat: Sandra Schwarzweller

Covergestaltung: Daniel Morawek - Titelfotos: shutterstock.con / ViChizh, ollirg, Ilya Sirota - depositphotos.com / Ovydyborets, msk_nina

Auflage 1 | Dezember 2020

Alle Rechte vorbehalten.

www.ella-wuensche.de

KAPITEL 1

Heidelberg Handschuhsheim, August 1958

Sein pechschwarzes, lockiges Haar glänzte unter dem Schein der Laterne. Sehnsüchtig blickte er sich um in der Hoffnung, sie irgendwo zu entdecken. Schon bei der ersten Begegnung mit Katharina hatte er sich in die zierliche Blondine mit dem langen Haar verliebt. Meist trug sie einen Pferdeschwanz, wobei sie stets darauf achtete, die passende Schleife zu ihrem Kleid auszusuchen. Ihre Haut war fast so weiß wie Milch. Im Gegensatz zu seiner. Seine Haut war braun und jetzt, zum Ende des Sommers, noch dunkler als gewöhnlich. Doch das schien sie nicht zu stören.

Pietro sah an sich herab, betrachtete seinen neuen hellblauen Anzug und das weiße Hemd, das er selbst gebügelt hatte. Wenn ihn nur seine Mutter sehen könnte und die anderen Leute aus dem sizilianischen

Dorf, das er vor zwei Jahren verlassen hatte, um als Gastarbeiter in einer deutschen Fabrik zu arbeiten. Er sah wirklich so aus, als hätte er etwas aus sich gemacht. Nur für sie hatte er seine Ersparnisse genommen und diesen teuren Anzug gekauft. Er wollte nicht wie der arme Gastarbeiter wirken, sondern ihr ebenbürtig sein.

Die Straße, in der die prachtvollen Villen standen, war menschenleer. Katharina hatte diesen Treffpunkt ausgewählt. Wohnte sie etwa in der Nähe? In einem dieser imposanten Häuser? Pietro war klar, dass sie aus einer wohlhabenden Familie stammte, aber die Häuser hier auf der Anhöhe hatten riesige Eingangstore und kleine Nebenhäuser für die Angestellten. Wer hier lebte, musste nicht nur wohlhabend, sondern wirklich reich sein.

Wieder blickte er auf die Uhr. Viertel nach neun. Sie war fünfzehn Minuten zu spät. Deutsche hatte er immer als außerordentlich pünktlich erlebt, doch dies war ein Rendezvous. Wahrscheinlich brauchte er sich keine Sorgen zu machen und Katharina benötigte nur etwas länger, um sich fertig zu machen.

Immer noch konnte er sein Glück nicht fassen. Sie, die hübsche Tochter aus gutem Hause, hatte sich mit ihm verabredet!

Wieder sah er sich um. Da war sie. Etwas unsicher sah sie sich um. Dann lief sie trotz ihrer hohen Absätze mit schnellen Schritten zu ihm. Sein Herz schlug schneller, je näher sie kam. Sie trug ein hellblaues Petticoat-Kleid mit großen dunkelblauen Rosen darauf. Der dunkelblaue Gürtel betonte ihre schmale Taille. Dazu trug sie ein passendes Bolero-jäckchen. Sie war geschminkt, trug rosafarbenen Lippenstift und Wimperntusche.

Pietro begrüßte sie voller Freude: „Ciao, bella."

Katharina schenkte ihm ein bezauberndes Lächeln und gab ihm zu seiner Überraschung einen Kuss auf den Mund. Bevor er reagieren konnte, schlug sie vor: „Lass uns spazieren gehen."

Wirkte sie angespannt? Der Satz klang irgendwie nervös, als ob sie schnell weg wollte.

„Ist alles in Ordnung?", fragte er besorgt.

Sie sah ihn erst überrascht an, doch dann lächelte sie. „Klar."

Mit diesem Lächeln gelang es ihr, jeden Zweifel bei Pietro wegzuwischen. Sie hakte sich bei ihm ein und Pietro war der glücklichste Mann auf der ganzen Welt.

Katharina lenkte ihn ein Stück weiter die Straße hinunter, dort begann der Wald, der den Berghang bedeckte. In dieser Gegend kannte Pietro sich nicht aus. Seitdem er im Frühjahr seine neue Arbeit begonnen hatte, verbrachte er seine Tage stets in der Eisdiele, weiter unten im neuen Teil von Handschuhs-heim. Nach der Arbeit fuhr er nach Hause. Viel Zeit für Erkundungstouren hatte er nicht. Erst jetzt reali-sierte er, wie schön es hier, nur ein paar Häuserblocks weiter, war.

„Wollen wir uns setzen?", fragte Katharina und deutete auf eine Bank.

Er nickte und nahm mit etwas Abstand zu ihr Platz. Katharina rückte sofort näher zu ihm. Im

Mondlicht konnte Pietro Katharina nicht mehr so gut sehen wie unter der Laterne, doch dafür spürte er ihre Nähe umso intensiver. Die Zeit schien stillzustehen, während sie sich in die Augen sahen. Schließlich wagte er es, sie zu küssen.

Eigentlich hatte er ihren Mund nur kurz berühren wollen, doch ihre Lippen zitterten vor Aufregung, sie war offensichtlich ebenso hungrig nach seiner Berührung wie er nach ihrer. Als er ihre Haare berührte, führte sie seine Hand langsam über ihren Hals und ihre Schulter zu ihrer Taille. Sie roch nach Rosen und schmeckte nach süßem Kaugummi. Er küsste ihre Halsbeuge und streichelte sie sanft.

Auf keinen Fall wollte er, dass sie den Eindruck gewann, er wäre nur an körperlicher Nähe interessiert, deshalb fragte er: „Wie war dein Tag?"

Sie lachte selbstironisch. „Vormittags koche ich Kaffee, vereinbare Termine für meinen Vater und meinen Bruder und tippe Briefe. Heute Nachmittag habe ich gelesen und meiner Brieffreundin in England geschrieben."

„Was würdest du denn gerne machen?", fragte Pietro.

„Ich würde gerne Abteilungsleiterin werden."

Er sah sie überrascht an.

„Was guckst du so?", fragte sie. „Traust du mir das nicht zu? Weil ich eine Frau bin?"

„Nein, nein. Ich staune nur. Bei uns in Sizilien kümmern die Frauen sich um die Familie und arbeiten auf dem Feld oder als Näherinnen. Aber ich finde es toll, wenn du Chefin werden willst. Sehr mutig."

„Mal sehen, was mein Vater dazu sagen wird", antwortete sie und erzählte weiter von ihren Plänen. Sie dachte gar nicht daran, nur die Zeit als Schreibhilfe im Familienunternehmen abzusitzen, bis ein passabler Mann vorbeikam. Dann berichtete sie, wie ihr Großvater nach dem Ersten Weltkrieg eine alte Fabrik gekauft hatte, um Konserven zu produzieren. Im Gegensatz zu anderen Firmen stellte diese hauptsächlich teurere Lebensmittel her und sprach damit die gehobene Gesellschaftsschicht an.

Pietro verstand zwar inhaltlich nicht alles, was Katharina erzählte, aber er hörte ihr trotzdem aufmerksam zu. Er liebte es, sie zu beobachten, während sie sprach. Das Mondlicht machte ihre Mimik noch interessanter und geheimnisvoller.

Plötzlich sah Katharina auf die Uhr und sagte bedauernd: „Ich muss jetzt nach Hause. Es ist schon spät und meine Eltern sind streng."

Er nickte. „Natürlich."

Nachdem sie aufgestanden waren, umarmten sie sich und küssten sich noch einmal lang und intensiv. Sie streichelte seinen Rücken und fuhr ihm mit der Hand durch die glänzenden Locken.

„Wenn ich dich küsse, zittere ich am ganzen Körper", flüsterte sie. Sie schloss die Augen und atmete seinen Duft ein.

„Ich auch", sagte er leise und es fiel ihm schwer, sie gehen zu lassen.

Er begleitete sie zurück ins Villenviertel. An einer

Straßenecke blieb Katharina stehen und flüsterte: „Hier wohne ich."

Das dreistöckige Gebäude war imposant, vor allem für ihn, den Bauernjungen aus Sizilien. Das erste Obergeschoss hatte große Fenster, die Mauern waren verziert. Es gab einen Balkon, der vermutlich den Hauseingang überragte. Mehr konnte er nicht sehen, weil die Hecke um das Haus bestimmt zwei Meter hoch war.

Er hielt ihre Hand noch eine Weile fest, bis sie ihm einen flüchtigen Kuss gab und wisperte: „Bis morgen, um dieselbe Zeit."

Er sah ihr hinterher, bis sie verschwunden war, und blieb noch eine Weile stehen. Dann machte er kehrt und machte sich beschwingt auf den Heimweg. Plötzlich hörte er Schritte, die immer näherkamen. Er drehte sich um. Ein Stück hinter ihm liefen zwei Männer. Sie hatten die Mützen tief ins Gesicht gezogen, sodass er ihre Gesichter in der Dunkelheit nicht erkennen konnte. Folgten sie ihm etwa?

Angst stieg in ihm auf und er lief schneller. Als er einen Blick nach hinten warf, sah er, dass die zwei ihre Schritte auch beschleunigt hatten. Die beiden mussten tatsächlich hinter ihm her sein!

Pietro begann zu rennen. Hastig bog er um die nächste Straßenecke, die Schritte dicht hinter sich. Plötzlich wurde er gepackt und verlor das Gleichgewicht. Während er sich wieder aufrappelte, bekam er einen Schlag in die Magengrube, so stark, dass ihm schlecht wurde und er fast zu Boden ging. Als Nächstes kam ein Hieb ins Gesicht. Er wollte sich wehren, aber es war, als wäre er festgefroren. Wie Blitzlichter stiegen Szenen aus seiner Kindheit in ihm auf. Dorfjungen, die ihn verfolgten und verprügelten, weil seine Familie auf der falschen Seite stand.

Die beiden Männer prügelten immer weiter auf ihn ein. Einer der beiden zischte: „Das soll dir eine Lektion sein. Lasst unsere Frauen in Ruhe. Katharina rührst du nicht mehr an, verstanden?"

Aus weiter Ferne hörte er die Worte „deine Schwester", dann wurde ihm schwarz vor Augen.

KAPITEL 2

Sizilien, Oktober 2018

Letizia lief durch den Orangenhain und begutachtete die Orangen. Die Früchte waren noch grün und würden noch ein paar Wochen brauchen, um richtig aromatisch zu werden. Doch die Bäume waren reich behangen. Wer hätte vor ein paar Jahren gedacht, dass diese kleine Plantage mal ihre Geldeinnahmequelle werden würde?

Es war Ende Oktober und immer noch zweiundzwanzig Grad warm. Dennoch trug die junge Frau mit den hellbraunen Locken hohe Wanderschuhe und lange Jeans, während sie durch das Gras ging. Sie bewässerte die Bäume, deshalb war das Gras zwischen den Reihen saftig grün – im Gegensatz zum Rest Siziliens, wo die starke Sonneneinstrahlung und die daraus entstehende Dürre alles in ein kahles Gelb gefärbt hatte.

Letizia genoss die Stille und die Arbeit an der frischen Luft. Sie blickte zum Ätna. Der Tag war klar und der sonst so unruhige Berg schien zu schlafen. Er hatte schon lange keine Aschewolke mehr ausgespuckt.

Die junge Frau dachte daran, dass sie in ein paar Wochen nach Deutschland reisen würde, um ihrer Nonna beim Garagenverkauf zu helfen. Die Geschäftsidee war vor fünf Jahren geboren worden. Letizias Mutter hatte in Folge der großen Finanzkrise, die Italien hart getroffen hatte, ihren Bürojob in Catania verloren und keine neue Arbeit gefunden. Und dann war auch noch ihrem Vater gekündigt worden. Zwar besaß die Familie noch das Feld mit den Orangen, aber die brachten auf den heimischen Großmärkten nicht viel ein.

In dieser Zeit war ihrer Nonna in Deutschland eine Idee für ein *Business* gekommen, wie sie es nannte. Warum nicht die Orangen nach Deutschland fahren und sie direkt an ihre Nachbarn verkaufen? Die waren allesamt Italienfans und würden sich sofort überzeugen lassen, dass nur frische sizilianische Orangen echte Orangen waren. Und Letizias Vater würde dann ebenfalls gebraucht werden, denn irgendwer musste ja die wöchentlichen Lieferungen fahren. So mieteten sie einen Transporter und das Business war geboren. Mittlerweile gab es aber auf den Plantagen so viel zu tun, dass ihr Vater bei der

Ernte half und einen befreundeten Fahrer mit den Fahrten beauftragte.

„Tizia!"

Das Rufen ihrer Mutter riss sie aus ihren Gedanken. Gleich neben dem Orangenhain lag ihr Garten, in dem sie Tomaten, Paprika, Auberginen und Zwiebeln züchtete.

„Wir müssen noch die Tomaten pflücken!", rief sie.

Letizia seufzte. „Ich komme, Mamma."

Sofia war klein und etwas untersetzt. Letizia hatte zwar die Locken von ihr geerbt, sah ihrer Mutter jedoch sonst nicht sehr ähnlich.

„Wenn wir nur mehr Land von den Nachbarn pachten könnten, um noch mehr Tomaten anzubauen. Dann könnte ich noch mehr Passata für die Deutschen kochen", seufzte sie.

Letizia musste über ihre Theatralik lachen. Nachdem das Geschäft mit den Orangen so gut lief, hatte ihre Mutter angefangen, sich weitere Produkte auszudenken, die sie den Kunden in Deutschland verkaufen konnte. Neben Olivenöl, das sie kanisterweise von einem Nachbarn bezogen und weiterverkauften, war es vor allem die selbst gemachte Tomatensauce, die bei den deutschen Kunden heißbegehrt war. Ihre Mutter füllte sie in leere Bierflaschen ab.

„Viele teure Lebensmittelgeschäfte kopieren uns", beschwerte sich Sofia oft. „Sie füllen Tomatensauce in Flaschen, die wie Bierflaschen aussehen sollen, und verlangen das Doppelte dafür."

„Mamma, morgen fahre ich nach Palermo. Dort treffe ich mich mit Studienkollegen von früher", erzählte Letizia, während sie Seite an Seite mit ihrer Mutter arbeitete.

Sofia sah ihre Tochter mitleidig an und strich sich eine Locke aus dem Gesicht. „Ach, vielleicht findest du in Deutschland eine gute Arbeit oder einen netten Mann. Dann musst du nicht ewig Tomatensauce und Orangen verkaufen."

„Was hat das mit Palermo zu tun?", fragte Letizia unwirsch.

„Nichts. Es tut mir nur leid, dass du dort nicht einen feinen Job hast. Du hast doch immerhin studiert!"

„Klar, aber in Palermo gibt es halt nicht das Passende für mich."

„Vielleicht hättest du etwas anderes studieren sollen und nicht gerade deutsche Literaturgeschichte."

Letizia zuckte mit den Schultern und meinte grinsend: „Das hat mich aber interessiert. Und wenn ich tatsächlich einen Job finden würde, der mit Literaturgeschichte zu tun hat, wäre die Bezahlung auch nicht schlechter als beim Orangenverkauf."

Die junge Frau hatte sich schon immer für die deutsche Sprache und Kultur interessiert, weswegen sie Literaturgeschichte studiert hatte. Promoviert hatte sie schließlich über Goethe, der seit der Veröffentlichung seines Italienreiseberichts vor zweihundert Jahren bei italienischen Intellektuellen hoch im Kurs stand.

Ihre Mutter Sofia war in Deutschland geboren,

aber als junge Frau nach Sizilien gezogen, der Liebe wegen. Wenig später wurde Letizia geboren. Ihre Großeltern hatten ihren Urlaub immer in der alten Heimat in Sizilien verbracht. Nachdem ihre Tochter ausgezogen war, hatten sie jede Gelegenheit genutzt, dem deutschen Winter zu entfliehen. Deshalb hatte Letizia diese als Kind nur selten in Deutschland besucht, und Sofia hatte kein Interesse daran gehabt, ihrer Tochter Deutsch beizubringen. Doch die Kinder der Gastarbeiter, die im Sommer immer für sechs Wochen zu Besuch gekommen waren, hatten sich beim Spielen auf Deutsch unterhalten. Und so hatte Letizia die Sprache doch gelernt. Das Spielen in den verwinkelten Gassen ihres Bergdorfes war zu ihrer Sommeruniversität geworden. Später, beim Studium, hatte sie Deutschkurse belegt, wodurch sie die Sprache mittlerweile recht gut beherrschte.

Während die beiden Frauen die reifen Tomaten pflückten, steckte sich Letizia ab und zu eine davon in den Mund. Sie schmeckten fabelhaft. Nirgendwo sonst auf der Welt waren diese roten Früchte so lecker. Die sizilianische Sonne gab ihnen einen unwiderstehlichen Geschmack, fruchtig-süß und gleichzeitig angenehm säuerlich. Einfach perfekt. Kein Wunder, dass die deutschen Kunden ihrer Mutter die Passata aus den Händen rissen!

„Nonna ist eine wirklich kluge Frau. Wie gut, dass sie damals das Geschäft aufgezogen hat. Weißt du noch, sie hat bei sich im Flur angefangen!", sagte Letizia.

„Ja, und mittlerweile ist das *Business* so groß, dass wir in die Garage umgezogen sind!"

Wieder lachten Mutter und Tochter.

Sofia war erst Anfang fünfzig, aber man sah ihr an, dass sie es im Leben nicht leicht gehabt hatte. Die Jahre, nachdem sie ihren Job verloren hatte, waren von Sorgen geplagt gewesen, besonders als Letizia das Studium begonnen hatte. Obwohl ihr Vater fand, dass es ein Beruf ohne Zukunft war, sparte die ganze Familie, um ihr das Studium zu ermöglichen. Schließlich war sie die Erste in der Familie, die an eine Universität ging.

Wer in Italien ein Studium absolvierte, trug den Titel *dottore* beziehungsweise *dottoressa*. Das machte hier auf dem Land etwas her, weswegen ihre Mutter sie neuerdings immer als *Dottoressa Letizia*, vorstellte. Ihrer Tochter war das sehr peinlich, sie hatte ja nicht einmal einen richtigen Job!

Nachdem sie mit dem Pflücken fertig waren, trugen sie die Kisten in den kleinen Bus und fuhren nach Hause.

„Und, sind morgen auch ein paar Jungs dabei?", fragte Sofia.

Letizia verdrehte die Augen. „Ja, aber die sind fast alle vergeben und die zwei Singles haben einen totalen Dachschaden."

Sofia musterte sie, während Letizia sich auf die Straße konzentrierte, und sagte stolz: „Du bist so hübsch und intelligent, du wirst noch den Richtigen treffen."

„Mamma, vielleicht gibt es den Richtigen gar nicht. Oder war Babbo etwa dein Traummann?"

„Damals schon."

Sie grinsten beide.

„Aber ich war so jung, achtzehn erst, ach, was wusste ich schon? Er sah gut aus und ich wollte einfach weg von zu Hause."

Diese Geschichte hatte Letizia schon oft gehört, dennoch fragte sie: „Und dann bist du einfach nach Sizilien gegangen?", um ihre Mutter zum Erzählen zu ermutigen.

Sofia seufzte und hob die dünn gezupften Augenbrauen. „Ja, das war ein Fehler ... Wer weiß, wenn dein Babbo nach Deutschland gekommen wäre, hätte ich vielleicht jetzt meinen eigenen Frisörladen und dein Babbo eine gute Arbeit. Stattdessen fährst du nach Deutschland zum Arbeiten."

„Mamma, sollen wir deshalb weinen?"

„Letizia, du warst Jahrgangsbeste, bist die Schönste und Intelligenteste und musst jetzt mit deiner Nonna in Deutschland Orangen verkaufen."

Letizia bremste so plötzlich auf dem holprigen Pfad, dass ihre Mutter kurz aufschrie.

„Hör endlich auf mit dem Gejammer. Es macht mir Spaß, die Orangen zu verkaufen!", schimpfte Letizia.

Ruckartig fuhr sie wieder an. Als ihre Mutter längere Zeit schwieg, merkte Letizia, dass sie es übertrieben hatte und bat: „Entschuldige, aber dieses ständige Nörgeln nervt mich, Mamma. Wir müssen das

Positive sehen. Auf diese Weise kann ich sogar meine Deutschkenntnisse auffrischen."

„Du sprichst sehr gut deutsch."

„Ja, aber wenn ich es noch besser spreche, finde ich vielleicht einen Job im Tourismus. Sizilien ist sehr beliebt bei deutschen Rentnern auf Kulturreise."

„Dafür reicht dein Deutsch doch allemal", erwiderte ihre Mutter.

Letizia nickte, vermutlich hatte sie recht. Kurz darauf parkte sie den Bus und sie stiegen aus. Ihr Haus lag am Hang, wie so viele Häuser in ihrem malerischen Dorf mit den kleinen Häuschen und den steilen und verwinkelten Gassen. Das wussten heutzutage vor allem die Touristen zu schätzen, die in einem der fünf Bed & Breakfasts im Ort unterkamen, wenn sie günstige Übernachtungsmöglichkeiten suchten, um von hier zu Tagestouren zum Ätna aufzubrechen. Früher hatten in diesem Dorf über tausend Menschen gewohnt. Doch in den letzten siebzig Jahren waren viele der Einwohner als Gastarbeiter ins Ausland gezogen. Die Kinder derer, die geblieben waren, waren in große Städte auf dem Festland gezogen, in denen es mehr Arbeitsplätze gab. Jetzt lebten etwa dreihundert Menschen im Ort und es gab nur noch einen einzigen Laden, eine Mischung aus Supermarkt und Tante-Emma-Laden, der einer entfernten Cousine von Letizia gehörte.

Manchmal kam Letizia der Ort wie eine Filmkulisse vor, wunderschön, aber nicht wirklich lebendig. In ihrer Nachbargasse wohnte seit Jahren niemand mehr. Die Pflastersteine waren mit saftig grünem

Moos überwuchert, ebenso die leeren Briefkästen an den Häusern und die rostigen Eisentore. Die Reisenden aus Deutschland liebten die Gasse als Motiv für ihre Selfies, aber für die Einwohner zeigte sie deutlich, dass ihr Dorf immer leerer wurde.

Bevor sie die Kisten aus dem Auto holten, umarmten sich Mutter und Tochter. Tatsächlich waren beide eher Freundinnen. Letizia musste sich häufig die Sorgen ihrer Mutter anhören, denn da die Großmutter in Deutschland lebte, hatte Sofia sonst niemanden in der Familie zum Reden. Und bei Letizia waren ihre Geheimnisse gut aufgehoben.

„Ciao belle", rief ihr Vater Guido zur Begrüßung. Er kümmerte sich seit ein paar Jahren um den Haushalt und er war richtig gut darin. „Ich habe uns Lasagne gemacht und die Fenster mit diesem Fensterputzgerät geputzt. Schaut mal, wie sie glänzen!"

Er strahlte und die Frauen lachten und Letizia scherzte: „Jetzt wird es in unserem Dorf gleich doppelt so hell, weil die Sonne sich so sehr darin spiegelt."

„Ich hätte niemals gedacht, dass dein Vater mal Fenster putzt. Als er jung war, wollte er nicht einmal den Tisch abräumen", flüsterte Sofia ihrer Tochter zu.

„Ihr seid eben ein modernes italienisches Paar", antwortete Letizia mit einem Zwinkern.

KAPITEL 3

Am nächsten Tag fuhr Letizia nach Palermo, nachdem sie die Orangen und den Gemüsegarten versorgt hatte. Sie freute sich auf dieses Wochenende weit weg von der Enge ihrer Heimat. Ihr kleines Bergdorf war ein wahres Postkartenmotiv. Trotzdem war es ihr schwergefallen, dorthin zurückzukehren, nachdem sie einmal das Leben in der Millionenmetropole mit ihren kulturellen Angeboten kennengelernt hatte.

Als sie die Hauptstadt Siziliens erreichte, begann es zu regnen. *Ach egal, wenigstens haben wir dann einen guten Grund, in den Bars abzuhängen,* dachte sie.

Letizia würde wie schon so oft bei ihrer Freundin Elisa übernachten, die nach ihrem Informatikstudium einen gut bezahlten Job bei einem Start-up-Unternehmen gefunden hatte. Sie wohnte immer noch in der Wohnung, die sie sich früher geteilt hatten, nun allerdings alleine. Die Wohnung befand sich im Stadtzentrum in einem Mehrfamilienhaus aus dem neunzehnten Jahrhundert, ganz in der Nähe des Hafens und nur wenige Häuserblocks von der philosophischen Fakultät entfernt, an der Letizia studiert hatte. Das Haus gegenüber war ein Palazzo aus der Renaissance, zwei Straßenecken weiter stand ein Palazzo, der im vierzehnten Jahrhundert im gotischen Baustil errichtet worden war. Diese Stadt atmete aus jeder Pore Geschichte und pulsierendes Leben. Obwohl es regnete, waren überall Menschen unterwegs und die Bars und Cafés waren gut besucht.

„Endlich, ohne dich ist es wirklich nur halb so lustig!", rief Elisa, als Letizia die Wohnung betrat. Sie umarmten sich zur Begrüßung.

Elisa war klein und burschikos, ihre schwarzen Haare trug sie kurz, mit Ausnahme einer langen Locke, die den Pony repräsentierte. Sie hatte heute Leggins an, darüber einen kurzen Rock und ein Hard-Rock-Café-T-Shirt aus London.

„Vielleicht solltest du dir eine neue Mitbewohnerin suchen", schlug Letizia vor.

„Nee, lass mal, sonst könntest du ja nicht mehr hier übernachten."

„Das stimmt allerdings! – Schau mal, was ich dir mitgebracht habe."

Letizia überreichte ihrer Freundin einen riesigen Korb mit Obst, Gemüse und anderen Leckereien.

„Von deiner Mamma?" Elisa freute sich. „Lecker! Da habt ihr mit eurem Business sicher viel zu tun!"

„Im Moment ist es eher ruhig, aber ab Dezember fängt es an."

„Ich finde das genial!", schwärmte Elisa. „Du

verkaufst Orangen und verdienst damit mehr als in einem Verlag."

„Es ist eher traurig, aber du hast schon recht, wir können gut davon leben. Nonna und ich verkaufen die Orangen und meine Mutter organisiert alles drum herum. Jetzt will sie auch noch Seife aus Olivenöl herstellen!"

Elisa lachte und meinte: „Ihr seid echt klasse!"

Letizia lächelte. Das kleine Familienunternehmen hatte schon was für sich.

Sie setzten sich ins Wohnzimmer und stießen mit einem Bier an. „Ich hab unsere alten Freunde für heute Abend eingeladen. Wir machen eine kleine Party", erzählte Elisa.

So sehr sich Letizia darauf freute, so traurig war sie, weil sie das Gefühl hatte, die Einzige zu sein, die es beruflich zu nichts gebracht hatte. Aber das zeigte sie nicht. Stattdessen plauderte sie mit ihrer Freundin. Sie bestellten Pizza für den Abend und bereiteten eine umfangreiche Cocktailauswahl vor, denn Elisa liebte die bunten, süßen alkoholischen Getränke.

„Und was macht dein Liebesleben?", fragte Letizia neugierig, während sie sich über die Arancini hermachte, die ihre Mutter ebenfalls in den Korb gepackt hatte. Die traditionellen sizilianischen Reis-bällchen erinnerten mit ihrer goldbraunen frittierten Panade an Orangen.

„Oh, ich hatte schon gehofft, dass deine Mutter uns welche backt!", rief Elisa begeistert.

„Um ehrlich zu sein, die sind von einer Nachbarin, die sich damit etwas dazuverdient."

Elisa nahm genießerisch einen Bissen von der Köstlichkeit. „Hmm, lecker!", schwärmte sie und antwortete: „Ja, also, bei meinem Job habe ich keine Zeit für ein Liebesleben. Aber das ist okay, denn ehrlich gesagt hab ich erst mal Lust, Single zu bleiben, nach Stefano."

„Wie geht es ihm denn?", wollte Letizia wissen.

„Ach, er trauert mir wohl immer noch nach, dabei sieht er doch so gut aus, er bekommt bestimmt an jeder Ecke eine hübsche Frau."

„Tja, aber er wollte dich!"

Elisa zuckte mit den Schultern und lachte: „Verrückt, oder? Und ich will ihn nicht oder zumindest ist bei mir nie mehr draus geworden als ein bisschen Verliebtheit. Und er möchte heiraten und so ... Darauf hab ich einfach keinen Bock. Also noch nicht – oder nicht mit ihm."

Letizia nickte verständnisvoll, antwortete aber: „Ehrlich gesagt fühle ich mit ihm mit. Ich habe schließlich auch von Hochzeit und Kindern mit Matteo geträumt, aber er hatte keine Lust darauf."

Elisa sah sie mitfühlend an und sagte betreten: „Äh, ich muss dir was gestehen. Matteo wird heute Abend auch da sein."

„Ach ja?" Letizia merkte, dass sie sich irgendwie freute, ihn zu sehen.

„Aber er kommt mit Begleitung", ergänzte Elisa kleinlaut.

Diese Worte waren wie eine kalte Dusche, aber Letizia ließ sich nichts anmerken und meinte betont cool: „Darf er, wir sind schon seit Monaten getrennt."

„Ich hatte ihn nicht eingeladen, aber – ich hab Aurelia eingeladen und mit ihr ist er gerade zusammen."

„Mit Aurelia?" Letizias Magen drehte sich wie im Schleudergang. „Unserer Aurelia?"

Das konnte sie nicht glauben. Aurelia war während des Literaturstudiums in ihrer Clique gewesen.

Elisa nickte. „Ja, sie war wohl schon immer in ihn verliebt, aber wegen dir hat sie nichts unternommen. Sie hat sich bislang einfach nicht getraut, es dir zu sagen."

Bevor Letizia etwas erwidern konnte, klingelte es an der Tür. Die ersten Gäste kamen. Letizia wäre am liebsten geflohen, doch jetzt war es zu spät. Zum Glück hatte sie noch ein bisschen Zeit, um sich umzuziehen und sich hübsch zu machen. Sie konnte den Gedanken nicht ertragen, dass Matteo mit einer anderen Frau zusammen war. Sie musste ihm zeigen, was er freiwillig aufgegeben hatte!

Die Wohnung füllte sich mehr und mehr mit alten Freunden und es war fast wie früher, als dies noch ihr Zuhause gewesen war. Matteo und Aurelia kamen als Letzte. Als sie klingelten, versteckte Letizia sich vorsorglich in der Küche. Kurz darauf konnte sie ihre Stimmen aus dem Wohnzimmer hören und dann öffnete sich die Küchentür. Es war Elisa.

„Komm raus und bring es hinter dich", sagte sie, zerrte Letizia am Ärmel und schon stand sie im Wohnzimmer, das voller junger Menschen war. Und mitten unter ihnen waren Aurelia und Matteo. Ihre große Liebe. Beide sahen sie an und lächelten. Letizia atmete tief ein und ging zu ihnen.

„Ciao", sagte sie und versuchte, cool zu wirken.

Die beiden lächelten unsicher.

„Wie geht es euch?"

„Gut, gut", antwortete Aurelia.

Matteo wiederholte: „Gut, gut."

Eine peinliche Stille entstand. Letizia betrachtete die beiden, die sie nun zum ersten Mal als Paar zusammen sah. Irgendwie passten sie nicht zusammen. Aurelia war nett, stets freundlich und begehrte nie auf. Matteo war ein Mädchenschwarm, groß und gut aussehend und er redete gern und viel. Letizia und er waren schon in der ersten Woche ihres Studiums zusammengekommen. Sie hatte es geliebt, mit ihm zu diskutieren. Genoss er es, dass Aurelia ihm nur zuhörte? Oder war sie in seiner Gegenwart nicht mehr so still?

Elisa hatte immer gesagt, wie wahnsinnig gut Letizia und Matteo zusammenpassten, und Letizia war sich sicher gewesen, dass er der Mann fürs Leben war. Doch nach drei Jahren Beziehung begannen sich ihre Ziele auseinander zu entwickeln. Letizia träumte davon, eine Familie zu gründen, während Matteo immer wieder betonte, dass er sich noch nicht binden wollte. Als Letizia schließlich ihren Eltern mit den Orangen half und mehrere Monate in Deutschland verbrachte, wurde Matteo zunehmend unzufriedener, bis sie schließlich still und einvernehmlich auseinandergingen.

Und jetzt war er mit Aurelia zusammen. War

nicht gerade Aurelia der Typ für Herd und Familie? Oder hatte sie ihre alte Studienfreundin bisher falsch eingeschätzt?

Aurelia wollte gerade etwas sagen, doch Letizia war schneller: „Schön, euch zu sehen."

Das entsprach natürlich nicht der Wahrheit, aber irgendetwas musste sie sagen, um die Situation erträglicher zu machen. Den beiden war anzusehen, dass sie das Ganze ebenfalls gern schnell hinter sich bringen wollten.

Sie antworteten fast gleichzeitig: „Ja, schön dich zu sehen." Und Aurelia fügte hinzu: „Du siehst schön aus, wie immer."

Letizia lächelte freundlich, um den Anschein zu erwecken, dass es ihr egal war, die beiden zusammen zu sehen.

„Was macht die Arbeit?", versuchte sie, das Thema zu wechseln.

„Wie immer", antwortete Matteo und Aurelia erklärte: „Ich habe einen Job an einem Institut."

Letizia sah sie ungläubig an. Eifersucht stieg in ihr auf.

„Und bei dir?", fragte Aurelia.

„Wie immer", antwortete sie.

Wieder entstand eine peinliche Stille, der Letizia geschickt entwischte: „Oh, ich muss noch Getränke holen", sagte sie und verschwand in der Küche.

Sie fühlte sich wie die verlassene Braut aus einem Film, den sie vor Kurzem gesehen hatte und dessen Name ihr nicht einfiel.

„Und, überlebt?", fragte Elisa, als sie zu ihr in die Küche kam.

Letizia zuckte mit den Schultern. „Ich dachte, er wollte sich nicht binden, sondern reisen und etwas erleben. Stattdessen sieht es so aus, als ob die beiden bald heiraten und Kinder zeugen würden."

„Das weißt du doch gar nicht! Außerdem hat sich eure Beziehung vielleicht auch einfach aus*bezieht*."

„Wie meinst du das?", wollte Letizia wissen, während sie eine Schüssel mit Chips befüllte.

„Na ja, ich denke, dass bei euch einfach der Lack ab war, die Beziehung sozusagen ins Leere gelaufen ist."

Vielleicht hatte sie recht. „Ich war zu lange weg. Und Aurelia ist immer da."

Letizia wurde traurig, sie fühlte das erste Mal, was ihre Mutter ständig wiederholte: Sie war an einem Nullpunkt angekommen. Hatte etwas Unnützes studiert, keine Arbeit und einen tollen Mann verloren an eine andere.

Elisa schien das zu bemerken. Sie sagte leise: „Du wirst schon noch den Richtigen finden."

„Ich dachte, das hätte ich mit Matteo. Damals, als wir den Abschluss machten, dachte ich, das ganze Leben würde mir zu Füßen liegen."

„Das tut es doch auch!"

Letizia sah ihre Freundin traurig an und antwortete: „Die Wahrheit ist, dass ich ein absoluter Loser bin."

Elisa umarmte sie. „Quatsch. Wer weiß, vielleicht ändert sich in wenigen Wochen alles und du hast einen coolen Job und einen geilen Typen, sodass alle neidisch sind."

Ihre Freundin lächelte aufmunternd und Letizia erwiderte grinsend: „Wer weiß."

Immerhin würde sie in ein paar Tagen wieder nach Deutschland fliegen und dort eine Menge neuer Leute kennenlernen.

KAPITEL 4

Heidelberg, November 2018

Um sechs Uhr morgens flog Letizia vom Flughafen Catania nach Stuttgart. Von dort ging die Reise mit dem Zug weiter nach Heidelberg und schließlich mit der Straßenbahn zu ihren Großeltern. Die junge Frau hatte nur eine Reisetasche dabei. Mehr brauchte sie nicht, schließlich würde sie die meiste Zeit in der kalten Garage herumstehen und dabei so warm eingepackt sein, dass man nur ihr Gesicht sah. Die dicke Winterkleidung hatte sie im Frühjahr vorsorglich in Heidelberg gelassen, in Sizilien brauchte sie diese sowieso nicht.

Ihre Großeltern bewohnten seit vielen Jahren eine kleine Dreizimmerwohnung in einem in den Sechzigerjahren gebauten Dreiparteienhaus am Ortsrand des Stadtteils Wieblingen. Hier war ihre Mutter aufgewachsen und nach deren Auszug hatten sie das ehemalige Jugendzimmer zum Gästezimmer umfunktioniert.

Nonna Maria wartete vor der Tür auf ihre Enkelin. „Bella, bist du groß geworden!", rief sie und küsste sie mehrmals links und rechts auf die Wangen.

Ihre Großmutter roch vertraut, nach Knoblauch und eingelegten Oliven. Letizia freute sich, sie zu sehen und küsste sie auf die Stirn. Gemeinsam gingen sie ins Haus und die alte Dame ließ es sich nicht nehmen, ihrer Enkelin die Tasche zu tragen. Der Großvater saß auf der Couch und sah italienisches Fernsehen.

„Ciao Nonno."

Der alte Mann schaltete den Fernseher nicht aus, sondern legte nur die Fernbedienung zur Seite, stand auf und umarmte sie.

„Wie geht es deinen Eltern? Sind sie gesund? Erzähl mir alles!"

Letizia dachte belustigt: *Als hätten wir nicht erst kürzlich telefoniert.* Trotzdem antwortete sie brav: „Es geht uns gut. Mamma ist mit dem Verpacken und der Orangenernte beschäftigt."

Das reichte dem Großvater bereits an Information und mit den Worten „Gut, gut", wandte er sich wieder den Vierundzwanzig-Stunden-Nachrichten zu.

Letizias Großeltern waren beide Anfang siebzig. Maria war eine rüstige Dame mit einem modischen Kurzhaarschnitt, der man das Alter kaum ansah. Sie war klein und untersetzt wie Tizias Mutter und trug meistens Jeans und Turnschuhe. Sie hasste Kleider und zog sie nur zu Begräbnissen oder Hochzeiten an.

Ihr Mann war groß, aber seine Haltung war gebeugt, seine Hände rau. Antonio hatte sein Leben lang in einer Chemiefabrik im nahe gelegenen Ladenburg gearbeitet. Er gehörte zur alten Schule und war es gewohnt, sich bedienen zu lassen. Ihre Großmutter schien das nicht zu stören und Letizia kannte ihren Großvater nicht anders. Er war der Mann, der arbeiten ging, das Geld verdiente, sich samstags mit seinen Freunden traf und sonst die Freizeit vor dem Fernseher verbrachte.

In diesem Moment rief Nonna aus der Küche: „Bella, lass Nonno seine Nachrichten schauen. Komm, iss was, ich habe dein Lieblingsessen gemacht."

„Kartoffelsalat und Schnitzel?"

„Ja, aber das ist nicht alles." Ihre Nonna zeigte auf den Kühlschrank.

„Käsekuchen!", rief Letizia begeistert, nachdem sie einen Blick hineingeworfen hatte.

Sie umarmte ihre Großmutter.

„Ich weiß doch, was meine kleine Tizia mag."

Die Küche war ziemlich schmal, dennoch stand ein Esstisch darin, typisch in sizilianischen Familien, die an normalen Tagen zusammen in der Küche aßen und nicht im Wohnzimmer, wo nur für Besuch gedeckt wurde – außer Nonno sah eine wirklich wichtige Sendung, dann durfte er auf der Couch essen.

Nonna bedeutete ihrer Enkelin, sich zu setzen. Die alte Dame war ständig beschäftigt. Die Wohnung war blitzeblank sauber und zusätzlich kümmerte sie sich auch noch um den Schrebergarten. Außerdem organisierte sie das Orangengeschäft. Zu ihren Kunden hatten anfangs nur die früheren italienischen Gastarbeiter und ihre Nachkommen gezählt. Doch unter den deutschen Nachbarn hatte es sich schnell herumgesprochen, dass es bei ihr leckere Orangen gab. Die wiederum erzählten ihren Freunden und Verwandten davon und so wurde aus den vierzig Orangenkisten, die Maria zu Beginn des Geschäfts noch in der Wohnung und im Hausflur gestapelt hatte, ein Laster mit mehreren Paletten pro Woche, die jedes Mal alle ausverkauft waren. Für den Verkauf hatten sie ein paar Häuser weiter eine Garage angemietet.

Nonna verstand sich gut darauf, Kontakte zu knüpfen und neue Kunden zu gewinnen, auf die Führung eines Geschäfts, Zeitmanagement, Terminplanung, Buchführung und Behördengänge hingegen nicht. Vor allem deshalb musste Letizia helfen, die jedoch im Grunde genommen davon auch viel zu wenig verstand.

„Aber Kind, du hast doch studiert, bist eine Dottoressa!", sagte ihre Nonna immer, wenn Letizia sie darauf hinwies.

„Ich habe aber Germanistik studiert und nicht BWL. Und vor allem nicht in Deutschland."

Das verstand ihre Großmutter nicht. Wer studiert hatte, musste diese komplexen Dinge einfach besser verstehen als sie, die nur vier Jahre die Schule besucht hatte.

„Letizia, du warst doch Jahrgangsbeste!"

„Nonna, ich liebe die deutsche Literatur und Kultur, aber wenn ich diese Steuersachen lese, ist das für mich wie Chinesisch. Ich glaube, du verstehst das besser als ich."

Nonna wischte ihre Bedenken mit einer Handbewegung weg und legte einen riesigen Stapel Briefe neben die leckeren Schnitzel.

„Was ist das?", fragte Letizia.

„Die Post vom Finanzamt und den anderen Behörden", antwortete Nonna.

„Hast du das alles aufgehoben, bis ich komme? So etwas muss man doch gleich beantworten!"

Nonna seufzte. „Aber du verstehst das besser als ich."

Wie viele Italiener bewunderte die alte Dame die deutsche Bürokratie, die sie als sehr effizient und gründlich empfand, aber sie machte ihr auch Angst. Was, wenn sie einen Fehler machte, nur weil sie die deutsche Kultur und Sprache nicht richtig verstand? Da sie immer befürchtete, dass sie etwas falsch verstehen könnte, musste Letizia ihre gesamte Geschäftspost durchsehen.

Während Letizia die Absender der Briefe betrachtete, meinte ihre Großmutter: „Aber das eilt nicht. Erzähl, Kind, wie läuft es mit unseren Orangen?"

„Das wird eine gute Ernte dieses Jahr. Aber wir könnten noch mehr Arbeiter gebrauchen. So ist es eine echte Knochenarbeit."

Nonna nickte. „Die kommen mittlerweile alle nach Deutschland zum Arbeiten."

Plötzlich klingelte es.

„Erwartest du noch jemanden?"

„Ach, das ist eine deutsche Kundin, Federica."

Wenn sie Deutsche ist, heißt sie vermutlich Frederike, dachte Letizia. Ihre Nonna hatte es nicht so sehr mit der richtigen Aussprache von deutschen Namen.

„Wir haben doch noch gar keine Orangen", wandte sie ein.

„Aber ich habe noch ein paar Kanister Olivenöl im Keller. Federica hat fünf Stück bestellt. Sie arbeitet im Büro und sie kauft mit ihren Kollegen immer fast eine ganze Palette Orangen, dazu Parmigiano und Olivenöl. Sie ist eine meiner besten Kundinnen."

Nonna verließ die Küche, um zu öffnen. Sie sprach so laut, dass Letizia sie bis in die Küche hörte: „Ciao, wo ist die Federica? Krank, ah, und du bist der Chef? Komm rein."

Natürlich duzte ihre Nonna den Kunden sofort, obwohl sie ihn ja offensichtlich zum ersten Mal sah. Wann man jemanden in Deutschland duzte oder besser erst einmal siezte, hatte ihre Großmutter nie richtig gelernt. Oft wechselte sie auch zwischen beiden Ansprachen. Dabei gab es im Italienischen eigentlich dieselben Regeln wie im Deutschen.

Ihre Großmutter sprach schon weiter: „Ich muss das Öl aus dem Keller holen, komm rein."

Plötzlich betrat ein junger Mann die nach Knoblauch und Bratfett riechende alte Küche. Er war etwa in Letizias Alter und trug einen schicken dunkelblauen Mantel, der aussah wie maßgeschneidert. Er war attraktiv, trug sein Haar zur Seite gescheitelt und akkurat gekämmt und erinnerte Letizia ein bisschen an den Leonardo DiCaprio der Neunzigerjahre. Und sie saß am Küchentisch vor einem Berg an Schnitzeln und einer Schüssel mit Kartoffelsalat!

Der junge Mann sah sich kurz um und sie konnte an seinen Augen erkennen, dass er sich fühlte wie in einem Sozialdrama.

„Guten Tag", grüßte er höflich, „und guten Appetit."

Sie nickte nur, weil ihr Mund voll war, und verspürte plötzlich keinen Hunger mehr. So sehr sie sich auf die Schnitzel gefreut hatte, das Hereinplatzen eines gut aussehenden Fremden störte sie beim Essen.

„Entschuldigung", sagte sie, nachdem der Bissen heruntergeschluckt war.

„Oh, nein, nein, ich muss mich entschuldigen. Ich bin doch in Ihre Küche hereingeplatzt und habe Sie beim Mittagessen gestört."

In diesem Moment kam Nonna zurück, mit zwei Joghurteimern voller eingelegter Oliven. „Ich habe kein Glas, aber die sind sauber." Bei Nonna wurde alles Mögliche zum Abfüllen der Waren wiederverwendet. Bierflaschen für die Tomatensoße, Marmeladengläser für Kekse und eben diese praktischen Joghurteimerchen, die sogar einen Henkel hatten.

Er nickte. „Das werden wir eh umfüllen."

„Das Olivenöl steht an der Kellertreppe, das könne Sie beim Rausgehen mitnehmen."

„Vielen Dank und weiterhin guten Appetit." Er wandte sich zum Gehen.

„Wolle Sie mitessen?", fragte Nonna.

Letizia liebte ihre italienische Gastfreundlichkeit, aber in diesem Moment erschien sie ihr reichlich unpassend.

„Nein, nein, ich möchte Sie doch nicht stören."

„Störe, nix störe, sitze du." Schon räumte sie die Briefe zur Seite und holte einen Teller und Besteck. Es blieb dem Mann nichts anderes übrig, als sich zu setzen und mitzuessen. Letizia musste sich das Lachen verkneifen.

Der Mann zog seinen feinen Mantel aus, der spätestens jetzt die Aromen von Knoblauch, Fett und frisch geschnittenen Zwiebeln aufgesogen hatte, und stellte sich lächelnd vor: „Alexander Richter ist mein Name."

„Letizia Leone."

Sie verzichteten darauf, sich die Hand zu geben. Alexander setzte sich und Nonna servierte ihm eine großzügige Portion Kartoffelsalat und ein Schnitzel. Letizia musterte ihn verstohlen, während er aß.

Er wirkte wie ein Anwalt oder ein höherer Angestellter. Er trug eine dunkelgrüne Krawatte, ein weißes Hemd und dunkelgraue Hosen, die ebenfalls saßen wie angegossen. Die Krawatte passte sehr gut zu seinen braungrünen Augen. Seine Tischmanieren schienen aus dem neuesten Knigge zu stammen.

„Tizia, iss!", sagte Nonna, als sie ihren halb vollen Teller sah.

„Ich bin satt, Nonna, danke."

Die alte Frau sah kurz den jungen Mann an und verstand.

„Dottore, wolle Sie Wein oder etwas anderes zu trinken?"

„Nur Wasser, danke. Aber ich bin kein Doktor."

Nonna machte eine ihrer typischen Handbewegungen, mit der sie ganze Romane erzählen konnte. Diesmal war die Bedeutung wohl ein einfaches *Ich fasse es nicht!*

„Nur Wasser?", fragte sie ungläubig.

Er nickte. Sie lief ins Wohnzimmer, holte eines der unbenutzten Kristallgläser, die sie zu irgendeiner Festlichkeit bekommen hatte, und schenkte Mineralwasser ein.

„In Italien ist jeder ein Dottore, der studiert hat", erklärte Letizia.

„Ach so. Äh, ja, studiert habe ich."

„Sehen Sie."

Er lachte. „Hm, das Fleisch ist köstlich. Schnitzel habe ich seit meinem Studium nicht mehr gegessen."

„Ich esse auch nur die von meiner Großmutter", antwortete Letizia, um deutlich zu machen, dass sie nicht immer Riesenportionen verdrückte.

„Und der Kartoffelsalat. Besser als im Sternerestaurant!", fuhr Alexander fort.

„Haha", lachte Nonna. „Natürlich, und ich bin Sophia Loren."

Er sah sie verdutzt an.

„Das ist eine sehr berühmte italienische Schauspielerin. Wie Romy Schneider, Sissi", erklärte Maria.

Der junge Mann nickte freundlich. Letizia hätte wetten können, dass er auch nicht wusste, wer Romy Schneider war. Nonnas Essen schien ihm aber wirklich zu schmecken. Als er das erste Schnitzel verputzt hatte, nötigte ihn Nonna, noch eins zu nehmen. Währenddessen holte sie Bruschetta und eingelegte Oliven, Auberginen und Paprika.

„Alles bio, aus unserem Garten."

Er nickte und aß. Wahrscheinlich wollte er nicht unfreundlich erscheinen. Dabei blickte er immer wieder zu Letizia und sie lächelte freundlich.

Schließlich sagte er: „Ich muss jetzt wirklich los, meine Mittagspause ist vorbei."

„Wieso vorbei? Du bist doch der Chef!", widersprach Nonna.

„Auch ein Chef muss arbeiten."

„Und der Käsekuchen? Ich mache den beste Espresso und den beste Käsekuchen."

Er hielt sich in einer übertriebenen Geste den Bauch.

„Ich röste selbst Espressobohnen", setzte Nonna nach und Letizia erklärte: „Er ist sehr stark, ihr Espresso. Ich kann die ganze Nacht nicht schlafen, wenn ich ihn getrunken habe."

„Ich bin Kaffeejunkie, mich haut so schnell nichts um. Na gut, dann einen Espresso, aber ohne Kuchen bitte."

„Ich nehme ein Stück Kuchen dazu, Nonna", bat Letizia.

Nonna servierte den Kuchen und die Espressi und setzte sich zu ihrem Mann, angeblich, um die Nachrichten zu sehen. Letizia war sich jedoch sicher, dass sie hoffte, ihre Enkelin mit diesem anzugtragenden *Dottore* zu verkuppeln.

„Ihre Großmutter kann wirklich hervorragend kochen", meinte dieser gerade.

„Das stimmt, manchmal ist sie jedoch ein bisschen zu aufdringlich. Aber andererseits gehört das irgendwie zur sizilianischen Gastfreundschaft."

Er lächelte. Dabei entstanden zwei Grübchen, was ihn sehr sympathisch wirken ließ.

„Wohnen Sie hier in Heidelberg oder sind Sie zu Besuch bei den Großeltern?"

„Ich lebe normalerweise in Sizilien, helfe aber über die Wintermonate mit dem Orangenverkauf."

Er nickte und sah sie an, recht lange, sodass sie sich fragte, ob sie sich irgendwie mit Sauce verschmiert hatte. Schließlich wandte er seinen Blick ab und nahm einen Schluck Espresso.

„Wow, der ist tatsächlich unglaublich stark!", rief er aus.

„Ohne viel Zucker ist er nicht zu überleben. Ich habe Sie gewarnt."

Er lächelte. „Das passt, ich muss heute Abend länger arbeiten. Aber wollen wir uns nicht duzen?"

Sie nickte. Er war ihr sympathisch, dieser Alexander. Er war bestimmt erfolgreich und hatte Geld, seiner Kleidung nach zu urteilen. Trotzdem wirkte er natürlich.

„Nenn mich ruhig Alex", sagte er und reichte ihr die Hand.

„Letizia", antwortete sie und erwiderte den Handschlag. „Oder Tizia. Ich mag Abkürzungen, aber mir gefällt der Name Alexander."

„Ich finde ihn etwas förmlich. Meiner Mutter war

ein wohlklingender Name sehr wichtig", antwortete er und zuckte mit den Schultern. Er rieb sich genussvoll über den Bauch und scherzte: „Wenn ich gewusst hätte, dass Mittagessen inklusive ist, wäre ich schon viel früher gekommen und hätte die Einkäufe nicht meiner Assistentin überlassen. Sie hat über Freunde von euren Orangen erfahren und kauft immer für die halbe Belegschaft ein."

Letizia antwortete grinsend: „Die Orangen sind tatsächlich köstlich. Ich kümmere mich selbst darum."

„Hast du Agrarwesen studiert?", fragte Alexander interessiert.

„Nein, Literaturwissenschaft, in Palermo."

Er nickte etwas verwundert. „Und wie kommst du dann dazu, Orangen anzubauen?"

„Ach, auf unserer Insel lernt man schnell, zu improvisieren. Und was hast du studiert?", lenkte sie vom Thema ab.

„BWL."

„Deshalb der Anzug."

Er nickte. „Früher habe ich davon geträumt, Tischler zu werden." Er lachte. „Allerdings hat mein Vater ein eigenes Unternehmen und deshalb war schnell klar, was ich studieren sollte. Irgendwer muss das Familienunternehmen schließlich eines Tages übernehmen."

„Ähnlich wie bei mir. Nur dass unser *Business* aus Orangen besteht. Tja, dann sind wir beide also Gefangene unserer Familien."

Er seufzte, stand auf und sagte: „Ich muss jetzt wirklich los. Es hat mich gefreut, Letizia."

Sie fragte sich, ob sie ihm noch etwas anbieten konnte, damit er länger blieb, denn sie fühlte sich wohl in seiner Gesellschaft, aber ihr fiel nichts ein. Stattdessen begleitete sie ihn zur Tür. Kurz bevor er die Wohnung verließ, drehte er sich um und sah sie an, vielleicht zwei Wimpernschläge lang, mit einem Blick, der bei ihr eine Gänsehaut erzeugte.

Hatte sie sich nur eingebildet, dass da in seinem Blick etwas Wehmut gelegen hatte?

Doch im nächsten Moment war er wieder wie vorher, höflich, mehr nicht: „Ciao – und danke an deine Großmutter für das Essen. Wie viel bekommt ihr für das Olivenöl?"

„60 Euro pro Kanister."

„Oh, waren das nicht bisher 50?"

„Ja, aber die Ernte ist nicht so gut ausgefallen. Die Preise sind bei allen Bauern gestiegen. Hat dir Nonna bei der Bestellung nicht den neuen Preis genannt?"

„Ich weiß es ehrlich gesagt nicht. Meine Assistentin hat die Bestellung aufgegeben." Er holte seinen Geldbeutel aus der Tasche und sagte: „Ich fürchte, ich habe nicht genug Geld dabei. Kartenzahlung akzeptiert ihr wohl nicht?"

Sie lachte. „Nein. Aber das ist kein Problem. Ihr seid ja gute Kunden. Zahlt den Rest einfach, wenn ihr die Orangen abholt."

„Danke für euer Vertrauen."

„Wir kennen unsere Kunden."

Er reichte ihr 250 Euro und sagte: „Vielen Dank,

ich muss los", doch er blieb weiterhin vor der Tür stehen, als ob er noch etwas sagen wollte.

„Brauchst du noch etwas?", fragte sie freundlich.

Alexander lächelte und setzte an, etwas sagen. Doch er brach ab und sagte stattdessen: „Es war schön, mit dir zu reden."

Letizia antwortete wenig kreativ: „Es war auch schön, mit dir zu reden."

Er lachte. „Freut mich." Dann winkte er und lief die Treppe hinunter.

Nonna kam eilig zur Tür. „Ist er schon weg? Und die Oliven?", rief sie.

Letizia eilte ihm in Socken mit einer Tüte in der Hand hinterher und erwischte ihn, als er gerade in seinen 7er BMW stieg.

„Du hast die Oliven vergessen."

„Oh. Danke."

Mit einem Lächeln nahm er die Joghurtbehälter, die Nonna in eine ALDI-Plastiktüte gesteckt hatte. Als sie ihm die Tüte reichte, berührte er ihre Hand. Letizia zog sie weg und lächelte verlegen. Sie wollte so sehr, dass er noch länger blieb.

„Möchtest du vielleicht doch noch einen Kaffee?", fragte sie.

„Würde ich gerne nehmen, aber ich muss leider los." Wieder bewegte er sich nicht vom Fleck.

Im Hintergrund hörte Letizia Nonnas Keuchen und drehte sich um.

„Stopp!", rief die alte Dame. „Du hast das Öl vergessen!"

In jeder Hand trug sie einen Kanister.

„Wo ist nur mein Kopf heute", murmelte Alex zerknirscht und ging mit der alten Dame wieder ins Haus, um die übrigen drei zu holen.

Nachdem alles verstaut war, verabschiedete er sich noch einmal und fuhr davon. Die zwei Frauen sahen der schwarzen Limousine hinterher.

„Ich glaube, du hast dem Dottore gefallen", meinte Maria.

„Quatsch, Nonna, ich stinke nach Bratfett und Knoblauch."

„Er jetzt auch", antwortete die alte Dame mit einem Zwinkern und legte einen Arm um ihre Enkelin.

KAPITEL 5

Letizia lag an diesem Abend lange wach und dachte an Alexander, den gut aussehenden zukünftigen Firmenchef, der ihr diesen besonderen Blick zugeworfen hatte. Was wollte er ihr damit wohl sagen? Dass sie ein ähnliches Los gezogen hatten? Irgendetwas hatte er an sich, das sie faszinierte. In der Nacht träumte sie von ihm. Er befüllte seinen Wagen mit Orangen, bis dieser so voll war, dass die Früchte auf die Straße kullerten.

Am nächsten Morgen widmete sich Letizia als Erstes der Geschäftspost. Ein Brief war vom Finanzamt. Darin stand, dass sie die Einkommenssteuererklärung fürs vergangene Jahr nicht abgegeben hätten und diese dringend bis zum 30.09. nachgereicht werden müsse. Letizias Mutter hatte schon vor zwei Jahren, noch bevor Letizia ins Orangengeschäft eingestiegen war, organisiert, dass die Steuersachen von einer Steuerberaterin erledigt wurden.

„Nonna, macht das nicht alles die Steuerberaterin?"

„Ja, ja. Das macht Angelas Enkelin."

„Angelas Enkelin? Hat sie auch einen Namen?"

„Bestimmt. Hier ist ihre Telefonnummer."

Nonna reichte ihr einen handschriftlichen Zettel. Als Letizia die Handynummer wählte, die darauf stand, meldete sich eine Marianna. Ja, sie war wirklich die Enkelin von Angela, versicherte sie, und ja, sie kümmere sich um die Steuersachen. Eigentlich sollte das Finanzamt wissen, dass die Steuererklärung noch nicht fertig sei. Schließlich habe sie schon vor Monaten eine Fristverlängerung beim Amt beantragt.

„Mach dir keine Sorgen", versicherte Marianna. „Ich rufe das Finanzamt an und kläre das."

Der Rest der Post war weniger dringlich, manches waren sogar einfache Werbeschreiben. Nonna tat sich schwer damit, einzuschätzen, welche Post wichtig war und welche nicht.

Als Nächstes meldete sich Letizia in Nonnas Namen bei der Krankenkasse an, damit diese die Sozialversicherungsbeiträge für ihre Anstellung einziehen konnte. Bei ihrem letzten Aufenthalt in Deutschland hatten sie bereits ausgetüftelt, dass es am sinnvollsten war, wenn Nonna sie für 800 Euro pro Monat anstellte. Damit war sie krankenversichert und zahlte in die Rentenkasse ein. Die Anmeldung war für Nonna nicht einfach gewesen, sie verstand die gesetzlichen Regelungen in Deutschland grundsätzlich nicht – oder sie wollte sie nicht verstehen. In Sizilien war alles viel einfacher mit den Gesetzen, sagte sie immer wieder. Worauf Letizia stets konterte, dass es in Italien und Sizilien ja nicht weniger Gesetze gebe als in Deutschland. Lediglich die Bereitschaft, sich daran zu halten, sei geringer.

„Warum auch, wenn die in Rom so komische Gesetze machen", antwortete Nonna.

Im letzten Winter hatte Letizia mehrmals mit der Krankenkasse telefoniert, um zu verstehen, wie Nonna sie während ihrer Zeit in Deutschland anmelden musste. Und diesmal klappte es mit dem Ausfüllen der Formulare schon viel schneller. Natürlich erhielt sie Kost und Logis von ihrer Großmutter, aber das konnten die Behörden ja schlecht auf den Lohn anrechnen, meinte Nonna, schließlich waren sie eine Familie. Auch das zusätzliche Geld, das sie ihrer Enkeltochter nach der letzten erfolgreichen Saison geschenkt hatte, war für sie nur ein Geschenk innerhalb der Familie und nichts, was sie als altmodische Sizilianerin über die Behörden regeln wollte.

In den nächsten Tagen telefonierte Letizia viel mit ihren Eltern in Sizilien, um die erste Orangenlieferung zu planen. Außerdem trug sie alle handschriftlichen Zettel zusammen, auf denen ihre Nonna in den vergangenen Jahren die Telefonnummern ihrer Stammkunden gesammelt hatte, und übertrug sie in eine Excel-Liste. Anschließend telefonierte sie die Kunden ab, um sie darüber zu informieren, dass die erste Lieferung der Saison am ersten Mittwoch im Dezember anstand, und nahm Bestellungen auf. Nicht selten stellte sich dabei heraus, dass Nonna die Namen der deutschen Kunden falsch notiert hatte und Familie Morraba eigentlich Morawek hieß oder Frau Schac-Schacco Schaffmüller.

Die Telefonnummer eines Alexander oder Herrn Ricca oder wie auch immer ihre Nonna das notieren würde, fand sie nicht, aber normalerweise liefen die Bestellungen ja über seine Mitarbeiterin. Letizia musste sich eingestehen, dass sie sich gefreut hätte, wenn er plötzlich bei einem der Telefonate an der Leitung gewesen wäre. Dabei konnte sie sich nicht einmal recht erklären, was sie sich eigentlich erhoffte. Ja, er war nett, attraktiv und erfolgreich, doch normalerweise interessierte sie sich überhaupt nicht für Anzugträger und sie hatten sich nur einmal gut unterhalten.

Während sie telefonierte, stand ihre Großmutter am Küchenfenster. Plötzlich klingelte es.

„Oh, der Dottore!", rief Nonna.

„Welcher Doktor?", fragte Letizia. „Ist jemand krank?"

„Nein, *der* Dottore", antwortete Nonna übertrieben betont. „Alessandro!"

Alessandro? Etwa *der* Alexander? Letizia lief unwillkürlich ein Schauer den Rücken hinunter.

„Mach du auf", bat Nonna.

„Wieso denn?", fragte Letizia gespielt unwillig.

Dennoch ging sie rasch zur Tür und öffnete. Kurz darauf sah sie Alexander die Treppe heraufkommen, in der Hand hielt er einen Umschlag. Als er sie erblickte, leuchteten seine Augen und er lächelte.

Nachdem sie sich begrüßt hatten, reichte er ihr

den Umschlag und sagte: „Hier ist das restliche Geld für das Olivenöl."

„Aber das war doch nicht nötig. Ihr hättet das beim nächsten Mal bezahlen können."

„Ich bleibe nur ungern etwas schuldig."

Sie nahm den Umschlag entgegen und zuckte mit den Achseln. Etwas schüchtern musterte sie ihn. Puh, er sah wirklich gut aus. Seine Gesichtszüge hatten etwas Jungenhaftes und ungemein Freundliches, dem versuchte er wohl durch den perfekt getrimmten kurzen Bart entgegenzuwirken. Sie fragte sich, ob er dadurch ernster und reifer wirken wollte. Und seine Augen! Sie traute sich kaum, hineinzublicken. Sie waren wie ein weites, blaues Meer. Als sie es nicht mehr aushielt und direkt in das blaue Meer sah, erwiderte er ihren Blick. Wenn sie bloß gewusst hätte, was er dachte. Er räusperte sich und sie zuckte zusammen. Was hatte er eben gesagt? Ah ja, Schulden.

„Ihr seid unsere besten Kunden", antwortete sie, obwohl sie keine Ahnung hatte, ob das stimmte, da er in ihrer Liste nicht auftauchte.

Etwas piepste. „Telefon?"

Er nickte. „Das ist der Wecker, ich muss gleich los." Er sah kurz auf seine Uhr. Obwohl er offensichtlich in Eile war, bewegte er sich nicht. Im Gegenteil, er stand wie angewurzelt da und schwieg.

„Ich muss auch gleich los", sagte sie schließlich, um die Stille zu überbrücken. Doch sie bewegte sich ebenfalls nicht vom Fleck. Wieder blickten sie sich an und am liebsten hätte sie sich in seine Arme geworfen und ihn geküsst.

Was ist bloß los mit dir?, ermahnte sie sich selbst. So ein langweiliger Unternehmersohn passte doch gar nicht zu ihr! Männer wie Matteo gefielen ihr. Männer, die es aus eigener Kraft schafften, eine gute Arbeit zu bekommen. Andererseits hatte Matteo sie am Ende sitzenlassen.

Wieder piepste es.

„Ich muss jetzt wirklich los", sagte er und wieder rührte er sich nicht.

Letizia lächelte und versuchte, eine störende Locke aus dem Gesicht zu bekommen, indem sie den Kopf nach hinten warf.

„Hm, ich habe auch wirklich viel Arbeit", sagte sie und plötzlich musste sie lachen.

Er sah sie irritiert an. „Was ist?"

„Nun ja, wir sagen beide, dass wir losmüssen und stehen trotzdem immer noch hier."

„Erwischt", antwortete er und warf ihr wieder diesen Blick zu, von dem sie ganz wacklige Knie bekam. Mit einem bedauernden Achselzucken drehte er sich um und ging. Letizia blieb wie angewurzelt stehen und sah ihm nach.

KAPITEL 6

Dezember 2018

Letizia stand mit ihrer Großmutter in der kleinen Garage, warm eingepackt, mit dicker Wollmütze und Schneestiefeln. Sie warteten auf die erste Orangenlieferung, die bereits vor zwei Stunden hätte ankommen sollen. Jetzt war es halb fünf und die Kunden standen in kleinen Grüppchen auf dem Gehweg, tranken Glühwein und warteten auf den Laster. Nonna hatte ein paar Panettone-Küchlein aus ihrer Vorratskammer geholt, die sie nun aufschnitt und verteilte. Die Ankunft der ersten Lieferung war irgendwie zu einem Highlight geworden. Die Orangen waren für die Kunden nicht einfach nur saftiges Obst, sondern ein süßer Lichtblick in dieser tristen und dunklen Jahreszeit. Ein bisschen Urlaub und Exotik, der bis zum März andauerte. Ab da freute sich jeder auf Erdbeeren und die leckeren Orangen konnten die meisten nicht mehr sehen.

Als der Laster schließlich eintraf, passten die deutschen Nachbarn auf wie Schießhunde, ob der Laster ihren Zaun oder ein Auto rammte. Letizia und Nonna baten die Kunden freundlich, ihre Autos wegzufahren, weil der Laster nicht durchkam, und es entstand ein buntes Durcheinander. Die Autos standen kreuz und quer auf der Straße und es wurde gehupt und gerufen, bis Nonna klare Anweisungen gab, wer zuerst fahren sollte. So klappte es schließlich.

Der Fahrer lud innerhalb kürzester Zeit mehrere Paletten Orangen und andere Zitrusfrüchte aus, dazu den bei Conad gekauften Käse, Olivenöl, Tomatensugo, Zitronen, Artischocken und sogar Honig.

Jedes Jahr verlief der erste Verkaufstag chaotisch, als ob Orangen ein Grundnahrungsmittel wären, so gierig und ungeduldig waren die Käufer. Von allen Seiten belagerten sie Letizia und ihre Großmutter. Trotz der Bitten und Aufforderungen, sich in eine Reihe zu stellen, begannen die Kunden irgendwann, die Kisten selbstständig von der Palette zu heben und in ihre Autos zu tragen. Wenn es nicht Stammkunden gewesen wären, hätten Letizia und ihre Nonna sich sicherlich darüber aufgeregt, doch bis jetzt hatte noch nie jemand etwas mitgehen lassen. So kamen die Leute denn auch alle zurück, nachdem die Kisten verstaut waren, um zu bezahlen.

Nonna dirigierte und Letizia verkaufte und rechnete ab. Eigentlich sollte ab sofort jeder Verkauf in ihre mühevoll erstellte Excel-Liste eingetragen werden, doch das gab sie schnell auf. Der Andrang war so groß, dass sie nur noch in den Taschenrechner eintippte und Geld annahm. Rückgeld musste sie kaum geben. Meist sagten die Kunden: „Stimmt so, kauft euch einen Kaffee zum Aufwärmen." Es war tatsächlich bitterkalt und Letizia und Nonna waren froh, dass sie mehrere Schichten warme Kleidung trugen.

Langsam wurde es ruhiger. Der Laster war schon weggefahren und die meisten Kunden ebenso. Plötzlich stand *er* vor ihr. Alexander. Er lächelte. Dieses Mal trug er einen anderen Mantel, hellgrau und kürzer, dazu helle Hosen und Stiefeletten. Und sie? Bei der Auswahl ihrer Kleidung hatte sie nur auf Funktionalität und nicht auf Eleganz geachtet. Somit konnte man die Konturen ihres Körpers nur erahnen. Lediglich ihr Gesicht war zu sehen und ihre Nase war sicherlich ganz rot vor Kälte. Sie fühlte sich wie ein hässliches Entlein.

„Hallo", grüßte er und wieder entstanden diese hübschen Grübchen. Sie liebte Grübchen.

„Hallo", antwortete sie.

„War der Laster schon da?", fragte er.

Sie sah ihn überrascht an und schaute sich in der Garage um. Fast alle Paletten waren leer. Da stand nur noch eine Kiste Mandarinen und eine halbvolle Kiste mit Zitronen.

„Oh ja, der LKW war da, wir haben kistenweise Orangen verkauft. – Nonna?", rief sie.

„Prego?"

„Sind die Orangen wirklich alle schon verkauft?", fragte Letizia auf Italienisch.

„Ja, alles weg, fast so, als ob sie nichts anderes essen würden", antwortete Nonna, während sie in die Garage zurückkam. Als sie Alexander sah, begrüßte sie ihn stürmisch: „Dottore! Es tut mir schrecklich leid, aber alle Orangen sind weg, die Menschen sind verrückt. Aber hier sind Mandarinen, noch besser."

„Aber meine Assistentin hatte doch sechs Kisten bestellt."

Sie hob bedauernd die Schultern: „Das tut mir leid, sie haben uns gestürmt. Ich konnte nicht so schnell schauen, wie die Kisten weg waren. Jedes Jahr dasselbe, wenn die erste Lieferung kommt."

In dem Trubel war es unmöglich gewesen, zu überprüfen, ob jemand mehr Kisten kaufte, als er bestellt hatte. *Das muss nächste Woche unbedingt besser funktionieren!*, dachte Letizia.

„Nächsten Mittwoch gibt es neue Orangen", tröstete sie ihn.

„Sicher?", fragte er.

„Auf jeden Fall!"

„Dottore, als Entschädigung koche ich ein leckeres Abendessen", sagte Nonna bestimmt.

Letizia sah auf die Uhr. Es war schon halb sieben und sie und Nonna waren seit zehn Stunden auf den Beinen.

„Oh, das kann ich nicht annehmen", lehnte Alexander ab.

„Oh, sì, sì! Heute mache ich Artischocken und Pasta. Komme Sie bitte, als Entschuldigung. Frau

Federica ist eine meiner besten Kundinnen. Für sie packe ich noch ein paar Sache ein", rief Letizias Großmutter.

„Ja, Frida bestellt immer für die halbe Firma. Die Kollegen sind alle ganz begeistert von den Orangen", sagte er.

Frida heißt sie also!, dachte Letizia und schmunzelte.

Nonna erwiderte bestimmt: „Siehst du, dann ist alles klar. Ich gehe schon mal nach Hause und bereite das Essen vor, ihr beide schließt ab."

Letizia freute sich, dass ihre Großmutter nicht lockerließ und Alexander konnte sich der alten Dame kaum widersetzen. Als er lächelte, wurde Letizia ganz warm ums Herz. Kurz darauf half Alexander Letizia, die letzten Sachen zusammenzuräumen.

„Meine Mitarbeiter haben mich nach dem Mittagessen bei euch ausgelacht, weil ich so sehr nach Knoblauch und Schnitzel gerochen habe", bekannte er.

Letizia lachte. „Nonna benutzt für alles Knoblauch. Das ist ihre einzig wahre Medizin und ihr Schönheitselixier."

Alexander grinste und sagte: „Aber nur auf Abstand. Das Gute war, dass keiner länger als eine Minute in meinem Büro geblieben ist."

Sie schmunzelte ebenfalls.

„Das Geschäft mit den Orangen scheint zu florieren, vielleicht sollte ich mit einsteigen, statt den ganzen Tag im Büro zu sitzen", meinte Alexander mit einem Blick auf die gefüllte Kasse, die Letizia in einer Stofftasche zur Wohnung trug.

„Na ja, so viel Geld ist das nicht, aber es reicht für unsere Familie. Mit einem Bürojob verdient man sicher mehr. Auf jeden Fall haben wir immer das beste Essen, in Bio-Qualität."

Im Treppenhaus schwärmte Letizia: „Zuerst gibt es Antipasti, die haben meine Mutter und ich eingelegt, in frisches Olivenöl."

„Das klingt wirklich lecker."

Er zog seinen Mantel aus und sie begleitete ihn ins Wohnzimmer, wo Nonno wie immer auf der Couch saß und italienisches Fernsehen sah. Er blickte kurz hoch und begrüßte den jungen Mann, um sich gleich darauf wieder seiner Fußballsendung zu widmen.

„Bitte, setz dich", sagte Letizia und deutete zum Esstisch.

„Heute essen wir nicht in der Küche?", fragte er schmunzelnd.

„Nein, wer zweimal zu Besuch kommt, darf den Ehrenplatz im Wohnzimmer haben."

„Schade, ich fand die Küche eigentlich sehr gemütlich", antwortete er und setzte sich.

„Ich komme gleich, ich ziehe mir nur schnell die Polarkleidung aus", witzelte Letizia.

Sie ging ins Gästezimmer, das eigentlich das Jugendzimmer ihrer Mutter war und noch fast so aussah wie vor dreißig Jahren. Poster von ABBA und Umberto Tozzi hingen an der Wand. Außerdem standen ein enges Holzbett und ein dazu passendes Regal und ein Kleiderschrank darin. Ein paar alte

Puppen und Stofftiere lagen und saßen auf kleinen Deckchen im Regal neben Liebesromanen.

Letizia öffnete den Schrank und betrachtete ihre Kleiderauswahl. Dummerweise hatte sie nur Hosen und Pullover eingepackt. Zum Glück hing jedoch im Schrank noch das schöne weinrote Wollkleid, das sie beim letzten Besuch hiergelassen hatte, weil es in Sizilien zu warm dafür war. Sie zog sich schnell um und schminkte sich. Anschließend betrachtete sie sich zufrieden im Spiegel. Keine Spur mehr vom hässlichen Entlein! Das Kleid betonte ihre Kurven und die Wimperntusche ihre schönen Augen.

Als sie zurück ins Wohnzimmer kam, standen zwei Teller mit Antipasti auf dem Tisch und ein Glas Apfelsaftschorle. Das tranken die Deutschen nach Meinung ihrer Großmutter am liebsten zur Erfrischung, deshalb bekamen alle deutschen Gäste bei ihr Apfelsaftschorle, ob sie wollten oder nicht.

Alexander sah Letizia bewundernd an und scherzte: „Ich dachte schon, du seist nach Sizilien geflohen, um ja nicht noch mal mit mir essen zu müssen."

Sie lachte und antwortete: „Das hatte ich vor, aber ich konnte meine Großeltern ja nicht mit dir allein lassen."

„Was ist mit deinen Großeltern?", fragte Nonna, die gerade ins Wohnzimmer kam. Überrascht sah sie ihre Enkelin an und fragte mit einem Augenzwinkern in Richtung Alexander: „Che bella! Ist sie nicht schön, meine Letizia?"

Alexander nickte. „Oh ja, sehr schön."

Letizia spürte, dass sie rot wurde. Sagte er das aus reiner Höflichkeit? Oder meinte er es ernst?

„Du hast noch nichts gegessen?", fragte Nonna, bevor sich eine peinliche Stille einschleichen konnte. Tatsächlich war sein Teller leer. „Die Pasta ist gleich fertig!"

„Ich habe auf die junge Dame gewartet", erwiderte Alexander höflich.

Letizia setzte sich zu ihm an den Tisch. Nonna wünschte „Buon Appetito" und setzte sich zu Nonno auf das Sofa.

Alexander sah Letizia erstaunt an und fragte leise: „Werden die beiden nicht mit uns essen?"

Sie flüsterte zurück: „Ich befürchte, die zwei bleiben dort sitzen. Sie essen normalerweise nicht zu Abend. Höchstens ein Süppchen, mit viel Knoblauch natürlich, alles andere ist in ihrem Alter zu ungesund, meint meine Oma."

Letizia war klar, dass es auf jemanden, der nicht aus Italien stammte, eigenartig wirken musste, dass die einen zu Abend aßen, während die anderen im selben Raum fernsahen. Sie fand das ganz normal, schließlich lief bei Sizilianern sowieso ununterbrochen der Fernseher, egal ob jemand zusah oder nicht.

„Leben deine Großeltern noch?", fragte sie.

Er nickte. „Ja, sie sind über achtzig und gerade befinden sie sich auf einem Schiff in der Nähe des Südpols."

Letizia staunte. „Was? Meine Großeltern waren bisher nur in Deutschland und in Italien. Und ich bin mir nicht sicher, ob sie überhaupt wissen, wo der Südpol ist."

„Das weiß man doch. Im Süden halt", antwortete er.

Letizia grinste.

„Essen, essen!", rief Nonna und unterbrach damit ihr Gespräch.

Sie stand auf und deutete auf die zwei Antipasti-Platten und den immer noch leeren Teller vor Alexander. Noch bevor er sich etwas auflegen konnte, nahm sie den Teller mit Auberginen, die in Öl getränkt und wie ein kleiner Hügel drapiert waren. Nonna legte ihm mehrere Stücke auf.

„Oh, das ist viel", meinte er.

„Ist doch nur Gemüse", wehrte Nonna ab.

Letizia servierte die Paprika, auf der großzügig der Knoblauch verteilt war.

„Ich hole noch den Rest", meinte Nonna bestimmt. Bevor sie in der Küche verschwand, bedeutete sie ihrer Enkelin mit den Augen, sitzen zu bleiben.

„Jedes Gemüse hat seine Geschichte", erzählte Letizia. „Wir pflanzen sie mit Blick auf den Ätna, der Boden dort ist durch das Magma sehr fruchtbar. Die Auberginen habe ich selbst gezogen."

Alexander probierte. „Köstlich. Du hast mich überzeugt, ich werde morgen meinen Job aufgeben und Auberginen züchten."

Sie schmunzelte. Kurze Zeit später kam Nonna mit einem Teller Artischocken zurück, die mit Schinken und Käse überbacken waren.

„Aus unserem Garten", sagte sie.

Alexander meinte begeistert: „Die Sterneköche können bei Ihrer Küche einpacken!"

Sie sprachen wenig, weil Alexander begeistert alles probierte. Letizia dagegen hatte, wie auch das letzte Mal in seiner Gegenwart, keinen Hunger und knabberte ewig an einer Artischocke herum. Während Nonna wieder in der Küche verschwand, betrachtete sie daher Alexander genauer. Er trug ein braunes Hemd und einen tannengrünen Pullover darüber. Das stand ihm besonders gut, weil die Farben zu seinen Augen passten. Ob er wohl einen Stilberater hatte?

„Wie hast du eigentlich so gut Deutsch gelernt", fragte Alexander.

Letizia erzählte ihm von ihrer Kindheit und den Sprachkursen an der Uni. Schließlich kam ihre Großmutter mit dem Hauptgang zurück.

„Pasta alla nonna", rief sie. „Meine Spezialität."

Alexander nickte bewundernd. „Das sieht sehr lecker aus."

„Mein Sugo mit Sardinen. Alles frisch zubereitet", erklärte sie voller Stolz.

Der junge Mann genoss das Essen sichtlich, als Nonna ihm jedoch eine zweite Portion Pasta geben wollte, lehnte er ab: „Ich bin wirklich satt, es hat hervorragend geschmeckt, aber ihr könnt mich sonst hier rausrollen."

„Aber es gibt noch Spanferkel", rief die alte Dame.

Alle lachten, außer Nonno. Verärgert darüber, dass er sich gar nicht um den Besuch kümmerte, sagte die Großmutter: „Basta", und schaltete den Fernseher aus. Daraufhin setzte sich Antonio tatsächlich zu ihnen an den Tisch und erzählte in gebrochenem Deutsch von seinem Berufsleben.

Alexander hörte aufmerksam zu. Nonno versuchte zu erklären, dass er vierzig Jahre in einer der großen chemischen Fabriken am Fließband gearbeitet hatte. Sein Deutsch war jedoch so schwer zu verstehen, dass Letizia teilweise übersetzen musste. Es war ein Ausflug in eine andere Welt für Alexander, das war ihr klar.

„Nonno hat einen Fabrik-Slang drauf, den nur er und seine Kollegen verstehen. Doch jetzt genug von uns. Alexander, was machen denn deine Eltern?", fragte Nonna.

„Mein Vater ist Chemiker. Bereits vor meiner Geburt hatte er einige neue Patente im Bereich der Düngemittel entwickelt. Er hat ein eigenes Unternehmen aufgebaut. Und ich als einziger Sohn soll es irgendwann übernehmen, ein richtiges Familienunternehmen eben."

„Wie viele Arbeiter hast du?", fragte Letizias Großvater so direkt, dass seine Frau mit den Augen rollte.

„Etwa zweihundert", antwortete Alexander.

„Zweihundert!", rief Nonno. „Das ist nicht viel, in der Fabrik, da waren wir zwanzigtausend."

„Antonio!", tadelte Nonna ihren Mann.

Alexander lachte. „Ja, das ist was anderes. Aber mit zweihundert Mitarbeitern hat man auch genug zu tun."

Marias Augen glänzten und sie hatte rote Backen. Letizia vermutete, dass sie sich Alexander und sie schon als Paar ausgemalt hatte. Wahrscheinlich hatte sie im Geiste bereits die Hochzeit mit weißer Kutsche geplant. Endlich würde ihre Enkelin eine Donna werden, die Gattin eines Firmenchefs!

In diesem Moment klingelte Alexanders Telefon.

„Entschuldigung, da muss ich rangehen", meinte er und ging hinaus in den engen Flur.

Letizias Großmutter veranstaltete fast einen Freudentanz. „Oh bella, er mag dich, er mag dich!", sagte sie auf Italienisch.

Letizia verdrehte die Augen. „So ein Quatsch, nur weil du ihn genötigt hast, bei uns zu essen, ist er noch lange nicht in mich verliebt."

„Darauf hat er doch nur gewartet! Und ich helfe euch ein bisschen zu eurem Glück."

Als Alexander zurückkam, wirkte er bedrückt. „Ich muss leider noch einmal ins Büro. Die Arbeit ruft. Vielen Dank, Frau Leone, das Essen war außerordentlich schmackhaft."

„Was, du gehen?" Das fand sie überhaupt nicht gut. „Ich habe noch sizilianische Dolci, das ist das Beste überhaupt!"

Er lächelte und wieder entstanden diese wunderbaren Grübchen. „Das glaube ich, aber ich muss los. Das nächste Mal probiere ich sie. Versprochen."

Nonna wirkte enttäuschter, als Letizia es war. Sie verabschiedeten ihn und an der Tür warf Alexander Letizia wieder diesen Blick zu, wehmütig und leidenschaftlich zugleich.

„Egal, wenn er weg ist, wir essen trotzdem Nachtisch", meinte Nonna und holte die Dolci.

In diesem Moment klingelte ihr Telefon. Sie besaß das neuste iPhone mit allen Extras, aber sie verwendete es hauptsächlich, um Nachrichten via WhatsApp zu schreiben und verschickte nach fast jedem Satz ein Herzchen-Emoji.

Nach dreimaligem Klingeln nahm Nonna den Anruf entgegen.

„Che?!", rief sie.

Ihre Gesichtszüge entgleisten und sie ließ sich kraftlos auf den Stuhl sinken. Kurz hörte sie dem Anrufer zu, dann sagte sie tonlos: „Mein Bruder Pietro ist gestorben."

Das Telefon fiel ihr aus der Hand.

KAPITEL 7

August 1958

Katharina überlegte lange, was sie anziehen sollte. Schließlich entschied sie sich für das rosafarbene Petticoat-Kleid, das ihr so gut stand. Obwohl es draußen immer noch warm war, zog sie das passende Jäckchen dazu an. Sie hatte den ganzen Tag über Lockenwickler getragen und das hatte sich bezahlt gemacht. Ihr blondes Haar fiel in wunderschönen Wellen über ihre Schultern. Das war zwar gerade nicht modern, aber ihr gefiel es und ihr Spiegelbild gab ihr recht. Sie sah wirklich hübsch aus.

In nur wenigen Minuten würde sie ihn wiedersehen, den jungen Italiener, der umwerfend aussah und ihr Herz sofort erobert hatte. Alle anderen jungen Männer verblassten in seiner Gegenwart. Ihr war egal, dass er kaum Schulbildung und keine gut bezahlte

Arbeit hatte, und sie ahnte, dass ihre Eltern diese Beziehung niemals billigen würden. Doch Katharina dachte nur an die wunderbaren Momente, die sie mit ihm verbracht hatte. Seine warmen Lippen, die ihre berührten, und die Gänsehaut – es war ein unbeschreiblich schönes und aufregendes Gefühl. Sie war süchtig danach, deshalb wollte sie ihn keine Minute warten lassen.

Ihre Eltern waren im Theater und ihr Bruder mit seinen Freunden im Kino. Heute Abend musste sie keine Notlüge erfinden. Sie lief eilig aus dem Haus. Gleich würde sie ihn sehen. Ihr Herz schlug so schnell und sie war schrecklich ungeduldig. Doch am vereinbarten Treffpunkt unter der Laterne stand niemand. War er etwa aufgehalten worden?

Nervös sah sie immer wieder auf ihre Uhr. Doch er kam nicht. Warum nur? Hatte sie etwas falsch gemacht? Gefiel sie ihm doch nicht? Oder war ihm etwas zugestoßen?

Als er nach vierzig Minuten immer noch nicht aufgetaucht war, ging sie enttäuscht nach Hause. Ihr Bruder Hans war schon zurück, das war ungewöhnlich. Wenn er mit seinen Freunden unterwegs war, kam er normalerweise erst spät in der Nacht heim. Nach dem Kino zogen sie oft noch durch die Altstadt, besuchten die Kneipen in der Unteren Straße oder das *Cave*, den heißesten Jazzclub der Stadt, der sich in einem alten Kellergewölbe befand.

„Wo warst du?", fragte er.

„Spazieren", antwortete sie knapp.

Ihr Bruder war vier Jahre älter als sie und die

große Hoffnung ihres Vaters, der Erbe und Wunschsohn. Sie hatten sich nie gut verstanden. Jetzt musterte Hans sie in einer Art und Weise, die ihr Magenschmerzen verursachte. Ihr wurde klar, dass er Bescheid wusste. Hatte er Pietro vielleicht gedroht? Ein unheilvolles Gefühl beschlich sie.

Am nächsten Morgen ging sie zur Eisdiele von Pietros Onkels Giuseppe Cascone. Dorthin, wo sie sich das erste Mal getroffen hatten. An Cascones Blick konnte sie sofort erkennen, dass etwas nicht stimmte. Er grüßte sie nur knapp, und als sie fragte, wo Pietro sei, erwiderte er kurz angebunden: „Krankehaus."

„Was ist geschehen?", fragte sie panisch.

Cascone sah sie grimmig an und antwortete: „Signorina, vielleicht ist besser, wenn du eine von euch suchst."

„Ich verstehe nicht? Was ist mit Pietro passiert."

„Signorina, die Tedeschi, die Deutsche, möge unser Gelato und vielleicht auch die Pasta, die Musik und die Sonneschein, wo wir herkommen. Aber wenn das Eis gegessen, dann bleibe sie lieber unter sich." Er zuckte mit den Schultern und machte eine Handbewegung, die sie nicht recht deuten konnte.

„Was hat das mit mir zu tun?"

„Ist nicht gut für euch, wenn ihr trefft. Glaub mir."

„Ich will wissen, was mit Pietro ist!", erwiderte Katharina energisch.

„Er wird wieder wach."

„In welchem Krankenhaus ist er?", fragte sie.

Doch Cascone weigerte sich, ihr zu antworten.

Egal, wie sehr sie auf ihn einredete – und normalerweise war sie gut darin, zu bekommen, was sie wollte – er schüttelte nur schweigend den Kopf. Schließlich gab Katharina auf und ging entmutigt weg.

Als sie um die Hausecke trat, tippte ihr plötzlich jemand auf die Schulter. Es war der andere Kellner, ein Cousin von Pietro.

„Psst ...", flüsterte er. „Pietro ist in Salem-Klinik."

„Danke."

Katharina schenkte ihm ein Lächeln. Endlich wusste sie, wo Pietro war.

Als sie bald darauf vor dem Zimmer Nr. 12 stand, war ihr schlecht. Sie zögerte, doch schließlich fasste sie sich ein Herz und ging hinein. Pietro war wach. Sein schönes Gesicht war geschwollen, der Kopf bandagiert. Pietro sah sie so traurig an, dass es ihr das Herz brach.

„Was ist passiert?", schluchzte sie.

Auch Pietro liefen die Tränen die Wangen herab, obwohl er sich eigentlich beherrschen wollte, denn Männer weinen ja nicht. Aber er konnte nichts dagegen tun. Katharina rührte es umso mehr.

„Wer hat dir das angetan?", fragte sie.

Pietro schämte sich, dass sie ihn so sah. Dafür, dass er schwach war und sogar weinte. Doch sie nahm seine Hand und küsste sie.

„Wir dürfen uns nicht mehr sehen", antwortete er.

„Wer sagt das?"

„Dein Bruder", flüsterte er.

„Mein Bruder? Hans? Wie meinst du das?" Sie

verstand nicht, was er ihr sagen wollte. „Du denkst, dass mein Bruder dich verprügelt hat? Das glaube ich nicht. Ihr kennt euch doch gar nicht!"

„Vielleicht irre ich mich."

Pietro drehte den Kopf etwas zur Seite.

„Wie sah der Mann denn aus?"

„Es waren zwei Männer. Alles ging so schnell. Eigentlich habe ich nur einen richtig gesehen. Und ich habe gehört, wie er *deine Schwester* gesagt hat."

Als Pietro den Mann beschrieb, musste Katharina an einen der Burschenschaftler-Freunde ihres Bruders denken, die ein paar Mal bei ihnen zu Hause gewesen waren. So langsam fielen ihr auch ein paar Sätze ihres Bruders ein, die er beiläufig gesagt hatte. Über Gastarbeiter hatte er immer mal wieder geschimpft, und ihr dämmerte, dass er es tatsächlich gewesen sein musste. Wut stieg in ihr auf. War Hans zu so etwas fähig? Nein, bestimmt hatte Pietro etwas falsch verstanden und Hans hatte damit nichts zu tun.

Sie streichelte seine Wange und versuchte, Pietro zu küssen, doch er hatte Schmerzen und verzog das Gesicht. Ihre Tränen fielen auf seine Lippen.

„Es wird alles gut", versprach sie. „Oh Pietro, es tut mir so leid."

Es tat ihm gut, dass sie da war und zu ihm stand. Ihre sanften Berührungen wirkten wie eine heilende Salbe. Seine Schmerzen waren auf einmal erträglicher. Viel zu schnell war die Besuchszeit zu Ende.

Auf dem Nachhauseweg wuchs die Wut in ihrem Bauch. Sie würde ihren Bruder zur Rede stellen, würde ihn zwingen, zur Polizei zu gehen und alles zuzugeben.

Hans war in seinem Büro in der Firma. Er war alleine und las die Zeitung. Als sie eintrat, lächelte er sie freundlich an. Sie schloss die Tür.

„Hans, was hast du getan?"

Er lächelte immer noch, legte die Zeitung sorgfältig zur Seite und fragte: „Was meinst du, Schwesterherz?"

„Das weißt du ganz genau!"

„Nein, wirklich nicht."

Sie konnte an seinem Blick erkennen, dass er sie aufzog, wie früher, als sie noch Kinder waren.

„Was hast du mit Pietro gemacht? Er liegt im Krankenhaus, übel zugerichtet."

„Wer ist Pietro? Ich kenne keinen Pietro. Was ist das überhaupt für ein Name?"

Sie schnaubte vor Wut, hasste ihn regelrecht in diesem Moment. „Du weißt, dass ich dich anzeigen kann."

„Aha. Und dann?", fragte er provokativ.

„Dann kannst du ins Gefängnis kommen, wegen Körperverletzung."

„Und was werden wohl unsere lieben Eltern dazu sagen, dass ihre Tochter eine italienische Hure ist?"

Diese Worte zeigten ihr, dass wirklich ihr Bruder einer der Männer gewesen war, die Pietro verprügelt hatten. Sie holte aus und wollte ihm eine Ohrfeige geben, doch er fing ihre Hand ab und drohte: „Nimm dich in Acht!"

„Nimm du dich in Acht!", schrie sie und verließ empört und aufgewühlt das Büro.

Was sollte sie bloß tun? Ihr Bruder war schon immer übermächtig gewesen. Katharina fühlte sich wieder wie das fünfjährige Mädchen, das von seinem neunjährigen Bruder gehänselt und geärgert wurde. Damals hatte sie in ihrer Ohnmacht noch mit Gegenständen nach ihm geworfen und ihn beschimpft. Ihr Vater hatte sein Nesthäkchen abends auf den Schoß genommen und seinen Sohn getadelt, nachdem sie ihm von dem Ärger berichtet hatte. Doch sie wusste, dass er insgeheim stolz auf Hans war, der sich nichts gefallen ließ und alle herumkommandierte.

Mit wem konnte sie über diese ganze Sache sprechen? Sie hatte viele Freundinnen, doch die würden das nicht verstehen. Und ihre Eltern? Ihr Bruder hatte recht. Sie konnte diese nicht ins Vertrauen ziehen. Bedrückt ging sie nach Hause.

Als sie das Tor öffnete, sah Katharina ihre Mutter, die im Garten arbeitete. Dieser war ihre große Leidenschaft und an der durchdachten Struktur konnte man sehen, wie viel Zeit sie darin verbrachte. Anhand von Magazinen hatte sie eine Liebe für die englischen Gärten entwickelt. Da ihr Grundstück groß genug war, konnte sie sich darin ausleben. Größere Bäume und Hecken bildeten eine Art Rahmen, Buchsbäume unterschiedlicher Formen standen in zweiter Reihe und in der Mitte kamen die Beete. Sie waren wie Wellen angeordnet und nahmen dem viereckigen Rasen die Strenge. In den Beeten wechselten sich

Rosen mit wunderschönen Sträuchern, Rittersporn, Lavendel und Klematis ab.

Das Anwesen umfasste über einen Hektar und ging an der Außengrenze in den Wald über, doch nur selten beauftragte ihre Mutter einen Gärtner, die meiste Gartenarbeit übernahm sie selbst. Nichts machte ihrer Mutter mehr Spaß, als sich um die Pflanzen zu kümmern. Alles andere überließ sie ihrem Mann, größtenteils auch die Erziehung der Kinder. Sie war nicht streng wie die anderen Hausfrauen, sondern ließ ihnen absolute Freiheit, solange sie ihren Frieden hatte. Der Strenge war immer der Vater und wenn sie etwas angestellt hatten, fürchteten sich die Kinder vor ihm. Ihre zierliche Mutter war wie ein scheues Reh, das sich am liebsten in den Garten verkroch, wenn es Streit gab. Normalerweise trug sie Röcke und Kleider, im Garten hingegen hatte sie fast immer eine Hose, einen Hut und dicke Handschuhe an.

„Tinchen?", rief Helene, als sie ihre Tochter sah. Sie stand auf, ließ die Rosenschere liegen und ging auf ihre Tochter zu. Katharina beobachtete sie. Wie oft hatte sie sich über ihre Mutter geärgert. Darüber, dass sie so passiv war und sich alles gefallen ließ, keine eigene Meinung hatte. Sie war der verlängerte Arm ihres Vaters. Obwohl sie ihren Vater liebte und respektierte, wünschte sie sich eine stärkere Mutter.

„Tinchen, was ist denn los?"

Sicherlich sieht man mir an, dass ich geweint habe, dachte Katharina. Leider konnte sie ihrer Mutter nichts von ihren Sorgen erzählen, denn sonst hätte wenig später ihr Vater alles erfahren.

„Katharina. Was ist passiert?", fragte Helene noch einmal mit Nachdruck.

„Ach nichts, Mutti, nichts. Habe mich nur über jemanden aufgeregt."

„Schätzchen, lass dich doch nicht immer ärgern! Und ich dachte schon, du hast Liebeskummer."

Katharina kamen wieder die Tränen und ihre Mutter nahm sie in den Arm.

„Soll ich mit Vati sprechen?"

Ihre Tochter schüttelte den Kopf. „Nein, sag ihm bitte nichts. Kein Wort."

Ihre Mutter nickte. „Ist gut."

Sie hätte ihrer Mutter so gerne die Wahrheit erzählt, traute sich aber nicht. Doch es tat gut, dass sie sich Zeit für sie nahm.

„In deinem Alter sollte man nicht weinen, höchstens Freudentränen."

„Manchmal ist das Leben einfach unfair", jammerte Katharina.

Helene wischte ihr die Tränen ab.

„Als ich so alt war wie du, da ging es mir ähnlich. Doch bei mir war es Liebeskummer."

Sie sah ihre Mutter an. „Wegen Vati?"

Helene jedoch lachte still in sich hinein und sagte: „Ich pflücke dir eine der englischen Rosen, ihr Duft ist so betörend, du wirst im Nu gut gelaunt sein."

Katharina hatte das Gefühl, dass ihre Mutter eigentlich sagen wollte: „Ich habe auch ein lange gehütetes Geheimnis."

So einfach wollte sie ihre Mutter nicht davonkommen lassen und fragte: „Warst du mal in jemand anderen als Vati verliebt?"

Ihre Mutter lächelte wie ein Kind, das beim Süßigkeitenstehlen erwischt worden ist.

„Das ist doch keine Sünde. Ja, ich war vor deinem Vater in einen jungen Mann verliebt."

„Hat er dich auch geliebt?", bohrte Katharina weiter.

Ihre Mutter zuckte mit den Schultern. „Damals war es wohl so, doch das ist wirklich lange her. Ich bin mit Vati sechsundzwanzig Jahre verheiratet, und das ist es, was zählt."

„Wer war er?"

Ihre Mutter lächelte. Sie hatte zwar einige Falten im Gesicht, sah aber immer noch sehr jugendlich aus, besonders jetzt, wo sie an diese längst vergangene Zeit dachte. Mit einer abwehrenden Handbewegung versuchte sie, Katharinas Fragen wegzuwischen.

„Das ist unbedeutend, jetzt geht es um dich, mein Schatz. Was hat die Person dir getan?"

Schon der Gedanke an Pietro im Krankenhaus füllte ihre Augen wieder mit Tränen. Helene wurde ernst. „Hat dir jemand etwas Böses angetan, Kind?"

„Jemand, den ich gut kenne, hat jemand anderen, den ich gut kenne, verprügelt." Katharina schluchzte. „Er liegt im Krankenhaus und sieht furchtbar aus."

Ihre Mutter nahm sie in den Arm. „Oh, das sollte man der Polizei melden."

„Nein, das geht nicht."

„Warum?"

„Das würdest du nicht verstehen, aber es geht einfach nicht." Sie seufzte. „Die Welt ist so ungerecht."

Ihre Mutter musterte sie nachdenklich und lächelte ihr aufmunternd zu.

In diesem Moment reifte in Katharina die Entscheidung, zu Pietro zu stehen, egal was die Leute oder ihre Eltern davon hielten. Die Welt, vor allem ihre, sollte nicht so ungerecht bleiben.

KAPITEL 8

Sizilien, Dezember 2018

Für diese Jahreszeit war es sehr mild und trocken, am Nachmittag zeigte das Thermometer sogar zwanzig Grad. Gemeinsam mit ihrer Nonna lief Letizia über das unwegsame Feld. Die trockenen Halme des hohen Grases stachen ihr in die Knöchel und durch die Hosenbeine. Die Bäume hingen voller dunkeloranger Früchte. Hier hatte in dieser Saison noch niemand geerntet. Die Vorbereitungen für die Beerdigung hatten all ihre Zeit in Anspruch genommen, sodass sie nun zum ersten Mal seit ihrer Ankunft über den Orangenhain gingen.

Das Grundstück ihres verstorbenen Großonkels lag an einem steilen Berghang mit Blick auf den Ätna, der mit seiner schneebedeckten Spitze friedlich in den wolkenlosen Himmel ragte. Am oberen Rand des

Feldes stand das kleine, steinerne Bauernhaus, in dem Zio Pietro gewohnt hatte, und am unteren Rand eine große Scheune, in der die Familie früher Tiere gehalten hatte. Jetzt lagerte darin nur noch landwirtschaftliches Gerät.

Pietro war ein Eigenbrötler gewesen. Er war nicht gerne zu Familienfeiern gekommen, hatte meist schüchtern gewirkt und nie viel gesagt. Letizia hatte es sich als Kind zur Aufgabe gemacht, ihn zum Lachen zu bringen, und das war ihr meist gelungen. Auch deshalb hatte ihre Großmutter sie immer wieder mitgenommen, wenn sie ihren Bruder in seinem kleinen Haus besucht hatte. Als Kind hatte Letizia wunderschöne Nachmittage in seinem Orangenhain verbracht, denn er eignete sich hervorragend als geheimnisvoller Spielplatz.

Im Gegensatz zum Hain ihrer Eltern war hier alles ziemlich verwildert. Das Feld lag auf einer Anhöhe und es gab viel zu entdecken. Sogar eine kleine Höhle war hier, doch diese durfte sie nicht betreten. Umso spannender waren Onkel Pietros Skulpturen, zahlreiche Gesichter, die er in Baumstämme geritzt und in Steine geklopft hatte, die überall auf dem Anwesen verteilt standen. Letizia hatte sich als Kind manchmal mit den sonderbaren Figuren unterhalten oder gar Vater-Mutter-Kind mit ihnen gespielt.

Der Rasen wurde nur selten gemäht. Deshalb mussten sie im hohen Gras aufpassen, dass sie nicht gegen einen dieser Steine traten. Zio Pietro war wirklich ein komischer Kauz gewesen, aber sie hatte ihn immer gemocht, denn er konnte wie kein anderer

Erwachsener mit ihr spielen und spannende Geschichten erzählen. Im Vorbeigehen nahm sich Letizia eine der vollreifen Orangen von einem Baum.

„Schade um die schönen Orangenbäume", sagte Nonna, als sie an einem kaputten Baum vorbeikamen, an dem keine Früchte mehr wuchsen. Die Baumkrone war morsch, die Äste abgebrochen, aber der Stamm stand noch, von Efeu überwuchert, und das darin eingeschnitzte Gesicht war gut zu erkennen. „Auch wegen seiner Schnitzerei haben viele Leute im Dorf geglaubt, dass dein Onkel verrückt sei."

„Ich habe ihn nie für verrückt gehalten", erwiderte Letizia.

„Ich auch nicht", antwortete Nonna. „Weißt du noch, wie er Besucher stets nach ein paar Minuten weggeschickt hat? Er sagte immer, er müsse zurück zu seiner Arbeit." Sie deutete auf einen Steinkopf, der auf einer niedrigen Steinmauer stand. „Das da war seine Arbeit. Ich denke, das hat ihm den Psychiater erspart."

„Mich hat er nie weggeschickt."

„Ja, dich mochte er. Deshalb habe ich dich immer mitgenommen, wenn ich hergekommen bin und bei ihm aufgeräumt und für ihn gekocht habe."

Direkt vor dem kleinen Haus, das nur aus zwei Räumen und einem Badezimmer bestand, lag ein Gemüsebeet. Das sah zwar nicht so ordentlich aus wie bei ihren Eltern, aber es war trotzdem reich bestückt. Wild durcheinander wuchsen hier Tomaten, Gurken, Auberginen und Paprika.

Sie betraten das Haus und landeten direkt in der

kleinen Wohnküche. Letizia nahm ein Messer und schnitt die Orange auf. Es war eine echte Moro-Orange, eine klassische Blutorangensorte, die nur in der Nähe des Ätna wuchs, sehr intensiv schmeckte, aber heutzutage kaum noch angebaut wurde. Das Fruchtfleisch war dunkelrot. Sie entfernte die Schale, löste ein Stück Orange ab und biss hinein.

„Hmm!", rief sie begeistert und bot ihrer Nonna ein Stück an.

„Ja, die sind wirklich sehr gut", schwärmte Maria, nachdem sie probiert hatte. „Leider kaufen heute zu wenig Leute Moro-Orangen. Und wenn, dann nur noch hier auf dem Markt, wo die Menschen noch unterschiedliche Geschmacksnoten zu schätzen wissen. Aber für den Export ins Ausland besteht keine Nachfrage mehr. Alle wollen nur noch die bekannten Sorten." Sie zuckte mit den Schultern.

Sie hatten schon in der Vergangenheit überlegt, ob sie Zio Pietro seine Orangen abkaufen sollten, doch die Sorte war zu speziell, der Ertrag zu klein und Pietro hatte es wohl auch gar nicht gewollt. Soweit Letizia wusste, hatte er zuletzt von einer kleinen Rente aus Deutschland gelebt und kein Interesse mehr daran gehabt, mit seinem Feld etwas dazuzuverdienen. Früher hatte er es noch bewirtschaftet, aber viel Geld hatte ihm das sicher nie eingebracht. Laut ihrer Groß-mutter hatte er nicht sehr lange in Deutschland gear-beitet, sie wunderte sich selbst darüber, dass seine Rente ihm reichte, und lobte den deutschen Staat, der so sozial war.

Und jetzt standen sie hier in seinem kleinen Haus und er war nicht mehr da. Nonna weinte.

„Mein armer Bruder, ganz einsam ist er gestorben."

Letizia legte ihren Arm um die Schultern ihrer Großmutter.

„Ich glaube, Pietro war glücklich mit seinem Leben und seinen Tieren", tröstete Letizia.

„Jedenfalls finde ich es gut, dass du alles erbst. Schließlich hast du ihn immer besucht", schniefte ihre Großmutter.

Letizia streichelte ihren Arm. Noch war es ihr ein Rätsel, warum Zio Pietro ausgerechnet ihr sein Anwesen vermacht hatte.

„Was willst du damit machen?", fragte Nonna Maria, um sich von der Trauer abzulenken.

Letizia zuckte mit den Schultern. „Keine Ahnung. Ich weiß gar nicht, warum er es gerade mir vererbt hat."

„Viele Freunde hatte er nicht und du warst sein Tochterersatz", meinte Nonna lächelnd und putzte sich die Nase. „Du könntest neue Orangenbäume pflanzen. Aber bis die Früchte tragen, das dauert. Und der Hain ist mit seiner Lage schwer zu bewirtschaften. Du müsstest die alten Bäume loswerden."

Das will ich auf keinen Fall, dachte Letizia. Irgendwie hatte sie das Gefühl, dass es nicht richtig wäre, die Bäume mit seinen Schnitzereien zu fällen.

Sie sah sich in der Küche um. Der Raum war klein. An der einen Wand stand ein großer Holzofen, daneben ein gasbetriebener Herd, gegenüber ein

Küchenbuffet. In der Mitte des Raums gab es einen Tisch mit vier Stühlen und an der Seite eine weinrote Couch. Nonna zeigte darauf. „Das ist unsere alte Couch. Die habe ich ihm geschenkt und den Gasofen auch. Erst wollte er sie nicht und dann lag er jeden Abend darauf und hörte Radio."

Zum Vermieten war das Haus zu klein und zu abgelegen. Vielleicht hätten Urlauber daran Interesse, die Ruhe suchten, aber wer sollte sich um die Reinigung und die Reservierungen und den ganzen Kram kümmern? Irgendetwas würde ihr einfallen, denn verfallen lassen wollte sie das Haus auf keinen Fall.

Sie betraten das Schlafzimmer. Letizia konnte sich nicht daran erinnern, dass sie den Raum schon einmal gesehen hatte. Er war äußerst ungewöhnlich gestaltet, die Wände waren mit bunten Bildern bemalt. Von ihm selbst, vermutete Letizia überrascht. Das Bett sah aus, als ob er gerade erst aufgestanden wäre. Blau karierte Bettwäsche und eine dicke braune Wolldecke lagen unordentlich darauf. Kein Familienmitglied hatte sich bislang getraut, etwas daran zu ändern.

Zio Pietro war nach dem Aufstehen, während des Kaffeetrinkens, in der Küche zusammengebrochen und gestorben. Dort hatte ihn abends eine Nachbarin gefunden, die gekommen war, um ihn um Eier für ihren Kuchen zu bitten.

Neben dem Bett standen im Schlafzimmer lediglich eine Kommode und ein Kleiderschrank. Auf einem Stuhl lagen eine Hose und ein Hemd. Er hatte immer Hemden getragen. Eines der Gemälde zog Letizias Aufmerksamkeit besonders auf sich. Es zeigte eine Parkbank mitten in einer Großstadt, auf der im Licht einer Laterne ein Liebespaar saß. Diese romantische Seite kannte Letizia gar nicht an ihm.

„War Onkel Pietro eigentlich jemals verheiratet?", fragte sie.

Nonna schüttelte den Kopf. „Er war mal verliebt, doch das hat ihm nur Unglück gebracht. Danach wollte er sich nie wieder verlieben. Sie hat ihm nicht nur das Herz gebrochen, sondern ihre Familie hat ihm auch körperliche Schmerzen zugefügt."

Letizia sah sie mit großen Augen an. „Onkel Pietro? Ich dachte, der war so schüchtern, dass er niemals eine Frau anschauen konnte."

Nonna lachte auf. „Ha, da hättest du Pietro mal sehen sollen, als er noch jung war, da war er ein richtiger Frauenschwarm. Unser Onkel Giuseppe hatte damals in Heidelberg gerade eine Eisdiele eröffnet. Als Pietro nach Deutschland kam, hat er zuerst in Mannheim in einer Motorenfabrik gearbeitet. Doch die Arbeit dort war hart und nicht alle Kollegen waren begeistert von den Gastarbeitern. Als Zio Giuseppe ihm anbot, nach Heidelberg zu kommen und dort in der Eisdiele zu arbeiten, musste Pietro nicht lange überlegen. Bald darauf verliebte er sich ausgerechnet in ein deutsches Mädchen aus gutem Hause."

Erstaunt sah Letizia ihre Nonna an.

Die alte Frau sagte: „Hier im Dorf weiß keiner etwas davon, aber Jahre später hat er mir von dem Mädchen erzählt."

KAPITEL 9

Heidelberg, Juli 1958

Im Radio liefen italienische Schlager. Es war heiß und die zwei Kellner hatten alle Hände voll zu tun. Zio Giuseppe war ohne Pause dabei, Eis herzustellen, während sein Sohn Carmelo hinter der Theke und Pietro an den Tischen bediente. Diese waren voll, doch es saßen fast nur junge Mädchen in der Eisdiele. Sie kicherten, während sie die beiden jungen Kellner beobachteten.

Cascone murmelte hinter der Theke: „Mein Eis ist denen egal, die fliegen alle nur auf Pietro und Carmelo." Dabei schüttelte er den Kopf. „Das gäbe es bei uns im Dorf nicht. Unsere Mädchen sind anständig."

Die Italiener genossen die Aufmerksamkeit der deutschen Mädchen, die das Exotische an ihnen so anziehend fanden. Sie versuchten, ein oder zwei italienische Wörter zu sagen, während sie bestellten, und dann kicherten sie wieder los. Carmelo, der zwar gut aussah, aber bei Weitem nicht so attraktiv war wie Pietro, gab den Charmeur und flirtete gerne mit den Mädchen. Pietro war eher zurückhaltend, aber das machte ihn offenbar noch anziehender. Seine schwarzen Locken glänzten und seine großen dunklen Augen ließen die Mädchenherzen höherschlagen.

Noch jahrelang erinnerte sich Pietro an die erste Begegnung mit Katharina. Gerade noch brachte er Milchshakes an einen Tisch mit drei Mädchen, die etwa neunzehn oder zwanzig Jahren alt sein mussten. Als er sie bedient hatte, drehte er sich um, und da stand sie. Katharina war keine klassische Schönheit, aber im Gegensatz zu den anderen Mädchen wirkte sie sehr selbstbewusst, was ihm sofort imponierte. Dass sie blond war und blaue Augen hatte, vergrößerte seine Begierde nur noch. Als sie ihn sah, blieb sie kurz stehen. Pietro lächelte und einen Augenblick später grinste sie zurück.

Während sie an ihm vorbeiging, streifte ihr Arm den seinen und ein Stromschlag durchfuhr ihn. Ihr Duft, eine Mischung aus Vanille und jugendlicher Frau, blieb in seiner Nase. Er hätte schwören können, dass er diesen Duft auch noch Jahre später würde riechen können.

„Hey Pietro, was ist passiert, hat dir die Frau etwa den Atem verschlagen?", zog Carmelo ihn auf.

Erst jetzt kam er wieder in der Gegenwart an und sah sich nach seinem Cousin um. Dieser schob seine Eisverkäufermütze etwas schräg, grinste und meinte:

„Nicht übel, nicht übel. Aber einige Klassen über dir, cuginino."

„Sie stand nur im Weg, ich wollte Platz machen", antwortete Pietro mit geheucheltem Desinteresse.

„Ja klar", antwortete Carmelo und brachte gut gelaunt drei bunt garnierte Eisbecher an einen Tisch.

Pietro blickte in der nächsten Stunde immer wieder zu der jungen Frau, um einen kurzen Blick von ihr zu erhaschen, ohne dabei auffällig zu wirken.

Am nächsten Tag, als gerade nicht viel los war und sie an der Theke standen und einen Espresso schlürften, sagte Carmelo: „Das ist der beste Job überhaupt. Die anderen rackern sich ab in der Chemiefabrik und wir sind gut angezogen und bedienen den ganzen Tag Weiber, die uns anhimmeln."

„Dafür haben die anderen geregelte Arbeitszeiten, verdienen mehr Geld und werden eine gute Rente bekommen."

Sein Cousin sah ihn mit großen Augen an. „Was interessiert mich die Rente, ich will leben, mich gut anziehen und Spaß haben. An die Rente denke ich, wenn ich alt bin."

Plötzlich stand sie neben ihnen. Pietro fragte sich einen Augenblick, ob es bloß eine Fata Morgana war, doch sie war es, eindeutig, in einem hellblauen Petticoat-Kleid und zweifarbigen Pumps mit Blumenbesatz. Die Haare hatte sie mit einer zum Kleid passenden hellblauen Schleife zu einem Pferdeschwanz zusammengebunden. Carmelo ging zu ihr. Er strotzte vor Selbstbewusstsein und war sich sicher, dass sie seinetwegen gekommen war. Doch das

Mädchen würdigte ihn keines Blickes, sie lief an dem jungen Mann vorbei zu Pietro, der gerade eine Bestellung abgegeben hatte.

„Ich glaub es nicht, sie will zu dir", stammelte Carmelo erstaunt auf Italienisch.

Pietro machte ein paar Schritte auf sie zu und hatte das Gefühl, seine Beine wären aus Gummi. Sie lächelte, wirkte jedoch nicht ganz so selbstsicher wie bei ihrer ersten Begegnung. Es gefiel ihm, dass sie sich nicht verstellte wie so viele und nicht versuchte, ihm etwas vorzuspielen.

„Ich möchte ein Eis essen, ist der Tisch in der Ecke frei?"

Er nickte und führte sie dorthin.

„Äh, was für ein Eis möchten Sie?"

„Was können Sie empfehlen?", fragte sie.

„Orange", schlug er schüchtern vor.

„Orange? Das habe ich noch nie probiert."

„Ja, es ist keine Standardsorte. Mein Onkel stellt es aus Orangensirup her. Aus Orangen von unseren Verwandten in Sizilien. Die Orangenschalen werden als Sirup eingekocht. Aber die wenigsten Kunden probieren es, sie mögen die Stücke der Orangenschalen nicht. Zio Giuseppe macht das Eis nur manchmal, mehr für uns, weil es uns an Sizilien erinnert."

„Dann probiere ich es gerne."

Wenig später kam Pietro mit dem Eisbecher zurück: „Bitteschön, die Dame."

„Dankeschön! – Wie heißen Sie?"

„Pietro Cascone", antwortete er.

„Katharina", stellte sie sich nur mit dem Vornamen vor und probierte das Eis. „Es schmeckt wunderbar."

Sie sah ihn an, als erwarte sie eine Antwort, doch er ging zurück zur Theke.

„Du Idiot, sie will mit dir sprechen", sagte Carmelo, der das Ganze beobachtet hatte. „Geh zu ihr, es ist eh gerade nichts los."

Pietro sah seinen Onkel an.

„Ja, geh hin, aber verscheuch mir nicht die Kundschaft", warnte dieser.

Pietro lief zu ihr und erkundigte sich: „Schmeckt das Eis?"

Sie antwortete lächelnd: „Ja, immer noch sehr lecker."

Seine Ohren wurden rot. „Oh stimmt, ich bin etwas aufgeregt."

„Warum?", fragte sie und sah ihm mutig in die Augen.

„Weil ich so benommen bin von deiner Schönheit. Seit unserer ersten Begegnung denke ich nur an dich", entfuhr es ihm.

„Geht mir genauso", antwortete sie und ihre Wangen glühten.

Dank dieser Ehrlichkeit entstand plötzlich eine Vertrautheit zwischen ihnen und sie konnten mit Blicken mehr sagen als andere mit vielen Worten.

Nach einem kurzen Gespräch musste er zurück an die Arbeit. Katharina beobachtete ihn, während er die anderen Gäste bediente. Sie sah die bewundernden Blicke der jungen Mädchen. Pietro war ein schöner

Mann, er fiel auf, vor allem, weil er keineswegs selbstverliebt wirkte. Er war nicht sehr groß, aber dafür muskulös. Sie musste an die römischen Statuen denken, über die sie in der Schule kürzlich gesprochen hatten. Alle Männer, die sie kannte, erschienen ihr im Vergleich zu ihm blass und unscheinbar.

„Wann hast du Feierabend?", fragte sie, als er wieder an ihren Tisch kam.

„Erst spät. Gegen dreiundzwanzig Uhr."

Traurig senkte sie den Blick. „So spät kann ich nicht kommen. Aber ich werde morgen wieder da sein. Wann ist denn wenig los?"

„Gegen vierzehn Uhr."

„Ich versuche, um diese Uhrzeit hier zu sein."

Er strahlte. Sie wollte bezahlen, doch das ließ er nicht zu.

„Oh Pietro, wenn du immer für die Mädchen zahlst, wirst du bald kein Geld mehr haben", ermahnte ihn sein Onkel, als er ihn später bat, ihm das Eis vom Lohn abzuziehen.

„Das ist ein besonderes Mädchen", meinte Pietro versonnen.

Sein Onkel schüttelte den Kopf, er erkannte sofort, dass sein Neffe sein Herz und seinen Verstand an die hübsche Blondine verloren hatte.

Am nächsten Tag kam sie wie ausgemacht pünktlich um vierzehn Uhr. Diesmal trug sie eine dunkelblaue Caprihose, dazu eine weiße Bluse. Das war eine ziemlich auffällige Kleidung, zumindest hier in der Stadt. Am Strand war es sicherlich der letzte Schrei, das kannte man von den Bildern in Illustrierten und aus dem Kino. Doch die meisten Mütter verboten ihren Töchtern, in derartiger Aufmachung auf die Straße zu gehen. Katharina schien wirklich ihren eigenen Kopf zu haben. Pietro war verzaubert.

Die junge Frau kaufte ein Orangeneis an der Theke und setzte sich. In seiner Pause ging er zu ihrem Tisch und sie unterhielten sich. Er erzählte von seinem Dorf in Sizilien, sie erklärte ihm deutsche Gepflogenheiten. Heute fühlte sie sich noch freier in seiner Gegenwart.

Die Zeiten, zu denen Katharina ins Café kam, waren Pietros glücklichste Stunden. Und der jungen Frau erging es ebenso. Wenn sie dasaß und ihn beobachtete, war sie erfüllt von Stolz. Von all den Mädchen, die nur seinetwegen ins Café kamen, interessierte er sich nur für sie. Sie träumte davon, mit ihm am Neckar zu flanieren, Hand in Hand, ihn zu küssen, seine Hände zu spüren. Bis jetzt hatten sie sich nicht einmal berührt, doch sie sehnte sich sehr danach, seine Lippen zu schmecken.

„Wünschen Sie noch etwas?", fragte Pietro sie an diesem Abend mit einem breiten Grinsen.

„Ja, einen Kuss", antwortete sie frech.

Das wünschte sich Pietro auch, aber nicht nur einen Kuss, noch viel mehr. Er wurde rot bei dem Gedanken daran.

„Das haben wir leider nicht auf der Karte. Aber vielleicht können wir uns mal richtig treffen", schlug er schüchtern vor.

Sie nickte. „Gerne, wann hast du denn frei?"

„In drei Tagen, da mache ich früher Feierabend."

„Abgemacht."

Er strahlte und Katharina sagte bedauernd: „Ich muss jetzt leider zurück zur Arbeit, mein Vater fragt sich sonst, wo ich bleibe."

„Da machst du aber eine gute Partie. Wirst bald Schwiegersohn vom Chef, ha!", meinte Carmelo lachend, als Katharina gegangen war.

„Vergiss es!", rief der Onkel. „Meinst du, so ein reicher Mann gibt seine Tochter einem Eisverkäufer?"

„Warum nicht?", fragte Pietro. „Ich verdiene mein Geld rechtschaffen und die Deutschen sind viel moderner als wir Sizilianer."

Der Onkel nickte ironisch. „Das denkst du. Ich lebe hier schon etwas länger, aber wenn es um ihre Töchter geht, sind sie genauso wie wir. Vor allem die Reichen."

Pietro verdrehte die Augen. Sicherlich wollten Katharinas Eltern, dass ihre Tochter glücklich war. Er träumte schon davon, mit ihr eine Familie zu gründen und davon, wie er in einem schönen Auto mit ihr zu seinen Eltern fuhr und alle im Dorf sie bewunderten. Ihn, der zu den Ärmsten gehört hatte. Er hatte schon jetzt einiges gespart. Als Erstes würde er sich einen neuen Anzug und ein feines Rasierwasser kaufen.

KAPITEL 10

Dezember 2018

„Onkel Pietro war ein Mädchenschwarm?"

Das konnte sich Letizia kaum vorstellen. Solange sie ihn kannte, hatte er graue Haare und eine krumme Nase gehabt.

„Die krumme Nase hatte er erst, nachdem sie ihn zusammengeschlagen hatten. Ich weiß auch nicht, warum sie die Nase nicht besser hinbekommen haben. Schließlich war er in Heidelberg im Krankenhaus."

„Wer hat ihn denn verprügelt?"

„Na, der Bruder von diesem Mädchen, Katharina. Das war, als sie sich das erste Mal alleine treffen wollten."

Nonna erzählte ihr alles, was sie darüber wusste.

„Und was ist dann passiert? Warum sind die beiden nicht zusammengeblieben?"

Nonna zog die Augenbrauen hoch. „Das habe ich nicht so wirklich verstanden. Am Anfang stand sie jedenfalls noch zu ihm ..." Sie zuckte mit den Achseln. „Ich weiß es nicht. Vielleicht war es doch nicht die große Liebe. Pietro ist auch kein einfacher Mensch gewesen, vor allem nicht, nachdem sie ihn verprügelt hatten. Das hat ihn sehr schwer getroffen."

„Kann ich verstehen", sagte Letizia.

„Es waren noch andere Zeiten damals. Die Deutschen mochten unser Essen und sie sind damals alle nach Italien in den Urlaub gefahren. Aber eigentlich haben wir Gastarbeiter in unserer eigenen Welt gelebt. Da konnte nicht einfach ein deutsches Mädchen – noch dazu aus gutem Hause – einen Italiener heiraten. Und mein Vater hätte das auch nicht erlaubt – schon allein weil die Familie des Mädchens nicht katholisch war."

„Ich wüsste zu gerne, was aus dieser Katharina geworden ist."

„Frag doch das Internet", meinte Nonna.

„Stimmt. Hast du sie kennengelernt?"

„Als Pietro mir das erzählt hat, war es schon Jahre her", erwiderte die alte Frau.

„Ich bin auf jeden Fall neugierig. Wie hieß sie denn mit Nachnamen?"

„Ach, das weiß ich nicht."

„Schade", seufzte Letizia. „Dann kann ich das Internet nicht befragen."

„Oh, daran habe ich nicht gedacht." Nonna zuckte bedauernd mit den Achseln und meinte: „Was machen wir denn nun mit dem Haus? Übermorgen müssen wir wieder zurück, wir können nicht noch eine Lieferung ausfallen lassen."

„Ach, das Haus läuft uns nicht weg. Wie gut, dass meine Mutter ein gutes Heim für die Hühner und die Ziege gefunden hat. Möchtest du noch hierbleiben? Ich kann die Lieferung auch alleine abwickeln."

„Ich weiß nicht … Ich glaube, es tut mir gut, wenn ich wieder was zu tun habe."

Letizia nickte. Sie fuhr ihre Großmutter zu dem Haus im Dorf, das die Großeltern sich vor ein paar Jahren gekauft hatten, um ihre Urlaube hier zu verbringen. Danach kehrte sie zurück zu Pietros Haus, um zu putzen. Sie wollte es sauber hinterlassen, damit bis zu ihrer Rückkehr keine Ratten oder Ungeziefer Einzug hielten.

Die Lebensmittel hatte ihre Mutter schon mitgenommen und entsorgt, was nicht mehr verwendbar war. Letizia putzte den Kühlschrank und ließ die Tür leicht offen stehen. Der Rest der Küche war schon sauber, vermutlich hatte ihre Mutter sich darum gekümmert. Als Nächstes öffnete sie den Kleiderschrank. Darin befanden sich neben Herrenkleidung auch einige Ordner. Neugierig blätterte sie darin herum. In einem waren Papiere, in einem anderen Kontoauszüge. Viel Geld war nicht auf seinem Konto. Wie es aussah, hatte er tatsächlich eine Rente aus Deutschland erhalten, doch von den paar Euro hatte er unmöglich leben können, auch wenn er vermutlich nicht viel gebraucht hatte, weil er vieles selbst anbaute.

Nachdenklich prüfte sie die Ein- und Ausgänge.

Plötzlich hielt sie inne. Da waren 300 Euro für ein *Kunststipendium* eingegangen. Überwiesen von einer Fondsgesellschaft mit einem deutschen Namen. Ein Kunststipendium? Wer hätte Zio Pietro denn so etwas verleihen sollen? Sie blätterte weiter. Die Zahlungen schienen monatlich bei ihm eingegangen zu sein. Aber wieso?

Er hatte kaum Ausgaben gehabt, außer Strom, Heizkosten, Radiogebühren und Abhebungen, die er wohl für das tägliche Leben gebraucht hatte. Und die Eingänge waren immer wieder gleich: die Minirente und das Kunststipendium.

Von den vielen Zahlen wurde ihr ganz schwindelig. Sie legte den Ordner zur Seite und sah sich um. Letizia hatte nicht erwartet, dass ihr Großonkel alles so sorgfältig pflegte. Sie ging ins Bad. Das sah ebenfalls ordentlich aus. Ihr fiel auf, dass alles einfach war, außer dem Rasierwasser, das war tatsächlich von Davidoff.

Sie musste lachen. Stimmt, immer wenn sie ihn besucht hatte, hatte Onkel Pietro gut gerochen, nie nach Hühnern oder Arbeitsschweiß. Es war ihr bis jetzt nicht aufgefallen, weil sie ihn nicht anders kannte, doch der Flakon hob sich in dem einfachen Bad von den anderen Gegenständen ab.

Letizia ging zurück ins Schlafzimmer und schaute noch mal in den Kleiderschrank. Er hatte nicht viel Kleidung besessen, nur einige Hosen, Pullover und perfekt gebügelte Hemden. Sie rochen nach Zio Pietro und sie hatte wieder einmal das Gefühl, er könne jeden Moment zur Tür hereinkommen. In der

Kommode lagen Unterwäsche und Socken und in der mittleren Schublade Dokumente sowie eine Schuhschachtel mit Fotos. Die Schuhschachtel war alt, aber noch stabil. Sie setzte sich damit aufs Bett.

Die Fotos waren nach Jahren sortiert. Schwarzweißfotos von stolzen jungen Männern. Eines von Pietro und Carmelo auf einer Vespa. An Carmelo konnte sich Letizia kaum erinnern. Er war schon vor einigen Jahren gestorben.

Pietro hatte in seiner Jugend wirklich sehr gut ausgesehen, ein sinnlicher Mund, große Augen, markantes Kinn. Er hätte glatt als Model arbeiten können, blickte ganz verträumt in die Kamera. Und dann war da plötzlich ein junges Mädchen, das fröhlich in die Kamera blickte. Letizia wusste sofort, dass es Katharina sein musste. Sie wirkte sympathisch, selbstbewusst und war irgendwie süß. Bestimmt hatte er sich in ihre blonden Haare und die blauen Augen verliebt. Jetzt kannte sie die Gesichter zu Nonnas Geschichte. Sie blätterte weiter durch die Fotografien, immer wieder tauchten Fotos von Katharina auf.

Zu gern hätte sie gewusst, wie Katharina mit Nachnamen hieß. Falls die Frau noch lebte, hätte sie vielleicht gern erfahren, dass Pietro verstorben war. Jedenfalls musste sie den Behörden in Deutschland Bescheid geben, der Rentenanstalt und dieser Institution, die das Kunststipendium vergab.

Letizia packte verschiedene Unterlagen ein und betrachtete noch einmal die Malereien an den Wänden. Sie waren sehr ausdrucksstark und je länger sie sich diese ansah, umso mehr hatte sie das Gefühl, dass sich ihr neue Bedeutungsebenen erschlossen. War Zio Pietro am Ende ein verkanntes Kunstgenie gewesen? Hatten die Dorfbewohner ihn zu unrecht für einen verrückten Einsiedler gehalten? Aber wer wusste überhaupt von seinen Kunstwerken? Wie hätte jemand auf seine Werke aufmerksam werden sollen? Und wie war er bloß an dieses Stipendium gekommen, das ihn anscheinend jahrelang versorgt hatte?

Letizia ließ ihren Blick weiter über die Malereien schweifen. Waren die Personen, die auf den Wänden abgebildet waren, immer dieselben? Vielleicht erzählte die Wandmalerei ja eine Geschichte, wie in einem Comic!

Ihr Blick blieb an der Darstellung der innigen Umarmung eines Liebespaares haften. Sie setzte sich auf das Bett und betrachtete die Malerei aufmerksam. Ihr kam in den Sinn, was Nonna ihr darüber erzählt hatte, wie Katharina Pietro aus dem Krankenhaus abgeholt hatte. Es war fast so, als würde die Geschichte der beiden vor ihrem inneren Auge noch einmal lebendig.

KAPITEL 11

Heidelberg, August 1958

Katharina hielt die Stationstür auf. Pietro ging unsicher neben ihr her. Sie nahm seine Hand. Er sah fast so aus wie früher, nur seine Nase wirkte etwas krummer. Als sie das Krankenhaus verließen, brannte die Sonne unbarmherzig auf sie herab. Katharina setzte sich eine Sonnenbrille auf und band sich ein Tuch um die Haare. Sie führte Pietro zu einem weißen Cabriolet.

„Es gehört meiner Mutter, doch sie fährt sehr selten damit. Ich dachte, wir könnten eine kleine Spritztour machen. Ich habe sogar einen Picknickkorb gepackt", erzählte sie.

Pietro sah sie an und sagte: „Grazie."

Sie lächelte und gab ihm einen Kuss. Er war sehr still. Sie hoffte, er würde den Tag trotzdem genießen.

Zur Feier seiner Entlassung aus dem Krankenhaus wollte sie ihm einfach etwas Besonderes schenken. Deshalb fuhr sie in den Odenwald. Dort kannte sie ein stilles Plätzchen, an dem sie einen schönen Nachmittag verbringen würden. Sie wünschte sich nichts mehr, als ihn zu küssen und seine Hände auf ihrem Körper zu spüren.

Die junge Frau fuhr eine steile und schmale Waldstraße hinauf. Nach einigen Kurven tauchte auf der rechten Seite ein kleiner Parkplatz auf, auf dem aber nur ein weiteres Auto stand. Sie parkte, reichte Pietro die Decke und holte den geflochtenen Korb vom Rücksitz. Er nahm ihr den Korb ab und sie gingen Hand in Hand in den Wald.

„Wir haben nicht viel Wald in Sizilien", sagte er.

„Ich liebe den Wald. Es ist so ruhig hier, da kommt das Herz immer an den richtigen Platz."

„Was heißt das?"

„Wenn es mir nicht gut geht, komme ich hierher, und dann geht es mir wieder besser", erklärte sie.

Pietro sah sie wehmütig an. Er gab sich große Mühe, sich nichts anmerken zu lassen, doch der Schmerz und die Demütigung saßen tief. Immer wieder sagte er sich: *Genieße es, das wolltest du doch die ganze Zeit, Pietro. Katharina an deiner Seite.*

Die Bäume standen hier sehr dicht. Plötzlich rief er begeistert: „Castagne!"

„Ja, das sind Kastanienbäume. Hier in der Gegend gibt es einige", erzählte Katharina.

„Bei uns am Ätna gibt es auch Kastanienbäume. Sie wachsen sehr gut auf der fruchtbaren Erde an den

Hängen. Im Herbst gehen wir oft mit der Familie Kastanien sammeln."

Er deutete auf die Früchte, die in ihren stacheligen Schalen an den Ästen hingen. „Die sind noch nicht reif, erst im Oktober", sagte er.

„Vielleicht gehen wir dann zusammen Kastanien sammeln", schlug sie vor.

Für einige Augenblicke vergaß er das Geschehene und lächelte. Katharina strahlte, endlich war der alte Pietro wieder da.

Nach einer Weile kamen sie auf eine kleine Lichtung. Es war ruhig hier, nur das Zwitschern der Vögel und das Summen der Käfer war zu hören.

„Komm, lass uns ein Picknick machen", schlug sie vor und Pietro nickte.

Die Sonnenstrahlen gaben dem Ort etwas Wohnliches. Katharina nahm Pietro die Decke ab und breitete sie auf dem weichen Moos aus. Wie eine gute Gastgeberin bedeutete sie ihm mit der Hand, sich hinzusetzen. Sie schenkte ihm Limonade ein und holte Wurstbrote heraus. Dazu gab es Tomaten und Gurken. Sie hatte sogar einen Kuchen gebacken. Es war immer noch sehr warm, selbst im Schatten der großen Eiche, unter der sie saßen.

Katharina atmete die frische Luft tief ein und meinte lächelnd: „Du siehst wieder genauso aus wie vorher."

Er antwortete traurig: „Meine Nase ist krumm."

„Ein bisschen", sagte sie. „Aber mir gefällt das gut."

„Danke, dass du mich so oft besucht hast."

Sie legte sanft ihren Zeigefinger auf seine Lippen. „Du musst dich nicht bedanken."

Sie küsste ihn. Erst berührte sie nur kurz seinen Mund, doch dann, ermutigt von seinen weichen, nach Zitrone schmeckenden Lippen, noch einmal. Diesmal war ihr Kuss leidenschaftlicher und länger. Pietro erwiderte ihren Kuss erst zurückhaltend, dann vergaß er seinen Schmerz und gab sich ihren Berührungen hin. Es tat so gut, geliebt zu werden. Er umarmte sie, wollte sie überhaupt nicht mehr loslassen. Katharina war überwältigt, schloss die Augen und genoss die Leidenschaft. Ihr war klar, dass sie sich ihm nicht ganz hingeben würde, dazu war es zu früh und sie war noch nicht bereit dazu. So hatte sie es sich jedenfalls vorgenommen, doch es fiel ihr schwer, die Augen zu öffnen und damit dem Kribbeln in ihrem Körper ein Ende zu setzen.

Pietro zog sofort seine Hand zurück, als sie ein wenig von ihm abrückte, und fragte: „Habe ich etwas falsch gemacht?"

Sie schüttelte den Kopf und lächelte. „Nein, aber ich habe das noch nie gemacht und …"

Er senkte den Blick und sagte leise: „Entschuldige."

Sie nahm seine Hand. „Du musst dich nicht entschuldigen, ich möchte es, nur nicht jetzt."

Er nickte. Sie küsste ihn wieder und sagte: „Ich habe Kuchen gebacken."

Doch Pietro interessierte sich nicht für den Kuchen, es hungerte ihn nach ihr. Er musste sich zurückhalten, um sie nicht wieder zu berühren.

In seinem Dorf wäre es undenkbar gewesen, dass ein Mädchen mit einem jungen Mann alleine ein Picknick machte. Das Mädchen wäre sofort als Hure abgestempelt worden. Katharina war mit ihm hierher gefahren und er wollte ihr Vertrauen auf keinen Fall ausnutzen.

Katharina bürstete mit den Händen ein paar Falten aus ihrem Kleid. Sie trug die Haare wie meist als Pferdeschwanz, doch der war jetzt nicht mehr sonderlich akkurat. Deshalb holte sie die Bürste aus ihrer Tasche, löste den Zopf und kämmte sich. Pietro sah sie bewundernd an und wäre am liebsten in ihrem glatten, weizenblonden Haar versunken. Sie roch nach Pfirsich. Pietro versuchte, den Geruch in seiner Erinnerung abzuspeichern. Während er ein Stück Kuchen aß, band sie sich erneut einen Pferdeschwanz und strahlte ihn an.

„Ist es nicht wunderschön hier?", fragte sie.

Er nickte. „Aber nur, weil ich mit dir hier bin."

Sie beugte sich vor und gab ihm erneut einen Kuss. „Danke."

Ein Weilchen saßen sie schweigend beisammen. Katharina genoss das Zwitschern der Vögel, die kühle Brise, die aus dem Wald kam, und war glücklich. Alles war wieder gut. Sie würden das schaffen, egal was ihre Eltern sagten, sie würde zu ihm stehen. Sie hatte sogar von Frauen gehört, die amerikanische Soldaten geheiratet hatten und die Eltern hatten zugestimmt.

Sie dachte an ihre Mutter. Vielleicht war ihre Jugendliebe auch unangebracht gewesen? Ihre Mutter, die sonst nur auf ihren Mann hörte, würde vielleicht zu ihr halten. Wenn ihre Eltern zu ihr stünden, dann hatte ihr Bruder nichts mehr zu melden. Außerdem war sie Vatis Nesthäkchen, worauf ihr Bruder, seit sie denken konnte, eifersüchtig war.

„Wann wirst du wieder arbeiten?", fragte sie ihn.

„Gleich morgen", antwortete er. „Mein Onkel braucht mich."

„Gefällt dir deine Arbeit?"

Er zuckte mit den Schultern. „Es ist besser als in der Fabrik, dafür verdiene ich nicht so viel."

„Geld ist nicht alles", wandte sie ein.

„Und deine Arbeit?"

„Wenn es nach meinen Eltern geht, sitze ich dort eigentlich nur meine Zeit ab, bis ein passabler Mann kommt, den ich ehelichen soll. Aber ich möchte mehr."

Er betrachtete sie. Sie arbeitete im Büro und verdiente viel mehr Geld als er. Ihre Eltern waren reich und er nur der Sohn armer sizilianischer Bauern. Auf einmal wurde ihm elend zumute. Er hatte keine Chance auf eine Zukunft mit ihr. Sie schien seine Zweifel zu bemerken.

„Ich habe doch gesagt, Geld ist nicht alles. Ich werde nur einen Mann heiraten, den ich auch liebe."

Doch er kannte die Macht der Familie gut.

Auf der Rückfahrt waren beide still. Sie genossen den Wind, der ihnen ins Gesicht blies, und die Sonnenstrahlen, die sie wärmten. Pietro hatte das Gefühl, zu fliegen und weit weg von der Gegenwart zu sein.

Als sie ihn nach Hause brachte, versprach sie, ihn

am nächsten Tag in der Eisdiele zu besuchen. Zur Sicherheit gab sie ihm ihre Telefonnummer auf der Arbeit.

„Ruf mich an, wenn etwas ist!", bat sie.

Pietro ging in das Zimmer, das er sich mit seinem Cousin teilte. In diesem Haus wohnten nur italienische Gastarbeiter. Auf jedem Stockwerk gab es ein Gemeinschaftsbad und eine Küche. Die Zimmer waren schlicht und mit uralten Möbeln ausgestattet: zwei Betten, ein Schrank und ein Tisch mit zwei Stühlen. Sein Onkel wohnte ein Stockwerk über ihnen. Seine Frau war mit den jüngeren Kindern in Italien geblieben.

Für Gastarbeiter war es schwierig, Wohnungen zu finden. Immobilien in Deutschland zu erwerben, war ihnen gänzlich verboten. Das ärgerte Pietros Onkel sehr, denn obwohl die Eisdiele gut lief und er nicht schlecht verdiente, musste er jeden Monat eine hohe Miete bezahlen und hatte nicht einmal die Aussicht darauf, irgendwann seine eigene Eisdiele kaufen zu können. Dass er keine große Wohnung mieten konnte wie die Deutschen, damit hatte er sich mittlerweile abgefunden. Außerdem waren die Unterkünfte hier auch nicht schlechter als die Lebensbedingungen in ihrer Heimat und so konnte er mehr Geld zur Seite legen.

„Eines Tages, wenn ich zurück nach Sizilien gehe, baue ich dort einen Palast für die ganze Familie", sagte er manchmal.

Carmelo war noch in der Eisdiele. Müde ließ sich Pietro auf das Bett sinken. Plötzlich riss ihn ein

Klopfen an der Tür aus seinen Gedanken. Er zuckte zusammen. Angst überkam ihn, er traute sich nicht, zu öffnen. Seine Hände zitterten. Es klopfte wieder. Mit pochendem Herzen schlich er zur Tür und horchte. Als es wieder klopfte, hielt er sich die Ohren zu. Schließlich hörte er die Stimme seiner Nachbarin, die etwas sagte. Er atmete durch, aber er öffnete nicht. Er hörte, wie sie zurück in ihr Zimmer ging und eine Tür laut geschlossen wurde.

Zurück im Bett begann er zu weinen, überwältigt von den Geschehnissen der letzten Tage, dem Überfall und Katharinas Liebe. Angst packte ihn, dass so etwas wieder passieren würde. Hans hatte ihn einmal verprügelt, er konnte es wieder tun. Nachdem Pietro geweint hatte wie ein kleines Kind, ging es ihm besser. Er war froh, dass niemand ihn so sehen konnte. Schließlich schloss er die Augen und schlief vor Erschöpfung ein.

KAPITEL 12

Heidelberg, Dezember 2018

Zum ersten Mal war Letizia ganz allein in der Wohnung ihrer Großeltern und kümmerte sich ohne Hilfe um die Abwicklung einer Lieferung. Nachdem sie ihnen versichert hatte, dass sie das schaffen würde, hatten ihre Großeltern sich letztlich entschlossen, da sie nun schon einmal in Sizilien waren, dort das Weihnachtsfest zu verbringen.

Außerdem machte Letizia sich daran, Zio Pietros Angelegenheiten zu regeln. Dazu gehörte auch, dass sie die Fondsgesellschaft kontaktieren und über seinen Tod informieren musste. Leider hatte diese keine Internetseite, auf der man weitere Informationen hätte finden können. Wenn die Gesellschaft wirklich Stipendien verlieh, wollte sie offensichtlich nicht von Bittstellern gefunden werden. Doch immerhin fand sie die Telefonnummer einer Kanzlei, welche die Gesellschaft betreute. Dort rief sie an, um sich nach dem Stipendium zu erkundigen.

„Ach ja, hier steht es, Pietro Cascone bekam dreihundert Euro überwiesen. Das ist eine Art Dauerauftrag", erklärte die Dame am Telefon. „Mehr kann ich Ihnen am Telefon nicht sagen."

„Und wie kann ich etwas darüber erfahren?"

„Wir machen hier nur die Abwicklung. Wenn Sie mehr Informationen zur Art des Stipendiums benötigen, müssten Sie mit jemandem vom Stiftungsrat reden."

„Könnten Sie mir da bitte eine Telefonnummer geben?"

„Hmmm ..." Die Dame schien einen Moment zu überlegen. Diese Fondsgesellschaft war wirklich geheimnisvoll. „Geben Sie mir doch Ihre Kontaktdaten und ich leite diese weiter. Gegebenenfalls meldet sich jemand bei Ihnen."

„Na gut." Letizia gab der Dame ihre Handynummer und die Adresse ihrer Großmutter, da die Dame auf eine Postadresse bestand.

Anschließend machte sich Letizia kopfschüttelnd an die Arbeit und informierte die Kunden darüber, dass die nächste Lieferung wie geplant eintreffen würde, bevor sie über die Weihnachtsfeiertage und Silvester eine Pause einlegten. Danach ging es im neuen Jahr mit voller Kraft bis Ende März weiter.

Am Mittwoch stand Letizia in der kalten Garage, tänzelte von einem Fuß auf den anderen und dachte an Alexander. Sie hatte sich diesmal nicht so eingemummelt wie sonst, weil sie hübsch aussehen wollte, falls er vorbeikam. Oder würde er dieses Mal seine Assistentin schicken? Hoffentlich nicht!

Es war viel los an diesem Tag, denn vor Weihnachten wollten alle Kunden ihre Vorratskammern mit frischen Orangen füllen. Doch Alexander oder seine Assistentin waren nicht dabei.

Nach dem ersten Andrang wurde es ein bisschen ruhiger. Weil es so kalt war, schloss Letizia die Garagentür immer wieder. Als es am Garagentor klopfte, machte ihr Herz einen Satz. Doch statt des gut aussehenden Mannes mit den grünen Augen, den sie zu sehen hoffte, stand ein älterer italienischer Nachbar davor und sagte fröhlich: „Es ist doch immer wieder schön, wenn solch ein hübsches Mädchen die Tür öffnet."

Sie lächelte und bediente ihn. Immer wieder kamen Kunden und die Garage war schon fast leer. Doch obwohl mehrere Kisten auf seinen Namen reserviert waren, kamen weder Alexander noch die Assistentin, um diese abzuholen.

Sie sah sich um und hatte plötzlich das Gefühl, am falschen Ort zu sein. Hier saß sie wie ein kleines Mädchen und hoffte, dass der Märchenprinz in seinem 7er BMW vorbeikäme und mit ihr an einen Ort fuhr, an dem es schön und warm war. Sie sah auf die Uhr. Es war schon nach sieben und es hatte keinen Sinn, weiter zu warten. Wenn sie noch länger hierblieb, würde sie sich erkälten.

Letizia war nicht nur enttäuscht, sondern fast wütend, dass Alexander nicht gekommen war. Zu groß war der Wunsch, ihn zu sehen. Sie goss sich die letzte Tasse heißen Tee ein und warf einen Blick auf die sechs Orangenkisten.

Ach, ich fahre sie morgen früh einfach bei ihm vorbei, dachte sie.

Sie hatte die Ausrede, dass der Garagenverkauf erst in vierzehn Tagen weitergehen würde und die bestellten Orangen bis dahin in der kalten Garage gefrieren würden. Das wäre viel zu schade. In der Garage hing ein Werbekalender von Alexanders Firma, den die Assistentin Frida Nonna geschenkt hatte. Letizia notierte sich rasch die Adresse.

Am nächsten Morgen belud die junge Frau nach dem Frühstück Nonnas alten Panda mit den Orangen. Ihr Telefon navigierte sie zu der Adresse und wenig später hielt sie vor einem alten Backsteingebäude. Sie betrat das Foyer und ging zum Empfang, wo sie von einer freundlichen Dame begrüßt wurde.

„Ich möchte zu Alexander", sagte sie.

„Und wie ist der Nachname?"

Sie dachte nach und wurde rot. „Richter? Oder? Der Sohn des Chefs. Ich bin Letizia und bringe ihm die bestellten Orangen."

Die Frau, eine Dame Anfang fünfzig, hob ihre Augenbrauen. „Sie wollen also zu Herrn Richter junior?"

„Richter, genau Alexander Richter, oder gibt es hier mehrere Personen mit diesem Namen?"

Die Dame lächelte. „Nein, nur den einen. Ich rufe seine Assistentin an."

Letizia sah sich um. Innen war das Gebäude sehr

modern. An den Wänden hingen Produktfotos, die meisten von ihnen zeigten runde weiße Kügelchen. Sie wusste nicht genau, was diese darstellen sollten. Hatte Alexander nicht etwas von Düngemitteln erzählt?

„Herr Richters Assistentin wundert sich, warum Sie gekommen sind", sagte die Empfangsdame und legte den Telefonhörer auf. „Sie hat mit Ihrer Großmutter ausgemacht, dass sie morgen gegen zwölf die Produkte abholt."

Letizia fühlte sich wie ein Trottel und erklärte lahm: „Meine Großmutter ist in Italien."

„Dann holen Sie doch die Kisten rein und stellen Sie sie am besten dort ab."

Die Frau zeigte auf einen kleinen Raum hinter dem Empfang.

„Okay."

Sie gab ihr einen kleinen Rollwagen, damit sie die Orangen besser transportieren konnte. Er war nicht sehr stabil und ächzte unter dem Gewicht der Früchte. Sie hatte es gerade in den Flur geschafft, als sich die Aufzugtüren öffneten und vier anzugtragende Männer ausstiegen – darunter Alexander. Die Herren schienen Ausländer zu sein, denn er sprach Englisch. Als er Letizia entdeckte, blieb er stehen und sah sie an, als ob er ein Gespenst erblickt hätte.

„Hallo, das ist aber eine Überraschung! Bringen Sie uns die Vitaminlieferung?", fragte er, nachdem er sich wieder gefangen hatte.

Sie nickte stumm, obwohl sie am liebsten gesagt hätte: *„Hallo, Alexander. Warum siezt du mich?"*

Der eine Mann nahm eine Frucht und roch daran. „Das ist eine gute Idee. Orangen für die Mitarbeiter, damit sie nicht krank werden", sagte er auf Englisch.

Alle lachten.

„Schließlich wollen wir eine zufriedene Belegschaft", meinte Alexander schmunzelnd.

Letizia wusste nicht, was sie sagen sollte. Sie fühlte sich nicht wohl und bereute, dass sie hergekommen war. War es ihm peinlich, sie hier zu sehen? Auf keinen Fall sollte er glauben, dass sie seinetwegen hier war. Erhobenen Hauptes schob sie den vollen Wagen weiter. Da sie jedoch halb auf dem Teppich und halb auf dem Steinboden stand, musste sie mehr Kraft aufwenden. Sie schob so fest, dass der Wagen sich verhakte und kippte, sodass die oberste Kiste herunterfiel und die Orangen in alle Richtungen rollten, wie Gefangene, die endlich der Enge entfliehen konnten. Sie verteilten sich im gesamten Foyer. Am liebsten hätte sie geflucht, und zwar lauthals. Doch sie beherrschte sich und seufzte nur.

Alexander hob zwei Orangen auf und legte sie in die Kiste, während die anderen Männer warteten.

„Vielleicht kann jemand der Dame helfen?", fragte einer.

„Frau Schröder, könnten Sie bitte der Dame helfen? Wir müssen leider zu einer Besprechung", sagte Alexander zu der Dame vom Empfang. Sie stand widerwillig von ihrem bequemen Stuhl auf, um zusammen mit Letizia die rebellierenden Früchte einzusammeln.

Die Männer gingen in das Besprechungszimmer am Ende des Foyers. Alexander winkte Letizia kurz zu, deutete auf die Gäste und sagte: „Wir müssen in eine Besprechung. Einen schönen Tag noch, und danke fürs Bringen."

Er drehte sich nicht noch einmal um.

Letizia fühlte sich wie vor den Kopf gestoßen. Sie hatte den Eindruck, dass ihm die Begegnung mit ihr unangenehm war. Gut, sie war unangemeldet gekommen und er hatte wichtigen Besuch, vermutlich Geschäftspartner. Aber er hätte doch trotzdem nicht so tun müssen, als ob er sie kaum kannte.

Frau Schröder schien zu bemerken, wie unwohl sie sich fühlte. Sie machte eine Kopfbewegung, die Letizia signalisieren sollte, dass sie sich nicht viel Hoffnung machen sollte. Dann machten sich beide daran, die Orangen einzusammeln.

Als sie gerade fertig waren, hörte Letizia eine Stimme hinter sich: „Hallo, sind Sie Marias Enkelin?"

Letizia drehte sich um und sah eine Frau, die ihr vage bekannt vorkam. Das war bestimmt Frida. Die Assistentin war eine attraktive Frau Anfang oder Mitte dreißig. Sie wirkte sehr gepflegt und vor allem selbstbewusst.

„Ist das ein Service, den Sie ab jetzt anbieten, oder eine einmalige Sache?", erkundigte sie sich.

Die hübsche Blondine mit dem korrekten Dutt musterte sie kritisch und Letizia hatte das Gefühl, dass sie ihr Vorhaben durchschaut hatte.

„Ich war in der Nähe und wollte Ihnen die Kisten vorbeibringen, da alle anderen Orangen verkauft sind.

Ich wusste nicht, dass die Abholung mit meiner Groß-mutter für die nächsten Tage vereinbart war", antwortete sie schnippisch.

„Kommunikation ist das A und O in einer Firma. Wir können das nicht extra bezahlen."

„Das müssen Sie auch nicht. Ich war wirklich nur in der Nähe."

„Na gut. Danke!", meinte die Assistentin und reichte ihr einen Umschlag. „Hier ist das Geld."

Letizia fand Frida recht unfreundlich. Immerhin hatte sie ihr ja die Arbeit abgenommen, die Orangen selbst abzuholen. Frustriert verabschiedete sie sich. Sie wollte so schnell wie möglich aus dieser Firma verschwinden.

Zurück in der Wohnung ihrer Großeltern aß Letizia einen Apfel. Sie machte den Fernseher an und setzte sich genau in die Mitte der Couch, dorthin, wo sonst Nonno saß. Das Polster war schon etwas einge-dellt von seinem Gewicht.

Sie ließ die Begebenheit noch einmal im Geiste an sich vorüberziehen und sinnierte über ihr Leben. Sie war Mitte zwanzig, hatte etwas Brotloses studiert, war von einem Typen sitzengelassen worden und ihr potenziell neuer Typ schämte sich ihrer, offensichtlich weil sie „nur" Orangen verkaufte. Sie war eine Markt-frau. So hatte sie sich ihr Leben nicht vorgestellt. Sie musste etwas ändern. Nach dieser Orangensaison musste sie etwas Neues beginnen. Aber wie sollte sie das anstellen?

Ihr fiel Onkel Pietro ein und ihr Erbe. Sie besaß jetzt ein schönes Grundstück mit einem kleinen Haus.

Sie konnte ihr eigenes Gemüse und Obst anpflanzen. Das kleine Dorf am Ätna wurde von den vielen Krisen in der ganzen Welt nicht berührt.

Sie sah sich im Geiste schon als alte Frau mit Ziege, Huhn und Kater in diesem Häuschen leben und eines Tages nach dem ersten Schluck morgendlichen Kaffees still und leise einen Herzinfarkt erleiden.

Na wunderbar, dachte sie. *Soll ich etwa so enden wie Zio Pietro, nur ohne große Liebesgeschichte?*

Plötzlich klingelte es an der Tür. Sie ärgerte sich, dass ihre Großmutter immer noch keine Freisprechanlage besaß. Sie betätigte den Türöffner für die Haustür und öffnete hoffnungsvoll die Wohnungstür. Vielleicht war es Alexander, der sich entschuldigen wollte?

Doch stattdessen kam eine Frau um die Fünfzig die Treppenstufen hinauf. Sie sah aus wie eine Anwältin, trug einen braunen Hosenanzug, dazu einen passenden Mantel, Stiefel und eine Tasche in einem herbstlichen Orangeton, die sicherlich sündhaft teuer gewesen war. Sie war nur leicht geschminkt und wirkte müde. Das machte sie Letizia gleich sympathisch.

„Guten Abend, sind Sie Letizia Leone?"

Letizia nickte.

„Angelika Krauss. Sind Sie mit Pietro Cascone verwandt?"

„Er ist …, also, er war mein Großonkel."

Die blonde Frau nickte. Ihre Gesichtszüge erinnerten Letizia vage an jemanden.

„Ich kümmere mich um die Fondsgesellschaft", erklärte Frau Krauss.

„Oh, ich verstehe. Kommen Sie doch rein", bat Letizia und ging zur Seite. Sie schloss die Tür und führte die Frau ins Wohnzimmer. Sie setzten sich an den Esstisch.

„Kann ich Ihnen etwas zu trinken anbieten?"

„Nein, danke. Mir ist zu Ohren gekommen, dass Herr Cascone gestorben ist", kam sie ohne Umschweife zur Sache.

„Ja, das ist richtig."

„Können Sie mir mehr über ihn erzählen?", fragte sie. „Hatte er hier sein Atelier?"

„Äh, nein", antwortete Letizia irritiert darüber, dass die Frau nichts von Zio Pietro wusste. „Mein Großonkel hat in Sizilien gewohnt. Ein Atelier in dem Sinne hatte er nicht. Also jedenfalls hat niemand von uns sein Bauernhaus bisher als Künstleratelier wahrgenommen."

„Interessant", meinte die Frau.

Letizia antwortete: „Eigentlich hatte ich mir erhofft, dass Sie mir mehr über seine Künstlertätigkeit erzählen können. Ehrlich gesagt war ich ziemlich verwundert, als ich in seinen Kontoauszügen sah, dass er ein Kunststipendium erhalten hat."

„Normalerweise verteilen wir auch keine Stipendien. Mit unserer Gesellschaft investieren wir in junge Unternehmen, vor allem von jungen Frauen, die sich selbstständig machen wollen. Der Fokus liegt dabei eigentlich auf der Modebranche. Dieses Kunststipendium habe ich sozusagen von meiner Mutter geerbt. Es stammt noch aus der Zeit, als sie die Leitung der

Gesellschaft innehatte. Mittlerweile hat sie sich zurückgezogen."

Letizia hatte eine spontane Idee und fragte: „Heißt Ihre Mutter Katharina?"

„Ja. Kennen Sie sie etwa?"

Letizia schüttelte den Kopf. Jetzt wurde ihr einiges klarer. Katharina stand also hinter dem Stipendium. Und wie es aussah, lebte sie noch.

„Da haftet dem Stipendium für Ihren Großonkel wohl etwas Geheimnisvolles an. Aus irgendeinem Grund wollte meine Mutter nie über dieses Thema und über den Künstler sprechen. Sie hat sich sonst auch nie groß für Kunst interessiert, zumindest nicht soweit ich das mitbekommen habe. Ich habe irgendwann selbst angefangen, über Pietro Cascone zu forschen, doch niemand in der Kunstwelt hatte je von ihm gehört. Deshalb bin ich heute zu Ihnen gekommen. Ich habe gehofft, dass Sie mir mehr über ihn erzählen können."

„Ich weiß selbst wenig über ihn", antwortete Letizia. „Er war ein schweigsamer Einsiedler, der zurückgezogen in seinem Orangenhain lebte. Erst in den letzten Tagen habe ich etwas mehr über ihn erfahren. Er hat früher in Heidelberg gewohnt. Und er war in ein deutsches Mädchen verliebt ..." Letizia zögerte einen Moment. Sollte Sie wirklich erzählen, wie das Mädchen hieß? Offensichtlich wusste Angelika nicht, wer Pietro war und in welcher Beziehung er zu ihrer Mutter gestanden hatte.

Doch Angelika beendete ihren Satz: „Katharina."

„Ja", gab Letizia zu. „Sie stammte aus einer örtlichen Unternehmerfamilie. Ich kenne nicht alle Details. Aber so wie es aussieht, war der Widerstand gegen eine Beziehung der beiden zu groß. Er wurde sogar einmal schlimm verprügelt, eventuell steckte Katharinas Bruder dahinter."

Jetzt lachte Angelika leicht gequält und meinte: „Mein Onkel war immer ein Hitzkopf." Sie seufzte. „Jetzt könnte ich doch etwas zu trinken gebrauchen."

Letizia nickte und füllte zwei Gläser mit sizilianischem Haselnusslikör.

Angelika trank einen Schluck und erzählte: „Mein Onkel hat früh das Familienunternehmen übernommen. Im Gegenzug haben meine Großeltern für meine Mutter die Fondsgesellschaft gegründet, quasi als eine Art Spielwiese. Eigentlich hat niemand erwartet, dass sie damit allzu großen Erfolg haben würde. Mein Onkel hat sich seinerseits mehr für schnelle Autos und Frauen interessiert. Zum Glück konnte er die Firma gerade noch rechtzeitig an einen amerikanischen Konzern verkaufen, bevor er sie komplett zugrunde gewirtschaftet hatte. Er ist früh gestorben, sein ungesunder Lebenswandel hat sicherlich dazu beigetragen. Die Fondsgesellschaft ernährt unsere Familie hingegen heute noch." Das sagte sie nicht ohne Stolz. „Meine Mutter lebt allerdings schon eine Weile bei meinem Bruder an der Nordsee. Um ihre Gesundheit ist es nicht zum Besten bestellt und die Seeluft tut ihr gut."

„Ob ich wohl mal mit ihr reden könnte?", fragte Letizia.

„Wegen Ihres Großonkels? Ich glaube, das ist

keine gute Idee. Ehrlich gesagt hat sie in den letzten zwei Jahren stark abgebaut. Ich denke, es ist besser, wir lassen ihr das Geheimnis."

Letizia war enttäuscht.

Die Frau hob bedauernd die Schultern und sagte: „Ich werde die Zahlungen dann ab sofort einstellen. Und herzliches Beileid."

„Danke."

„Ich hoffe, er hatte ein erfülltes Leben."

Letizia antwortete nachdenklich: „Das hoffe ich auch."

Sie sagte nicht, dass sie eher den Eindruck hatte, dass Pietros Leben einsam und sogar etwas traurig gewesen war. An der Tür blieb die Frau noch einmal stehen und sagte: „Ich glaube, dass Pietro ein großer Künstler war. Wir haben lediglich ein Bild von ihm im Besitz. Aber das ist wirklich faszinierend."

„Sie haben ein Bild von ihm?"

„Ja, es hängt in der Familienvilla. Dort ist der Sitz unserer Gesellschaft – und mein Wohnsitz. Wenn Sie wollen, können Sie gerne einmal vorbeikommen und es sich ansehen."

„Das würde ich sehr gerne!"

„Rufen Sie einfach vorher an!"

Angelika Krauss gab Letizia ihre Visitenkarte und verabschiedete sich.

Letizia dachte noch eine Weile über die merkwürdige Begegnung nach. Warum hatte Katharina Pietro als Künstler unterstützt? Aus Mitleid oder vielleicht aus Liebe? Ihr Onkel hatte wirklich mehr Geheimnisse gehabt, als sie erahnen konnte.

KAPITEL 13

Am nächsten Tag trat sie gerade aus dem Haus, um die Behördengänge wegen des Todes ihres Großonkels zu erledigen, als sie den schwarzen BMW sah. Alexander stand mit einem Strauß Blumen davor und lächelte verlegen.

„Habe ich etwas versäumt?", fragte sie.

„Nein, aber ich wollte mich für gestern entschuldigen. Ich hatte Geschäftspartner da und leider keine Zeit, mich mit dir zu unterhalten. Vor allem konnte ich mich gar nicht richtig für die Lieferung bedanken."

Alexander sah heute anders aus, entspannt. Er trug eine Jeans, Turnschuhe und eine dicke dunkelblaue Jacke.

„Ich hätte mich ja vorher anmelden können, doch da ich ohnehin in der Nähe war und nur noch eure Kisten übrig waren, dachte ich, so ginge es schneller", erwiderte Letizia betont gleichgültig.

„Deshalb möchte ich mich auch bedanken. Ich hoffe, Frau Schröder hat dir geholfen mit den Orangen?", sagte er entschuldigend und streckte ihr die Blumen entgegen. Der Blumenstrauß war wunderschön. Zwischen den kleinen apricotfarbenen Rosen war kunstvoll viel Grün platziert worden, sodass der Strauß nicht streng wirkte, sondern wie gerade aus dem Garten gepflückt.

„Das hat sie, danke", antwortete sie etwas reserviert.

„Vielleicht kann ich dich auf ein Frühstück einladen? Ich würde es nur nicht selbst zubereiten."

Er lächelte sie an und sie hätte am liebsten gleich „Ja!" gerufen. Doch ihr Stolz verbat es ihr.

„Ich wollte eigentlich gerade ein paar Behördengänge erledigen", sagte sie ausweichend.

Enttäuscht wandte er ein: „Das klingt nicht gerade nach Spaß, wobei mein Angebot auch noch Leckereien zu bieten hat."

Sie lächelte. „Du lässt nicht locker."

Er schüttelte den Kopf. „Vielleicht kannst du die Behördengänge ja morgen erledigen?"

„Hmm ..." Sie tat so, müsse sie es sich überlegen.

„Ich kenne ein wunderbares, gemütliches Café in der Innenstadt", trumpfte er auf und lächelte wieder. Sie neigte ihren Kopf zur Seite und erwiderte das Lächeln.

„Überredet. Ich stelle die Blumen nur schnell in eine Vase", sagte sie und ging zurück in die Wohnung. Dort nutzte sie die Gelegenheit und schminkte sich.

Während sie zum Café fuhren, erkundigte er sich:

„Wo gefällt es dir eigentlich besser, hier oder in Italien?"

„Ich finde beide Länder schön, doch Sizilien ist meine Heimat. Auch wenn das Leben nicht so komfortabel und geordnet ist wie hier, liebe ich es. Vor allem das Meer, die Natur und natürlich das Essen. Und du? Würdest du gern woanders leben?"

„Hm, die Frage ob ich in Deutschland oder an einem anderen Ort leben will, hat sich mir nie gestellt. Es war schon immer klar, dass ich als einziges Kind die Firma übernehme und für immer und ewig hierbleibe."

„Sehr geradlinig", meinte sie.

„Na ja, als Jugendlicher habe ich davon geträumt, Musiker zu werden. Aber spätestens mit dem Studium hat sich das in Luft aufgelöst. Unsere Band hat sich einfach so in alle Winde zerstreut."

„Du warst in einer Band?"

„Ja. Früher habe ich Gitarre gespielt. Aber heute komme ich eigentlich gar nicht mehr dazu. Und ich habe viel mit Holz gemacht, ich habe Regale für mein Zimmer gebaut und sogar ein Bett."

Er parkte in der Nähe der Alten Brücke. Während sie gemütlich über die Brücke schlenderten, meinte Letizia: „Und dann hat der Ernst des Lebens zuge-schlagen." Sie mochte diesen Ausdruck, für den es im Italienischen keine Entsprechung gab.

Er nickte. „Genau. Der Ernst des Lebens. Schade irgendwie, dass wir bis zur Uni denken, alles sei möglich und dann …"

„Dann beugen wir uns den Zwängen der Gesellschaft oder den Eltern", ergänzte sie. „Vielleicht solltest du wieder Gitarre spielen und ein berühmter Musiker werden."

Er lachte laut auf. „Dazu bin ich zu schlecht, aber ich könnte spielen, weil es mir Spaß macht."

Sie nickte und antwortete: „Eine gute Idee. Ich denke häufig, vielleicht hätte meine Mutter doch nicht von hier weggehen sollen, um in einem kleinen Dorf in Sizilien zu leben."

„Sie hatte bestimmt gute Gründe."

Letizia sagte theatralisch: „Die Liebe. Und sie war jung, erst achtzehn."

„Glaubst du, sie hat es bereut?"

„Bestimmt, aber es geht ihr nicht schlecht dort."

Nur wenige Menschen waren in der Altstadt unterwegs, abgesehen von ein paar Fahrradfahrern, aber die gehörten zu Heidelberg wie die Studenten und die Touristen. Die Amerikaner und die Japaner besuchten Heidelberg vor allem im Sommer, ohne sie fühlte sich die Stadt für Alexander leer an, Letizia kannte es nicht anders.

„Mein Leben wäre anders verlaufen, wenn meine Eltern in Deutschland geblieben wären", meinte Letizia nachdenklich.

„Dann hätten wir uns nicht beim Orangenverkauf getroffen."

„Dafür vielleicht woanders."

Er nickte.

„Wäre ich hier aufgewachsen, hätte ich jetzt sicher einen tollen Job. Meine Eltern hätten es gerne gesehen, wenn ich als Erste in der Familie mit Hochschulabschluss erfolgreich geworden wäre. Und jetzt verkaufe ich doch nur Orangen."

„Eltern wollen doch immer, dass ihre Kinder etwas Besonderes machen, aber jeder ist seines eigenen Glückes Schmied", erwiderte Alexander, während sie an einer roten Ampel warteten.

Als die Straße frei war, ging Letizia los, aber Alexander hielt sie am Arm zurück.

Letizia sah ihn an, zuckte mit den Achseln und erklärte: „Ups, Entschuldigung. Bei uns sind die Ampeln nur da, damit Kinder nicht überfahren werden. – Magst du deinen Job eigentlich?"

Er seufzte: „Nein."

„Oh ...", stieß sie aus. Das hatte sie nicht erwartet.

„Aber dir scheint das Orangenverkaufen Spaß zu machen."

Sie lächelte. „Es ist ganz amüsant mit den vielen unterschiedlichen Kunden, und außerdem verkaufe ich eigene Produkte. Darin steckt so viel Herzblut."

„Da könnte ich ganz schön neidisch werden auf dich. Doch ich kann es meinem Vater nicht antun, etwas anderes zu machen. So sitze ich in der Falle – ich nenne es die Erbenfalle", meinte er bedauernd.

Letizia wiederholte: *Erbenfalle*. Du bist ein Dichter, Alexander."

Er lachte.

„Apropos Erbe: Ich habe vor ein paar Tagen ein Stück Land mit einem winzigen Haus darauf geerbt."

Er sah sie überrascht an. „Gratuliere! Gefällt es dir?"

„Es ist sehr schön, ganz verwunschen, außerhalb des Dorfes, recht einsam gelegen."

„Willst du dort leben?"

Sie musste lachen. „Ja, zusammen mit den Hühnern und dem Kater, die dort schon immer wohnen", scherzte sie.

„Für mich klingt das wunderbar. Du bist frei, hast dein eigenes Häuschen, sogar mit Tieren. Es steht dir alles offen!"

Sie sah ihn an, und sein Enthusiasmus begann, auf sie abzufärben.

„So habe ich das noch nicht gesehen."

„Du kannst nach der Orangensaison sogar eine Weltreise machen oder eine kleine Pension eröffnen."

Letizia lachte. „Nun, dafür bräuchte ich mehr Geld als den Orangenerlös."

„Ach, Geld ist nicht alles im Leben." Alexander deutete nach vorn: „Da ist das gemütlichste Café von Heidelberg: Café Sehnsucht."

Im Café legte er seinen Arm auf ihren Rücken und führte sie zu einem der Tische. Die Berührung gefiel ihr. Am liebsten hätte sie sich an ihn gekuschelt, aber sie beherrschte sich.

Laura, die Wirtin, begrüßte sie herzlich. Als sie Letizias Akzent bemerkte, fragte sie: „Kommst du aus Italien?"

„Aus Sizilien."

„Mein Verlobter ist auch aus Italien, aus Venedig", erzählte die Café-Besitzerin. Sie unterhielten sich kurz, bevor Laura zurück zur Theke ging.

„Es ist wirklich gemütlich hier", bemerkte Letizia.

„Ja. Mein absolutes Lieblingscafé", erwiderte Alexander. „Die Kuchen sind ein Traum und erst recht die Croissants. Die musst du unbedingt probieren! Laura, die Besitzerin, ist eine Aussteigerin. Sie war früher Chefin eines Unternehmens oder so. Und jetzt ist sie glückliche Café-Besitzerin."

Letizia beobachtete ihn. Er schien fasziniert zu sein von Menschen, die den Absprung wagten.

„Danke, dass du mich hierhergebracht hast", sagte sie.

„Sehr gerne."

„Warst du schon einmal auf Sizilien?", fragte sie.

„Leider nein, ich war häufig in Italien, aber so weit in den Süden habe ich es noch nicht geschafft." Er sah sie an. „Betonung auf *noch nicht*, denn das wird ganz sicher mein nächstes Ziel."

„Du wirst es ganz sicher nicht bereuen."

Während sie frühstückten, sprachen sie über ihre Kindheit, ihre Vorlieben und Hobbys. Es fühlte sich wie ein kurzer Moment an, doch im Nu waren zwei Stunden vergangen.

„Möchtest du noch etwas essen?", fragte er.

Sie verneinte. „Nein danke, das Frühstück war so opulent, ich bin rundum zufrieden. Ich denke, wir machen mal den Tisch frei, oder?", schlug sie vor.

„Okay. Hast du Lust auf einen Spaziergang? Die Sonne kommt gerade raus."

Sie nickte. „Unbedingt."

„Sollen wir zum Philosophenweg spazieren? Ich

war schon ewig nicht mehr dort", fragte er, als sie draußen waren, und zeigte auf die hügelige Landschaft auf der anderen Seite des Neckars.

„Da müssten wir aber ganz schön weit laufen, erst zurück zum Neckar und danach den ganzen Berg auf der anderen Seite hinauf."

Er zuckte mit den Schultern und lächelte sie an. „Ich laufe gerne."

„Ich auch", antwortete sie. „Und hügelig ist es dort, wo ich herkomme, ebenfalls. Ich muss dich aber warnen – ich bin gut trainiert."

Er lachte. „Na dann", sagte er und nahm die Herausforderung an.

„Ich war noch nie auf dem Philosophenweg. Immer wenn ich nach Heidelberg komme, verkaufe ich nur Orangen. Ich habe es bislang bloß in die Altstadt und einmal aufs Schloss geschafft", gab sie zu, als sie am Fuß des Bergwegs ankamen. „Zum Glück habe ich bequeme Schuhe angezogen."

„Das hast du bestimmt schon oft gehört, aber ich finde, du bist eine wunderschöne Frau, das wollte ich dir schon die ganze Zeit sagen", meinte er unvermittelt.

Ihre Ohren glühten. „Dankeschön."

„Ich freue mich, dass du mit mir den Tag verbringst."

„Dann ist das jetzt also ein Rendezvous und nicht nur ein Akt der Dankbarkeit?"

Er lächelte und wieder entstanden diese unwiderstehlichen Grübchen. „Du hast mich durchschaut."

„Bene", antwortete sie keck. „Du hast mich aber gar nicht gefragt, ob ich Single bin."

Er blickte sie verwundert an. „Oh, hast du einen Freund?"

Letizia schüttelte den Kopf. „Und du? Bist du vergeben?"

„Nein, sonst würde ich nicht mit dir in dieser romantischen Gegend flanieren."

Während er das sagte, nahm er ihre Hand. Ihre eigene Hand war ganz kalt und seine warm und weich. Ihr wurde fast etwas schwindelig, denn darauf war sie nicht vorbereitet gewesen.

„Geht es dir gut?", fragte er besorgt. „Du siehst etwas blass aus."

„Ja, alles gut."

Er drückte ihre Hand etwas fester und sie atmete ein paar Mal tief ein und aus.

„Bin ich dir zu aufdringlich?" Er blickte sie verunsichert an.

„Nein, nein ..."

„Das wollte ich nicht." Er ließ sie los. „Entschuldige bitte ..."

„Es ist gut", sagte sie und ergriff wieder seine Hand.

Sie spazierten durch den Wald, in dem zu dieser Zeit nicht viel los war. Dabei sprachen sie nicht viel und bewunderten stattdessen die Natur und den Ausblick, der sich ihnen bot. Von einem Aussichtspunkt aus sahen sie das Schloss, den Neckar, der sich unter ihnen dahinschlängelte, und vereinzelte Schiffe, die darauf unterwegs waren. Sie genossen die Gegenwart des anderen und die Ruhe um sich herum.

„Es war eine gute Idee, hierherzukommen", sagte Letizia und strich sich eine Locke aus dem Gesicht.

Er sah ihr tief in die Augen und antwortete: „Es klingt vielleicht abgedroschen, aber mit dir könnte ich den ganzen Tag verbringen."

Meinte er das wirklich? Sie konnte es kaum glauben. Er traf bestimmt ständig schönere und außergewöhnlichere Frauen.

„Ich hoffe, du genießt die Zeit mit mir auch?", fragte er.

Sie nickte lächelnd.

„Gut, ich habe schon befürchtet, du würdest gleich bei der nächsten Bushaltestelle die Flucht ergreifen."

Sie lachte. „Jetzt beginne ich zu zweifeln. Bist du vielleicht ein gefährlicher Mörder?", scherzte sie.

„Ja, ein Psychopath, der seine Opfer erst auf lange Spaziergänge schickt, um sie leichter umbringen zu können, wenn sie außer Puste sind."

Sie grinste. Alexander wurde ernst. Er sah sie an und sein Blick war voller Sehnsucht. Das rührte sie so sehr, dass sie ihn am liebsten geküsst hätte. Während sie noch darüber nachdachte, neigte er schon seinen Kopf und berührte ihre Lippen mit seinen, ganz leicht und sanft. Sie hatte schon viele Küsse bekommen, doch keiner war so zaghaft und liebevoll gewesen. Ein leichter Schauer durchfuhr sie. So etwas hatte sie mit Matteo niemals erlebt.

Sie hoffte auf einen weiteren Kuss, doch er beließ

es bei dem einen. Stattdessen nahm er wieder ihre Hand und zog sie den Hang hinunter. Sie liefen schnell, so schnell, dass Letizia lachen musste. Gleichzeitig bemerkte sie, wie ihr Exfreund plötzlich in ihren Gedanken völlig verblasste.

Die Rückfahrt in seinem Auto ging schneller zu Ende, als ihr lieb war. Auf dem Weg zur Haustür hielt er die ganze Zeit ihre Hand. Und dann war es Zeit, Abschied zu nehmen.

„Das war ein wundervoller Tag, danke", sagte er.

Sie lächelte. „Für mich auch."

Sie fühlte sich wie in einem Strudel. Einerseits wollte sie ihn nicht loslassen, andererseits war sie ihm dankbar, dass er sie jetzt nicht weiter bedrängte. Es war sicher die beste Entscheidung, wenn sie beide an dieser Stelle erst einmal alleine ihre Gedanken sortieren konnten.

Alexander gab ihr einen Kuss auf die Wange und wartete noch, bis sie ins Haus gegangen war.

Zurück in der Wohnung, trank Letizia erst einmal ein Glas Wasser und danach einen Limoncello, einen goldgelben Zitronenlikör. Schlagartig wurde ihr klar, dass sie auf dem besten Weg war, sich zu verlieben.

Sollte sie das zulassen? Konnte sie sich ein Leben in Deutschland überhaupt vorstellen? Mit Alexander, der die Firma seines Vaters übernehmen sollte, obwohl es nicht sein Wunsch war? Sie war sich bewusst, dass dieser Vormittag nicht zwingend etwas zu bedeuten hatte, aber sie wollte keine Beziehung, die keinerlei Zukunft hatte, deshalb wollte sie sich nicht nur von ihren Gefühlen leiten lassen.

Etwas später rief Letizia Angelika Krauss an. Diese schien nicht überrascht zu sein, dass sie sich so schnell bei ihr meldete. Im Gegenteil, sie bot ihr an, in der Familienvilla vorbeizukommen. Letizia hatte an diesem Abend nichts anderes vor und für Behördengänge war es nun ohnehin zu spät.

Die Villa befand sich in Handschuhsheim, am Hang eines Berges. Letizia war nur selten durch diesen Ortsteil am Rande von Heidelberg gefahren. Bisher kannte sie nur die Hauptstraße, die eher modern wirkte. Im alten Teil war sie noch nie gewesen. Hier gab es viele alte Häuser und große Bäume.

Das Anwesen der Familie Krauss war recht imposant und umgeben von einem schönen, bis ins Detail gepflegten Garten. Als sie am Tor klingelte, öffnete sich dieses automatisch. An der Tür zum Haupthaus stand Angelika und bat sie herein. Letizia überreichte ihr eine Flasche selbst gemachten Limoncello.

Zur Überraschung der jungen Frau war das Haus innen sehr modern und in hellen Farben eingerichtet.

Frau Krauss sah ihre Blicke und erzählte: „Meine Mutter hat schon vor Jahren die komplette Inneneinrichtung neu machen lassen. Es war, als wollte sie gründlich ausmisten. Sie hat gesagt, dass wir dann wenigstens nicht alles wegwerfen müssen, wenn sie einmal stirbt. Doch jetzt kommt sie eigentlich gar nicht mehr hierher."

„Hat Ihre Mutter schon damals hier gelebt?", fragte Letizia.

„Ja, sie ist hier aufgewachsen."

Sie betraten das Wohnzimmer. Der Raum war in

einem sanften Grauton gestrichen und sehr minimalistisch eingerichtet. An einer Wand hing ein einziges farbenfrohes Gemälde, das mit etwa 50 mal 100 Zentimeter nicht besonders groß war und an der großen Wand etwas verlassen wirkte.

„Setzen Sie sich doch", bat Angelika und deutete auf eine graue Ledercouch.

Auf dem Couchtisch stand eine Vase mit weißen Lilien und daneben waren verschiedene Interieur-Magazine gestapelt.

„Kann ich Ihnen etwas zu trinken anbieten?", fragte die Gastgeberin.

„Ein Wasser wäre sehr nett."

Während Angelika in der Küche ein Glas Wasser eingoss, rief sie Letizia zu: „Das ist übrigens das Gemälde Ihres Onkels."

Letizia stand auf und machte einen Schritt darauf zu. Das Bild zeigte zwei Orangenbäume in einer kargen Landschaft, an denen grüne Blätter und zahlreiche reife Orangen hingen. Letizia erkannte die Gegend sofort, es war der Orangenhain von Zio Pietro. In der Mitte des Bildes stand eine hübsche Frau in einem bunten Sommerkleid. Sie drehte dem Betrachter, der sie offensichtlich durch die Blätter und den Schutz der Bäume aus einiger Entfernung beobachtete, ihren Rücken zu. Ihr Gesicht war zur Seite gedreht und sie wirkte nachdenklich. War das Katharina? Das Profil ähnelte dem ihrer Tochter.

Wann hatte Pietro dieses Bild gemalt? Hatte er sich etwa vorgestellt, dass seine große Liebe bei ihm auf seinem Grundstück lebte?

Letizia versank in Gedanken, während sie das Bild betrachtete. Sie hatte das Gefühl, Katharina direkt vor sich stehen zu sehen. Wieder musste sie an das denken, was ihr Nonna über Zio Pietros große Liebe erzählt hatte.

KAPITEL 14

Heidelberg, September 1958

Die Arbeit und Katharina halfen ihm, alles zu verdrängen. Langsam fühlte er sich wieder wie der alte Pietro. Sein Selbstbewusstsein kam zurück, vor allem wenn er auf der Arbeit war. Die Blicke der jungen Kundinnen, die ihn anhimmelten, und ihre Erkundigungen, ob es ihm gut ginge, taten gut. Dennoch war er sehr vorsichtig. Alleine ging er abends nirgendwo hin. Wenn er sich mit Katharina traf, begleitete sie ihn bis nach Hause. Meist besuchte sie ihn in der Eisdiele oder holte ihn von dort ab. Dann machten sie einen Spaziergang oder fuhren mit dem Auto in den Wald. Dort fühlten sie sich frei und ungestört, wie auf einer einsamen Insel. Hier konnten sie sie selbst sein.

Katharina plante schon den nächsten Schritt. Sie überlegte, wie sie ihn ihren Eltern vorstellen konnte, denn dessen war sie sich gewiss: Wenn sie ihn erst kennengelernt hatten, würden sie ihn bestimmt annehmen, so gut wie er aussah und so freundlich wie er war. Als Erstes würde sie mit ihrer Mutter sprechen. Die letzte Unterhaltung hatte sie ermutigt, trotzdem wollte sie sehr langsam und vorsichtig vorgehen. Sie musste ihre Mutter irgendwie in die Lage versetzen, sie zu verstehen, und das war nur möglich, wenn sie sich an ihre eigene erste Liebe erinnerte.

Ein paar Tage später erwischte Katharina ihre Mutter in einem stillen Moment bei der Gartenarbeit und bat: „Mutti, erzähl doch mal, wie es war, als du dich das erste Mal verliebt hast."

„Na ja, was soll ich sagen. Ich war als Sekretärin bei deinem Großvater angestellt und dort lernten wir uns kennen."

„Wer?"

„Vati und ich."

Katharina verdrehte die Augen.

„Ich meine nicht Vati, sondern den Mann, den du davor geliebt hast."

Ihre Mutter wurde rot. „Ach, das war nur eine Jugendliebelei."

„Ich würde gerne mehr von diesem jungen Mann wissen. Sah er besser aus als Vati?"

Katharina ging fest davon aus, denn ihr Vater war wirklich nicht attraktiv. Er hatte eine Halbglatze, trug eine Brille mit furchtbar dicken Gläsern und war leicht übergewichtig.

Sie war sich nicht sicher, ob ihre Mutter mitmachen würde. „Komm schon, Mutti", bettelte sie.

Zu ihrer Verwunderung unterbrach diese jedoch ihre Arbeit und ihr Blick schweifte in die Ferne. Als hätte sie die richtige Schublade in ihrem Gedächtnis geöffnet und ein lang gesuchtes Schmuckstück gefunden, erschien auf Helenes Lippen plötzlich ein breites Lächeln.

„Er war Musiker. Ein talentierter noch dazu. Und er sah sehr gut aus. Alle Mädchen himmelten ihn an, aber er suchte ausgerechnet mich aus. Wir lernten uns auf einem Tanzabend kennen." Sie seufzte. „Ich war noch so jung und wir dachten, die ganze Welt würde uns gehören. Doch er ist gestorben. Bei einem Unfall. Es war sehr tragisch."

Ihre Mutter hatte immer noch ein Lächeln auf den Lippen, aber es wirkte eingefroren.

„Wie schrecklich", flüsterte Katharina, doch ihre Mutter zuckte mit den Schultern und meinte emotionslos: „Später im Krieg war es noch schlimmer. Viele sind damals gefallen. Da hat man sich ganz schnell an den Tod gewöhnt."

Das erste Mal seit langem tat Katharina ihre Mutter leid. Sie war ein Mensch mit Gefühlen und nicht bloß der Schatten ihres Vaters. Vielleicht war diese Fassade ein Schutzschild?

„Und Vati? Musste er nicht auch in den Krieg?"

„Normalerweise schon, doch er war wichtig für die Firma und die war wichtig für den ..." Sie räusperte sich. „... den Führer."

Katharina nickte. Über den Krieg wurde in ihrer Familie nie gesprochen, als ob es ihn nie gegeben hätte.

„Und dann hast du Vater kennengelernt und geheiratet?"

„So ähnlich", sagte sie und grub weiter in der Erde.

„War dieser Mann deine erste große Liebe?"

Ihre Mutter lachte auf. „Große Liebe ... Damals dachte ich Ja, doch wie wäre mein Leben verlaufen mit diesem Musiker? Mit deinem Vati habe ich viel Glück gehabt, schau mal, in was für einem Haus wir leben dürfen. Wir haben zu essen und können uns leisten, was wir wollen. Ach, geht es uns gut!"

Es klang, als müsse sie sich selbst einreden, dass sie das große Los gezogen hatte.

Katharina nickte, doch sie ließ nicht locker. „Wie hieß er denn, der Musiker?"

„Hans", antwortete ihre Mutter.

Hans!, dachte Katharina. *Wie mein Bruder! Hat sie ihn nach ihrer verstorbenen Liebe benannt?*

Ermutigt durch das Geständnis bekannte Katharina: „Mutti, ich habe mich auch verliebt."

Ihre Mutter sah zu ihr hoch und stand auf. „Das dachte ich mir schon. Wie heißt er denn?"

Katharina zögerte, doch dann sagte sie: „Pietro, also Peter."

„Ein Ausländer?", fragte ihre Mutter.

Katharina nickte. „Ja, ein Italiener, er ist ein sehr anständiger junger Mann und sehr fleißig."

Hätte sie genau hingeschaut, hätte Katharina bemerkt, dass ihre Mutter nicht sonderlich erfreut war. Aber sie verbarg ihre Gefühle hinter einem Lächeln.

„Habt ihr euch alleine getroffen?", fragte sie.

„Ja, und dann ist etwas Schlimmes passiert."

„Hat er dir etwas angetan?" Besorgt blickte Helene sie an.

„Nein! Er hat niemanden etwas angetan, Mutti, dafür ist er viel zu anständig."

Weinend erzählte sie ihrer Mutter, was ihr Bruder Pietro angetan hatte.

„Mein Hans hat ihn fast umgebracht?"

Helene konnte es nicht glauben. Sie liebte ihren Sohn über alles und war sich sicher: Er hatte diesen jungen Mann bestimmt nicht grundlos verprügelt. Außerdem war es fraglich, ob er es überhaupt getan hatte. Doch wie so oft versuchte sie, der Konfrontation aus dem Weg zu gehen und sagte nur: „Du weißt, dass dein Vater einer Verbindung mit einem Ausländer nicht zustimmen würde. Du bist jung, du wirst schon noch den richtigen Mann kennenlernen. So wie ich damals deinen Vater."

Katharina seufzte. Ihre Mutter schien nicht zu verstehen.

„Aber Mutti, liebst du nicht insgeheim deinen Hans immer noch?"

„Kindchen, das ist schon so lange her. Damals liebte ich ihn, ja, aber jetzt liebe ich deinen Vater."

„Liebt man nicht immer nur einen Mann im Leben?"

Ihre Mutter lachte. „So denkt man nur, wenn man so jung ist wie du."

Damit war das Gespräch für Helene beendet und sie widmete sich wieder der Gartenarbeit. Enttäuscht beobachtete Katharina ihre Mutter dabei. Sie hatte wirklich gedacht, sie würde sie verstehen.

„Eines wüsste ich gerne noch, Mutti", sagte sie.

Helene sah sie freundlich an. „Ja, mein Kind?"

„Warum machst du immer alles, was Vati sagt?"

„Weil er mein Mann ist und dafür sorgt, dass es uns gut geht."

Am liebsten hätte Katharina die Augen verdreht, doch das wäre zu respektlos gewesen. Mittlerweile befürchtete sie sogar, dass es ein Fehler gewesen war, ihrer Mutter ihr Geheimnis anzuvertrauen.

„Bitte sag Vati kein Sterbenswort davon."

„Natürlich nicht, er würde das nicht billigen. Vergiss diesen Peter, Katharina, du wirst schon noch den richtigen jungen Mann finden, so hübsch wie du bist."

„Natürlich."

Katharina war traurig darüber, dass ihre Mutter nicht zu der Vertrauten geworden war, die sie sich erhofft hatte und mit der zusammen sie Pietro in die Familie hätte einführen können. Mit ihrem Vater brauchte sie nun gar nicht erst sprechen.

Offensichtlich musste sie sich weiterhin im Geheimen mit Pietro treffen, aber das wollte sie nicht mehr. Sie wünschte sich, ja sie fühlte sich fast verpflichtet, mit ihm eine ernste Beziehung zu führen. Betrübt ging Katharina in ihr Zimmer, legte eine Platte von Elvis Presley auf und ließ sich aufs Bett sinken.

Eine halbe Stunde später klopfte es an ihrer Tür. Es war ihre Mutter. Sie hatte Schürze und Stiefel gegen Pumps, Seidenstrümpfe und ein grünes Kleid getauscht und sah wunderschön aus.

„Tinchen, was wir vorhin im Garten besprochen haben, das vergessen wir einfach. Ich vergesse deine Liebelei und du meine und wir erzählen Vati nichts davon. Das bleibt unser Geheimnis."

Katharina nickte und sah ihre Mutter an. Sie war ihr fremder als jemals zuvor. Vorhin, als sie ihr von ihrer ersten Liebe erzählt hatte, da hatte Katharina kurz die Hoffnung gehabt, eine richtige Mutter-Tochter-Beziehung könne entstehen und sie könnte endlich mit ihrer Mutter über ihr Innerstes sprechen. Doch sie schien bereits wieder die Alte zu sein, ohne eigene Stimme und den Mut zur Konfrontation. Und das alles nur um des Hausfriedens willen!

Nachdem Helene gegangen war, hatte Katharina Kopfschmerzen. Sie versuchte, sich auf die Musik zu konzentrieren, denn das war das Einzige, was ihr in solchen Situationen half, und grübelte, wie es nun weitergehen sollte.

Als Katharina am nächsten Tag in die Eisdiele kam, merkte sie sofort, dass mit Pietro etwas nicht stimmte.

„Geht es dir nicht gut?"

Er zuckte mit den Schultern. Da viel Kundschaft da war, fragte sie nicht weiter nach, sondern setzte sich mit einem Eisbecher an einen Tisch. Sobald er Feierabend hatte und sich zu ihr setzte, um seinen Espresso zu trinken, wollte sie jedoch wissen, was los war.

„Ich weiß nicht, ob das mit uns funktionieren

wird. Wenn deine Eltern gegen unsere Beziehung sind, wer weiß, vielleicht bringen sie mich am Ende noch um."

Sie sah ihn entsetzt an. „Sie würden doch niemanden umbringen!"

„Dein Bruder hätte mich fast umgebracht."

Warum hatte ihr Bruder ihm so etwas nur angetan! Sie hasste ihn dafür.

Zärtlich nahm sie Pietros Hand und bat: „Lass uns nicht mehr darüber sprechen, ich werde dafür sorgen, dass so etwas niemals wieder passiert. Vertrau mir."

Dabei sah sie ihn so entschlossen an, dass er ihr tatsächlich glaubte. Sein Gesicht sah fast wieder aus wie früher, aber Pietro hatte sich verändert. Er war nervöser und ängstlicher. Die Narben in seiner Seele waren nicht verheilt. Sie klafften weit offen und keiner sah es. Katharina spürte nur, dass er nicht mehr derselbe war, doch sie hoffte, dass durch ihre Liebe alles wieder gut werden würde. Dann würde er sie ermutigen und für sie einstehen.

Sie streichelte Pietros Hand und bekräftigte: „Zusammen schaffen wir das. Doch wir müssen stark sein und für unsere Liebe kämpfen."

Katharina war so entschlossen, und obwohl er sich nicht stark, sondern schwach fühlte, konnte Pietro ihr nicht widersprechen. Es kostete ihn viel Kraft, doch er lächelte sie an und wiederholte ihre Worte: „Wir schaffen das."

Er küsste ihre Hand.

„Ich werde mit meinem Vater sprechen. Wenn er dich erst kennengelernt hat, wird er dich mögen."

Pietro glaubte das nicht, aber er nickte. Stärker als seine Angst war sein Wunsch, Katharina glücklich zu sehen. Sie war stark und kämpfte für ihn. Das hätte er nicht gedacht! Schließlich hätte sie jeden anderen jungen Mann haben können.

KAPITEL 15

Gegenwart

„Ihr Großonkel war zweifelsohne ein großer Künstler", riss sie Angelikas Stimme aus ihren Gedanken.

Letizia drehte sich um und sah ihre Gastgeberin an.

„Ich habe mich oft gefragt, ob die Frau auf dem Bild meine Mutter ist", sagte Angelika. „Sie erscheint mir vertraut, aber gleichzeitig fremd. So, als zeige sie sich von einer Seite, die ich bisher noch nicht kenne."

„Ihre Mutter hat nie etwas über die Beziehung zu Pietro erzählt?"

„Nein, sie hat alle Fragen abgeblockt, was das Gemälde und die Unterstützung für den Künstler für mich nur umso geheimnisvoller gemacht hat. Aber nun ist dieses Geheimnis ja gelüftet."

Letizia nickte, obwohl für sie längst nicht alle

Fragen geklärt waren. Warum hatte es nicht geklappt mit der Liebe der beiden? Allem Anschein nach war ihre Geschichte ja noch weitergegangen.

„Ich war gestern Abend im früheren Arbeitszimmer meiner Mutter", erzählte Angelika. „Wir haben es so gelassen, wie es war, sie ist so gerne dort, wenn sie mich besucht. Normalerweise gehe ich dort nicht rein, aber irgendwie war ich neugierig, ob ich nicht doch etwas finde, das mehr über dieses Stipendium verrät. Es gab ja sonst keine Anzeichen, dass sie sich besonders für Kunst interessiert hat. In ihrem Regal stehen Dutzende Bildbände, die sich mit Modedesignern und der Geschichte der Modestile auseinandersetzen und dazwischen war ein einzelner Kunstbildband. Ich habe das nie weiter beachtet, dachte, sie hat ihn vielleicht geschenkt bekommen. Aber jetzt habe ich mal reingesehen."

Angelika reichte Letizia einen prachtvollen Bildband. *Outsider Art – Meisterwerke der rohen Kunst* lautete der Titel. Letizia öffnete das Buch. Kurz überflog sie das Vorwort. Der Bildband zeigte die Ausstellungsstücke eines amerikanischen Museums für moderne Kunst. Wenn sie es richtig verstand, bezeichnete der Begriff *Outsider Art* Kunstwerke, die von Menschen außerhalb des etablierten Kunstbetriebs geschaffen wurden. Nicht selten waren es Insassen von Nervenheilanstalten und Gefängnissen oder Einsiedler.

Sie blätterte weiter. An einer Steinskulptur blieb ihr Blick hängen. Sie zeigte zwei Liebende in einer Umarmung, die sich gleichzeitig voneinander wegzudrücken und sehnsuchtsvoll anzusehen schienen. Der Künstler hatte ein wahres Meisterwerk geschaffen.

Letizia konnte nicht recht sagen, wieso, aber die Skulptur löste starke und widersprüchliche Gefühle in ihr aus. Ihr lief ein Schauer über den Rücken. Es war auf jeden Fall ein starkes Kunstwerk.

Irgendwie erinnerte sie die Skulptur an die Werke, die sie von Zio Pietro kannte, doch dieses Kunstwerk war viel filigraner gearbeitet. Sie sah sich den Namen des Künstlers an. *Leonardo Esposito, Gefängnisinsasse* stand dort. Der Name konnte Spanisch sein oder Italienisch, das war schwer zu sagen. Aber jedenfalls handelte es sich nicht um ihren Großonkel.

Letizia schlug den Bildband zu und legte ihn zur Seite. Vielleicht hatte Angelika sich mit dem Thema beschäftigt, weil auch Pietros Kunst der *Outsider Art* zugerechnet werden konnte?

„Ich habe meine Mutter übrigens heute Morgen angerufen", riss Angelika sie aus ihren Gedanken. „Ich dachte, sie würde sicherlich wissen wollen, dass der Künstler, den wir jahrelang mit einem Stipendium unterstützt haben, verstorben ist."

„Und?"

„Sie wusste nicht, von wem ich rede. Wie gesagt, ihr Gedächtnis ist nicht mehr das Beste. Es tut mir leid. Was sonst noch zwischen den beiden vorgefallen ist, wird wohl immer ihr Geheimnis bleiben. Aber es bleibt ja die Kunst, die für sich selbst spricht. Finden Sie nicht?"

Letizia nickte. Trotzdem hätte sie zu gern mehr gewusst.

Die nächsten Tage verliefen zunächst unspektakulär. Am Montag war Heiligabend. Letizia schlenderte am Vormittag über den Weihnachtsmarkt in der Altstadt, eine schöne deutsche Tradition. Als sie mittags nach Hause kam, schaltete sie den Fernseher an. Schockiert sah sie auf den Bildschirm. Der italienische Nachrichtensender zeigte Bilder von Lavaströmen. „Ätna-Ausbruch", stand in der unteren Bildzeile. „Flughafen Catania gesperrt."

Warum hatte niemand aus ihrer Familie sie angerufen? War ihnen etwas passiert?

Hastig griff sie zu ihrem Handy und wählte Nonnas Nummer. Ihre Großmutter hob nach dem zweiten Klingen ab.

„Ah, Tizia, mein Schatz. Geht es dir gut, so ganz alleine in Deutschland?"

„Ja, mir geht es gut! Aber was ist bei euch los?"

„Der Berg spuckt mal wieder", antwortete Nonna, so als sei es das Normalste auf der Welt.

Und irgendwie ist es das ja, dachte Letizia. Der Tonfall ihrer Großmutter beruhigte sie. Immer wieder gab es kleinere oder größere Ausbrüche, sie selbst hatte schon einige miterlebt. Und immer ging das Leben weiter.

Die Nähe zum Vulkan schlug sich in der Mentalität der Bewohner der Ätna-Region nieder, die versuchten, das Leben nicht so schwer zu nehmen. Außerdem waren die Ausbrüche für den fruchtbaren Boden in der Region verantwortlich. Der Vulkan nahm also, aber er gab auch etwas. Der ewige Kreislauf.

Nonna erzählte, dass es sich um einen Nebenausbruch handelte, der das Tal „Valle del Bove" betraf und bisher, zum Glück, noch keine allzu großen Schäden angerichtet hatte. Natürlich musste man erst noch sehen, wie es in den nächsten Tagen weiterging. Ihr Tal war nicht betroffen.

„Vielleicht ist es besser, wenn ihr zu den Verwandten nach Aggrigento fahrt", schlug Letizia vor.

„Aber Tizia, wieso denn?"

„Ihr wisst doch, dass es zu Erdbeben kommen kann."

„Ach, die Erde bebt doch ständig ein bisschen. Uns passiert schon nichts", erwiderte Nonna gelassen.

Letizia war klar, dass es nicht viel bringen würde, weiter auf sie einzureden, also ließ sie es bleiben. Sie recherchierte im Internet und fand heraus, dass seit dem Morgen schon 130 leichte Erdbeben gemessen worden waren. Kein Grund zur Panik, niemandem war etwas passiert.

Am späten Nachmittag besuchte sie einen Gottesdienst, auch um sich abzulenken und die Gedanken in eine positive Richtung zu lenken. Anschließend machte sie es sich auf der Couch mit einer DVD von *Tatsächlich Liebe* gemütlich. Mehr konnte sie von Heidelberg aus sowieso nicht unternehmen. Sie schaltete immer wieder auf den Nachrichtensender um, aber es geschah weiter nichts.

Am nächsten Tag ließ Letizia es ebenfalls ruhig angehen. Sie ging spazieren, las ein Buch und guckte fern. Am Abend rief Alexander an, um ihr „Frohe

Weihnachten" zu wünschen und fragte, ob bei ihrer Familie alles in Ordnung sei. Letizia freute sich, seine Stimme zu hören. Er erzählte, dass an den Weihnachtsfeiertagen seine ganze Familie zusammenkam, am einen Tag die Seite des Vaters, am anderen die seiner Mutter. Das war eine gute Möglichkeit, mal wieder alle zu sehen. Als Letizia nachfragte, erfuhr sie, dass „alle" gerade einmal 20 Personen umfasste. Sie schmunzelte, wenn sie daran dachte, dass sich in ihrer Familie wohl eher 100 getroffen hätten.

Am Morgen des zweiten Weihnachtsfeiertags schaltete Letizia wieder den Fernseher an, um zu sehen, ob sich etwas Neues ergeben hatte. Tatsächlich hatte sich ein Erdbeben der Stärke 5,1 ereignet, bei dem es zu einigen Schäden und Verletzten durch herabfallende Gebäudeteile gekommen war. Aber auch diesmal war ihr Dorf nicht betroffen.

Im Laufe des Tages sah Letizia immer mal wieder die Nachrichten oder ins Internet. Sie war erleichtert, als sie merkte, dass ihre Nonna recht behalten hatte: Die Lage beruhigte sich und es gab keinen Grund, sich Sorgen zu machen.

Am Donnerstag wusch Letizia Wäsche, kochte eine Kleinigkeit und ging ein paar Kilometer am Neckar spazieren. Am späten Nachmittag rief Alexander an und fragte, ob sie ihn am Samstagabend zu einer Museumsausstellung begleiten wolle. Letizia stimmte voller Vorfreude zu.

„Mach dich schick", bat er.

Sie verstand zwar nicht warum, aber sie dachte, dass die Deutschen vielleicht genauso schick ins

Museum gingen wie ins Theater. Also suchte sie das schlichte dunkelblaue Kleid heraus, das sie aus Sizilien mitgebracht hatte, und die eleganten Stiefel. Der Ausschnitt des Kleides war vielleicht etwas zu tief für ein erstes Date in seriöser Umgebung, aber sie hatte sowieso nichts anderes zur Auswahl und es stand ihr sehr gut, daher dachte sie nicht weiter darüber nach.

Am Samstag holte Alexander sie mit dem Auto ab. Er sah sehr schick aus, trug einen Anzug und eine Fliege.

„Fahren wir in die Oper oder nur ins Museum?", zog Letizia ihn auf.

Er lachte und antwortete: „Im Museum findet eine Veranstaltung statt, nichts Besonderes. Es gibt Häppchen und Sekt und ein bisschen moderne Kunst. Darum wollte ich mich passend kleiden."

„Na, das klingt doch gut."

Kurz darauf betraten sie ein kleines, modernes Museum, in dem Letizia schon einmal eine Gastausstellung besucht hatte. Drinnen war alles bunt beleuchtet und am Eingang bekamen sie Armbänder, damit man sie als Gäste identifizieren konnte. Es war recht voll und alle waren festlich gekleidet. Sie fühlte sich in ihrem recht einfachen Kleid ziemlich unwohl. Zum Glück kannte sie hier keiner – im Gegensatz zu Alexander. Er begrüßte jeden einzelnen Besucher persönlich. Einige beglückwünschten ihn sogar. Hatte er etwa Geburtstag?

„Du scheinst hier alle zu kennen", bemerkte sie.

„Ja, tut mir leid, ich habe dir nicht viel erzählt. Meine Familie hat die Ausstellung gesponsert, zur

Steuerersparnis wohlgemerkt. Nun, zumindest gilt das für meinen Vater. Für meine Mutter ist die Kunstförderung eine Lebensaufgabe."

Sie sah ihn überrascht an. „Deine Familie? Willst du sagen, dass deine ganze Familie hier ist?"

Er räusperte sich und kratzte sich am Hinterkopf.

„Na ja. Ehrlich gesagt sind meine Eltern wirklich da. Ich hatte Angst, es dir zu erzählen, weil ich dachte, du würdest nicht mitkommen."

Sie sah ihn entsetzt an. „Da hast du völlig recht. Ich wäre nicht mitgekommen."

„Du darfst das alles hier nicht ernst nehmen, vor allem nicht meine Eltern. Die leben in ihrer eigenen Welt."

Kaum hatte er die Worte ausgesprochen, kam ein Paar auf sie zu, in dem sie sofort seine Eltern vermutete. Der Vater, glattrasiert, mit einem exakt gekämmten Seitenscheitel, im Maßanzug. Die Krawatte passte zum weinroten Cocktailkleid seiner attraktiven Frau. Sie war perfekt geschminkt und die Falten waren sorgfältig weggeliftet worden. Ihre braun gefärbten Haare fielen in sanften Wellen auf ihre Schultern und auf ihre Figur hätten viele junge Frauen eifersüchtig werden können.

„Alexander, Schatz, wo bleibst du denn?", fragte die Frau.

Dann wandte sie sich an Letizia: „Guten Abend. Und für was sind Sie zuständig?"

Letizia sah sie perplex an.

„Das ist Letizia, meine Freundin", stellte Alexander vor.

„Eine Freundin", korrigierte Letizia lächelnd.

Das Lächeln der Mutter gefror, sie musterte Letizia von Kopf bis Fuß und sagte mit gespielter Freundlichkeit: „Ich dachte, Sie wären die ausländische Kellnerin."

Letizia war so überrascht von diesem Satz, dass sie nichts erwiderte.

„Sind Sie Italienerin?", fragte Alexanders Mutter.

Letizia nickte und meinte: „Mein Akzent verrät mich."

Nun mischte sich der Vater ein: „Italien ist ein schönes Land, wenn nur nicht die schlechte Politik und Korruption wären. Und allein Berlusconi." Er lachte. „Wie man solch einen Typ wählen kann." Nach einer kurzen Pause fuhr er fort: „Ich sage ja immer, ein Volk bekommt den Präsidenten, den es verdient."

Man konnte an seinem selbstsicheren Gehabe sehen, dass er es gewohnt war, dass ihm immer alle zuhörten.

Alexander versuchte, von dem brisanten Thema abzulenken: „Wir sind nicht hier, um uns über die Weltpolitik zu unterhalten, sondern um die Kunstwerke zu bestaunen."

Der Vater legte seinen Arm um Alexander. „Unser Sohn, der Weltverbesserer. Erinnert mich immer an seine Großmutter."

Er wandte sich an Letizia und fragte: „Und was machen Sie beruflich?"

„Import, Export", antwortete sie und lächelte verschmitzt.

Nun nickten die Eltern anerkennend.

„Komm, Helmut, lassen wir Alexander und die Dame, wir müssen nach vorne, ich muss gleich die Rede halten", bat die Mutter.

Sie nickten ihnen als Zeichen des Abschieds kurz zu und gingen zu einer kleinen Bühne, auf der ein Podest und ein Mikrofon standen.

„Import, Export." Alexander konnte sich das Lachen nicht verkneifen.

„Stimmt doch", meinte sie.

Bevor er etwas erwidern konnte, begann seine Mutter zu sprechen. Sie begrüßte die Gäste und erzählte etwas zu der Ausstellung und dem Künstler, den sie anschließend auf die Bühne bat. Dieser bedankte sich bei Alexanders Mutter dafür, dass sie seine Ausstellung finanziell auf die Beine gestellt hatte. Letizia staunte nicht schlecht.

„Sag mal, seid ihr die Rockefellers oder so?"

„Quatsch, meine Mutter möchte sich einfach nur profilieren mit diesem Kunstkram, und der Typ da vorne ist wohl ein Supertalent der Kunstszene. Ich verstehe ehrlich gesagt nichts davon."

Nach der Rede sahen sie sich die Ausstellung an. Letizia konnte ebenso wenig etwas mit den Kunstwerken anfangen wie Alexander. Die Skulpturen waren teilweise so abstrakt, dass sie an die Container auf einem Recyclinghof denken musste, in denen der Schrott wild zusammengeschmissen wurde. Sie dachte an die Bildhauereien ihres Großonkels und bedauerte, dass diese kein Publikum fanden. Dabei waren sie viel ausdrucksstärker.

Der Künstler entsprach dem Stereotypen eines Menschen, der sich selbst viel zu ernst nahm. Er sah gut aus, war eher der nordische Typ mit sehr heller Haut, fast weißem Haar und trug einen geschmacklosen Anzug, der wirkte wie eine Requisite aus *Raumschiff Enterprise*. Er schien sich darin sehr gut zu gefallen und strotzte nur so vor Selbstbewusstsein. Sein Name war das Abstruseste überhaupt: *Legolas Müller*.

„Seine Eltern waren wohl große Herr-der-Ringe-Fans", bemerkte Letizia. „Vielleicht heiratet er mal und bekommt einen passenderen Nachnamen."

Alexander lachte. „Meine Mutter ist von ihm begeistert. Wahrscheinlich fehlt ihr so ein bisschen Verrücktheit bei meinem Vater."

„Auf den ersten Blick bist du ganz anders als deine Eltern."

„Das nehme ich als Kompliment", antwortete er und lächelte. „Meine Großeltern sind sehr bodenständig, und die Kinderfrau, die mich großgezogen hat, war eine wunderbare Frau. Meine Ersatzfamilie."

Er blickte zu seiner Mutter, die mit einem Glas Sekt herumlief, die perfekte Gastgeberin gab, mit allen ein nettes Wörtchen wechselte und ein Dauerlächeln aufgesetzt hatte.

„So schlimm sind sie nicht, nur etwas versnobt. Deine Eltern sind bestimmt ganz anders", sagte er.

„Oh ja, ganz anders", wiederholte Letizia und dachte an ihren Vater, der den Haushalt machte, und ihre Mutter, die in alten Klamotten Gemüse einkochte.

In diesem Moment kam Frau Richter auf sie zu und bat: „Schatz, kommst du mal!"

„Bin gleich wieder da", entschuldigte er sich.

Letizia hörte, wie seine Mutter im Weggehen sagte: „Du kannst ja deine kleine Italienerin mal ein paar Minuten alleine lassen." Sie seufzte und dachte: *Das ist ein ziemlicher Drache.* Sie nutzte die Zeit, um sich die Ausstellungsstücke weiter anzuschauen, und nahm sich ein Glas Sekt von einem Tablett, das ein Kellner vorbeitrug. Der Sekt schmeckte sehr gut, zum Glück, denn ohne Alkohol hätte sie diese Ausstellung nicht überlebt.

Die junge Frau betrachtete gerade eine Art Müllhaufen, als plötzlich der Künstler höchstpersönlich neben ihr stand. Sie spürte, dass er sie von der Seite aus beobachtete.

„Das ist mein persönlichstes Werk", sagte er ernst.

Sie drehte sich zu ihm und sah, dass ein Journalist fleißig mit einem kleinen Audiorecorder aufzeichnete, was Müller erzählte.

Letizia war neugierig. „Was stellt es denn dar?", platzte sie in das Interview.

Überrascht musterte sie der Künstler und blieb an ihrem Ausschnitt haften. Sie war keineswegs dick, aber sie hatte Kurven an den richtigen Stellen und den meisten Männern gefiel ihre Figur. Nachdem sein Blick etwas zu lange auf ihrer Oberweite geruht hatte, wanderte er zu ihrem ovalen Gesicht mit den vollen Lippen und den langen Locken, die es umrahmten. Lanzelot, nein, Legolas hieß er ja, schien wie verhext von ihrem Anblick. Er ignorierte den Journalisten und begann, ihr sein Kunstwerk zu erklären: „Es steht für das Leben. Komplex, chaotisch und dennoch schön."

Sie sah den Müllberg an und nickte. „Chaotisch, komplex, stimmt."

Schön? Na ja. Doch das sagte sie nicht laut.

Er stellte sich vor. „Legolas. Der Künstler dieser Ausstellung."

„Letizia", erwiderte sie und lächelte ihn an.

„Der Name passt zu dir. So sinnlich und schön, und nicht so eingebildet und dürr wie die meisten Frauen, die ich kenne."

Ganz schön schnulzig.

„Darf ich dich später zum Essen einladen?", fragte er selbstbewusst.

„Oh, das tut mir leid, ich bin in Begleitung."

„Wie schade, aber ich weiß, dass unsere Wege sich wieder kreuzen werden."

Sie nickte freundlich und hätte beinah laut gelacht. Alles, was er sagte, klang wichtig. Das war wohl so, wenn man Legolas hieß. Plötzlich standen Alexander und seine Mutter neben ihnen.

„Legolas, kommen Sie, ein paar Bewunderer möchten Sie kennenlernen", wandte sich Frau Richter an den Künstler.

„Die Pflicht ruft", meinte er bedauernd zu Letizia und küsste ihre Hand.

„Hast du einen neuen Bewunderer?", fragte Alexander und sah ihm hinterher.

Sie zuckte mit den Schultern und antwortete:

„Vermutlich ist sein Eroberungsdrang geweckt, weil ich kein Interesse an ihm zeige."

Alexander musterte sie zärtlich und widersprach: „Ich denke, es liegt daran, dass du eine wunderschöne Frau bist."

Letizia spürte, wie sie errötete, und blickte zu Legolas. Der Künstler sah immer wieder zu ihr herüber und machte lustige Gesichter. Sie hatte plötzlich das Gefühl, eine Art Verbündeten in dieser Gesellschaft zu haben, obwohl er in einer anderen Welt zu leben schien.

„Also wirklich nette Menschen sind hier schwer zu finden", sagte sie deshalb zu Alexander.

„Was denkst du, weshalb ich dich mitgenommen habe. Diese gekünstelte Welt ist nur schwer zu ertragen, ohne dich – und ohne Alkohol."

Er hielt einen vorbeilaufenden Kellner an und nahm ihm das halb leere Tablett mit Schnittchen ab.

„Es gibt hier einen schönen Balkon. Dort können wir diese leckeren Häppchen verspeisen", schlug Alexander vor und holte noch eine Flasche Sekt.

Das Museum befand sich in einem alten, aber komplett renovierten Gebäude. Innen schufen viel Glas und Holz eine schöne Atmosphäre. Der große Balkon war dagegen lediglich restauriert und nicht modernisiert worden. Ein paar Stühle mit Tischen und Decken standen dort, als ob sie jemand nur für sie abgestellt hätte. Als sie hinaustraten, schlug Letizia die kalte Winterluft entgegen und sie versteifte sich.

„Es ist kalt!", rief sie.

„Gleich wird es wärmer", versprach Alexander. Er

stellte das Tablett und die Flasche ab, machte einen Heizstrahler an und reichte ihr eine Decke. Mit der Decke um die Schultern lehnte sie sich an die steinerne Brüstung.

„Danke, dass du gekommen bist, ohne dich wäre dies alles hier eine Qual", sagte er.

„Ich habe das Gefühl, für deine Eltern scheint es eine Qual zu sein, dass ich da bin. "

„Ach was", beschwichtigte er.

„Die Blicke deiner Mutter sind nicht sehr wohlwollend."

„Sie träumt davon, dass ich eine dieser reichen Schnepfen heirate oder gar eine mit einem Adelstitel."

Letizia lachte. „Gibt es das noch, in der heutigen Zeit, wo sogar englische Prinzen Bürgerliche heiraten?"

Er seufzte. „Meine Mutter ist nicht einfach."

Das hat mir gerade noch gefehlt!, dachte Letizia. *Eine böse Schwiegermutter!* Immerhin war sich Alexander dessen bewusst.

Sie schob die Gedanken beiseite und genoss den Ausblick auf die Hügel des Odenwaldes. Alexander schmiegte sich an sie. Sie blickte ihm gerade tief in die Augen, als die Schiebetür aufging und seine Mutter sie entdeckte.

„Alexander, wo treibst du dich denn herum? Du weißt doch, dass ich dich heute brauche!"

„Ich komme gleich. Jetzt möchten wir noch in Ruhe unsere Gläser austrinken", antwortete er.

Wieder musterte die Gastgeberin Letizia kritisch.

Sie fühlte sich unwohl bei diesem Blick und kam sich irgendwie minderwertig vor.

Plötzlich lächelte Frau Richter und sagte: „Gut, bis gleich."

„Alexander, ich möchte dich nicht aufhalten", sagte Letizia.

„Nein, nein, wir trinken unsere Gläser aus und dann kommen wir. Wir sind ja hier nicht auf einem Geschäftsessen."

Seine Mutter drehte sich um und ging zurück ins Gebäude.

„Also, ich glaube, deine Mutter mag mich nicht."

„Ach, sie ist nur etwas nervös heute Abend", tröstete Alexander. „Außerdem hat sie sich doch gar nicht abfällig gegenüber dir geäußert. Sie ist nur neugierig, mit wem ich hier bin."

Letizia traute sich nicht, es auszusprechen, doch sie dachte: *Na, wenn das neugierig ist, was ist, wenn sie einen nicht mag? Dann töten ihre Blicke wahrscheinlich an Ort und Stelle.*

Der schöne Moment war jedenfalls zerstört und Letizia bat: „Komm, lass uns reingehen. Ich werde mir den Rest des Sperrmülls anschauen und ein bisschen mit Frodo, äh Legolas sprechen."

Alexander lachte und folgte ihr. Sofort kam seine Mutter mit ein paar Männern auf ihn zu. Sie begrüßten Letizia freundlich und sprachen sofort mit Alexander über die Firma. Frau Richter ging weiter und rief freudestrahlend einem Mann zu: „Frederik, wie schön, dass du da bist!"

Während Letizia die Szene beobachtete, fragte sie

sich, was sie hier eigentlich tat. Statt auf der bequemen Couch einen netten Film zu schauen und Oliven zu essen, war sie auf einer Ausstellung, die ihr nicht gefiel, und musste die Blicke einer arroganten Mutter über sich ergehen lassen. Wenn sie jedoch in Alexanders Richtung sah, haftete sein Blick auf ihr. Er ließ sie nicht aus den Augen und das machte alles andere wett.

„Was für ein gelungener Abend!", rief Legolas aus, der plötzlich neben ihr stand.

„Findest du?", fragte sie.

„Ja, sie lieben meine Werke und mich. Meine Mäzenin Erika ist ein fantastisches Weib."

Aus dem Mund eines nicht einmal Dreißigjäh-rigen klang das irgendwie eigenartig. Überhaupt war dieser Abend eigenartig.

„Mich mag sie nicht", murmelte Letizia.

Der Künstler sah sie an und flüsterte: „Das ist nur die pure Eifersucht, weil du so heiß bist."

Er ergriff ihre Hand. Letizia entzog sie ihm sofort und sagte: „Entschuldige, aber du spinnst wohl!"

Er lachte. „Ja, das stimmt. Jeder Künstler muss wohl verrückt sein, um etwas für die Ewigkeit zu schaffen."

Sie sah sich um und fragte sich, was hier für die Ewigkeit sein sollte. Wahrscheinlich der Elektro-schrott und die Unmengen an Plastik. Die würden Tausende von Jahren auf einer Mülldeponie herumlie-gen, bevor sie sich auflösten.

Legolas wurde von einem anderen Besucher in ein Gespräch verwickelt und Letizia ging weiter. Nach dem mittlerweile dritten Glas Sekt wurde ihr zwar etwas schummrig, doch gleichzeitig wurde sie mutiger und redseliger. Legolas kam immer wieder zu ihr und sie witzelten über andere Kunstwerke und Künstler. Klassiker wie Mona Lisa fand Legolas am schlimmsten.

„Also die Frau ist so hässlich! Ich verstehe nicht, was daran komplex sein soll. Da Vinci hat doch nur ein Porträt gemalt."

Er zeigte auf eine Glaskiste, die vollgestopft war mit Kabeln und Draht, über denen Goldstaub verteilt war.

„Schau dir mal diese Komplexität an. Oder hier, das spiegelt die Seele wider", sagte er mit echter Überzeugung, während er auf eines seiner Bilder zeigte. Ungläubig sah Letizia ihn an. Meinte er das ernst oder hatte er einfach zu viel Alkohol getrunken?

„Entschuldige, Legolas, aber das sind nur wirre Linien, das könnte sogar ein Kater nachmalen. Du kannst dich doch nicht im Ernst mit da Vinci vergleichen!", entfuhr es ihr.

„Ich möchte mich ja gar nicht mit ihm vergleichen", verteidigte sich Legolas. „Ich finde nur, dass er nicht die Komplexität des Lebens erkannt hat. Er war ein Erfinder. Darin war er gut."

Als der Kellner vorbeikam, nahm sich Letizia einen Gin Tonic. Sie brauchte dringend noch mehr Alkohol, um diesen arroganten Kerl zu ertragen.

„Glaubst du, nur weil ich abstrakt zeichne, kann ich nicht auch Porträts? Wenn du willst, male ich dich", schlug Legolas vor. „Das ist nicht schwer, das kann jeder." Er sah sie an. „Fast jeder."

„Vielleicht. Ich werde es mir überlegen", wich sie aus.

In diesem Moment kam Alexander zu ihnen. „Entschuldige Letizia, das waren Geschäftspartner, jetzt bin ich nur noch für dich da."

Letizia kicherte. „Wusstest du, Alexander, dass Legolas sich für einen besseren Künstler hält als da Vinci?"

„Das wird die Zeit zeigen", antwortete Alexander diplomatisch.

„Nein, ich sagte nur, er war ein besserer Erfinder, nicht ein schlechterer Künstler", verteidigte sich Legolas. „In der Kunst kann man nicht in besser oder schlechter einteilen."

Letizia kicherte weiter und hakte sich bei beiden Männern ein. „Das Beste an diesem Abend ist der Sekt." Sie sah zu Legolas. „Entschuldige, neben deinen Kunstwerken natürlich." Sie bat einen Kellner, stehen zu bleiben, und nahm drei Gläser vom Tablett, zwei verteilte sie an die Herren.

„Auf die Kunst!", sagte sie angeheitert und trank in einem Zug das Glas aus. Es kribbelte herrlich in ihrer Kehle und sie merkte, wie sich gute Laune und Wärme in ihr breitmachten.

„Langsam wird der Abend lustig", rief sie und breitete dabei ihre Arme so aus, dass sie einen Kellner erwischte. Dieser versuchte verzweifelt, sein Tablett zu stabilisieren. Unglücklicherweise stand Erika in der Nähe, die Legolas ein paar wichtigen Leuten aus der

Kunstwelt vorstellen wollte. Das Tablett kippte und die übrigen Gläser mit dem herrlichen Sekt fielen auf Erikas schönes Kleid. Doch damit nicht genug. Letizia wollte das sich anbahnende Unglück verhindern, was darin endete, dass sie samt Tablett auf Alexanders Mutter fiel. Beide landeten auf dem Boden und Erika schnappte aufgeregt nach Luft.

Eine kleine Menschentraube bildete sich um die Frauen, die darüber rätselte, ob dies zum geselligen Abend dazugehörte. Letizia lag auf Erika und diese blickte sie hasserfüllt an.

Nachdem sie sich gefangen hatten, rappelten die beiden Frauen sich hastig auf. Mühsam beherrscht zischte Erika Letizia zu: „Verschwinden Sie von hier, sofort."

Dann lachte sie und sagte laut: „Das haben wir lange eingeübt, ich hoffe, Sie fanden es lustig."

Sie nahm ein auf dem Boden liegendes Glas, das den Sturz heil überstanden hatte, und trank den letzten Schluck Sekt, während das Publikum Beifall klatschte.

KAPITEL 16

Letizia stand mit rotem Kopf neben Alexander und flüsterte ihm zu: „Ich gehe wohl besser mal nach Hause."

„Ich fahre dich", sagte er.

„Nicht nötig. Es war keine gute Idee, mich mitzunehmen."

„Ach was, das war doch nur ein Missgeschick, hätte mir auch passieren können", versuchte er, sie zu trösten.

„Mach's gut!"

Sie gab ihm einen Kuss auf die Wange und ließ ihn stehen. Alexander sah ihr nach, doch er machte keine Anstalten, sie aufzuhalten.

Letizia holte ihre Jacke, ging zur nächsten Straßenbahnhaltestelle und fuhr mit der Bahn nach Hause. Ihre Gedanken rotierten. Wenige Haltestellen von Wieblingen-Mitte entfernt, griff sie zu ihrem Smartphone, um sich abzulenken. Zu ihrer Überraschung sah sie, dass Angelika Krauss ihr eine E-Mail geschickt hatte.

„Liebe Frau Leone", schrieb sie. „Ich habe gerade mit meiner Mutter telefoniert und sie auf das Gemälde angesprochen. Plötzlich hat sie angefangen, von alten Zeiten zu erzählen. Es muss sich um Erlebnisse gehandelt haben, die sie mit ihrem Großonkel hatte. So klar habe ich sie seit Langem nicht mehr erlebt. Allerdings nur, solange sie von sich aus erzählt hat, sobald ich nachgehakt habe, um mehr zu erfahren, schien sie wieder verwirrt. Ich habe mir notiert, was sie erzählt hat, und hänge mein Protokoll an, denn ich denke, dass es Sie interessieren wird. Ich hoffe, es hilft Ihnen weiter, auch wenn es sicherlich nicht alle Ihre Fragen beantwortet."

Letizia öffnete die angehängte PDF-Datei und überflog den Anfang. Die ersten Informationen kamen ihr bekannt vor, das waren Geschichten, die ihr Nonna erzählt hatte. Doch danach beschrieb der Text Begebenheiten, von denen sie bisher nichts gewusst hatte. Fast bedauerte sie es, dass sie wenig später aussteigen musste.

Schnellen Schrittes lief sie die drei Straßen bis zur Wohnung ihrer Großeltern. Als sie dort ankam, fuhr sie zusammen. Vor der Haustür stand Alexander.

„Entschuldige." Er sah sie traurig an. „Ich dachte …"

„Es ist okay, du konntest ja nicht wissen, dass ich über deine Mutter herfallen würde."

Er lächelte.

„Nun ja, sie ist leider etwas schwierig und schafft

es, Frauen, die ihr nicht gefallen oder auf die sie eifersüchtig ist, in die Flucht zu schlagen."

„Das ist ja schlimmer als bei Aschenputtel."

„Du bist eine der wenigen, die ihr gewachsen sind."

„Ich weiß nicht, Alexander. Du bist wirklich süß, aber ich habe keine Lust auf familiäre Machtkämpfe."

„Was kann ich tun, um dich umzustimmen?", fragte er.

„Das kann ich dir nicht sagen ... Ich gehe jetzt erst mal hoch und schaue ein bisschen fern."

„Darf ich dazukommen?"

Sie blieb stehen. Die E-Mail konnte noch warten, auch wenn es sie brennend interessierte, ob sie wirklich etwas Neues über Pietro und Katharina erfahren würde.

„Nur, wenn du versprichst, dich zu benehmen", warnte sie.

„Ich verspreche es."

Nachdem sie ein wenig rumgezappt hatten, entschieden sie sich für einen BBC-Beitrag über Pinguine. Letizia setzte Wasser auf. Alkohol hatte sie definitiv genug gehabt. Dann saßen sie nebeneinander auf der Couch, tranken Kamillentee und aßen eingelegte Knoblvariatolivenen, während im Fernsehen die Pinguine durch einen Schneesturm watschelten.

„Das mit meiner Mutter tut mir leid, sie möchte unbedingt eine große Kunstmäzenin werden und das ist ihr heute Abend wohl zu Kopf gestiegen", entschuldigte sich Alexander.

„Ich würde einfach sagen, sie findet mich nicht gut genug für ihren Sohn."

„Quatsch", widersprach er. „Außerdem ist mir egal, was meine Mutter denkt."

Letizia dachte an Onkel Pietro. Ob er sich ähnlich gefühlt hatte wie sie jetzt?

Sie merkte, dass die Wirkung des Alkohols langsam nachließ, dafür begannen Alexanders Finger über ihre zu wandern. Seine Berührung war so sanft und wohltuend, dass Letizia ihre Augen schloss und vorsichtig ihren Kopf an seine Schulter legte.

„Eine sehr gute Dokumentation", sagte er plötzlich und sie öffnete die Augen.

„Hmm ...", machte sie.

„So etwas könnte ich mir stundenlang anschauen", fuhr er fort und nahm einen Schluck Kamillentee.

Veralberte er sie? Sie hob den Kopf, sah ihn an und küsste ihn. Er lächelte siegessicher.

„Das bist jetzt du, ich halte mich an mein Versprechen, mich zu benehmen."

„Ich sage dir schon, wenn du dich nicht gut benimmst."

Während die Pinguineltern mit ihren Kindern im kalten Eismeer badeten, lagen Letizia und Alexander auf Nonnos eingesessener Couch und küssten sich. Seine Hand wanderte über ihren Körper und sie bekam kaum Luft, so sehr genoss sie es.

„Ist mein Benehmen noch genehm?", fragte er ernst.

Sie nickte.

„Schön", sagte er und lächelte.

Er zog ihr das Kleid aus und küsste sie wieder, während sie sein Hemd aufknöpfte. Beide waren nur noch in Unterwäsche, als Letizia unter sich den eingesessenen Teil der Couch spürte, wo sonst ihr Großvater den Tag verbrachte. Auf einmal musste sie an ihn denken und konnte sich nicht entspannen.

„Ich weiß nicht, hier sitzt immer mein Großvater, weißt du."

Er lachte. „Verstehe, das können wir nicht entweihen."

„Nein", antwortete sie grinsend. „Aber das alte Kinderzimmer meiner Mutter steht zur Verfügung."

„Ich habe eine noch bessere Idee", antwortete er und lächelte geheimnisvoll. „Pack eine Zahnbürste ein und lass uns fahren, ich habe ein schönes Zimmer für uns."

„Bei dir?"

„Nein, etwas Neutrales", antwortete er mit einem Zwinkern.

Sie packte eine kleine Tasche, während er telefonierte, und wenig später verließen sie Heidelberg in Richtung Odenwald. Es ging über Hügel und durch Tunnel und immer tiefer hinein in die Wälder.

„Wo bringst du mich hin?"

Alexander lächelte geheimnisvoll. Es wurde Letizia schon fast ein wenig unheimlich, als der Wald immer dunkler wurde, doch nach ein paar Serpentinen hielten sie vor einer kleinen Burg, die romantisch beleuchtet war und vor der ein Maserati, ein Porsche und ein dicker BMW parkten. Ein einziger Parkplatz war noch frei.

Fackeln erleuchteten den Eingang, sogar ein roter Teppich war ausgerollt. Die schwere alte Tür ging automatisch auf, als sie darauf zuliefen. Die Dame am Empfang, eine Blondine mit Dutt und rotem Lippenstift, lächelte freundlich und begrüßte sie: „Guten Abend, Herr Richter! Guten Abend, die Dame."

„Guten Abend!"

„Wir haben ein sehr schönes Zimmer für Sie, die Tannensuite. Dort haben Sie einen wunderschönen Ausblick auf den Wald."

Sie gab beiden eine Karte.

„Mein Tipp: Wenn Sie morgen aufwachen, machen Sie das Fenster auf und atmen Sie die frische Luft ein."

„Das machen wir", antworteten beide und lächelten.

Burgen hatte Letizia immer als eng und dunkel empfunden, doch hier war alles offen und großzügig, die steinerne Mauer funkelte, als ob Edelsteine darin verarbeitet wären. Viele Möbel gab es im Foyer nicht, hier und da standen antike Sessel und ein paar Vitrinen aus dunklem Holz.

Sie gingen die gewundene Treppe hoch, die ebenfalls aus dunklem Holz gefertigt war. Ein mit Ornamenten verzierter Handlauf machte den Aufgang zu einem Blickfang, während die obligatorische Rüstung rechts neben der Treppe eher an ruppigere Gesellen denken ließ. An den steinernen Wänden hingen alte Tapisserien und Gemälde.

Dazwischen waren Leuchten angebracht, die wie Fackeln aussahen. Auf der Treppe lag ebenfalls ein dicker roter Teppich.

Letizia war sehr aufgeregt und merkte, dass sie immer noch etwas angeheitert war. Als Alexander die Tür zu ihrer Suite öffnete, blieb sie mit halb offenem Mund im Flur stehen. Vor ihr breitete sich ein wunderschöner Raum aus, mit drei Meter hohen Fenstern, an denen dunkelbraune schwere Gardinen hingen. Davor standen zwei bequeme Sessel wie die aus dem Foyer und dazwischen ein Tisch mit einer großen Obstschale. Die untere Hälfte der Wände war aus Stein, der Rest aus warmem Holz, vielleicht Kiefer, ebenso der Boden.

Letizia wusste gar nicht, zu welcher Seite sie zuerst blicken sollte. An der Wand stand ein großes weißes Himmelbett mit etwa zwanzig Kissen, alle in Weiß oder Beigetönen. Links vom Fenster brannte ein Feuer in einem Kamin. Das Feuer gab dem Raum eine wunderschöne Wärme und tauchte ihn in ein einzigartiges Licht. Auf den Kommoden neben dem Bett standen Pralinen, getrocknetes Obst und Nüsse. Alexander drückte auf den Lichtschalter und an der Decke erstrahlte ein Kronleuchter, der aus Holz gefertigt war. Das absolute Highlight waren für Letizia aber die hohen Fensterfronten. Jetzt in der Nacht sah man nichts, aber sie war schon neugierig auf den Ausblick am nächsten Tag.

Vorsichtig ging sie ins Zimmer, aus Angst, zu viel Lärm zu machen. Doch hier quietschte keine einzige Diele, alles war modern renoviert. Stattdessen spürte sie die Fußbodenheizung, nachdem sie die Schuhe abgestreift hatte.

„Genial", hauchte sie.

Er schmunzelte. „Ich mag es auch hier."

Sie warf einen Blick ins Bad und rief begeistert: „Schau dir das Bad an! Ein Traum!"

Er kam dazu und grinste.

„Ach so, du kennst diesen Ort ja schon", sagte sie etwas ernüchtert. „Ich hoffe, du warst in diesem Zimmer nicht mit einer deiner Ex-Freundinnen."

„In diesem Zimmer war ich noch nie, außerdem habe ich nur im Rahmen von Veranstaltungen hier übernachtet."

Konnte sie ihm glauben?

„Am liebsten würde ich jetzt ein Bad nehmen", sagte sie.

„Das kannst du gerne machen."

Sie sah ihn unsicher an. Ihr war die Vorstellung, dass er sie beim Baden beobachten würde, unangenehm. Alexander bemerkte dies und sagte: „Ich schaue währenddessen mal, was es im Fernsehen gibt."

Die Badewanne befand sich mitten im Raum. Auf einem kleinen Tisch daneben standen weitere Pralinen, jede Menge Badeöle und -salze und ein paar Kerzen. Letizia zündete die Kerzen an und ließ von allen Ölen ein paar Tropfen ins einlaufende Badewasser fallen. Sie zog sich aus und legte sich genussvoll seufzend in die Wanne. Das Bad war so groß wie das Wohnzimmer ihrer Großeltern. Eine hohe Fensterfront erstreckte sich vor ihr und sie konnte direkt in den Wald blicken. Das nahm sie jedenfalls an, denn es war stockfinster. Die Badeessenzen rochen wunderbar und die Wärme des Wassers tat ihr unheimlich gut. Aus Lautsprechern ertönte leise Musik und Letizia fühlte sich wie eine Prinzessin. Am liebsten wäre sie zwei Stunden in der Badewanne geblieben, doch sie wollte Alexander nicht zu lange warten lassen.

Als sie fertig war, schlüpfte sie in einen der weichen Bademäntel und ging zurück ins Zimmer. Dort brannten mittlerweile auch die Kerzen und aus den Lautsprechern ertönte dieselbe Loungemusik wie im Bad. Es war romantisch und gleichzeitig etwas verrucht. Plötzlich war sie aufgeregt. Der Fernseher lief, doch wo war Alexander?

Sie musste nicht lange suchen. Er lag auf dem Bett, noch angezogen, und schlief. Ab und zu schnarchte er leise. Vorsichtig legte sie sich neben ihn und beobachtete ihn eine Weile. Wie süß und friedlich er aussah! Die meisten Menschen hatten etwas Liebenswertes an sich, wenn sie schliefen.

Sie schlich noch einmal auf Zehenspitzen ins Bad, um einen Blick in den Spiegel zu werfen, und war zufrieden. Erneut legte sie sich neben Alexander.

Die Wirkung des Alkohols ließ weiter nach und ihr wurde bewusst, dass sie sich in einem Hotelzimmer mit einem Mann befand, den sie kaum kannte. War sie völlig übergeschnappt? Was würde ihre Mutter dazu sagen? Es war etwas, das nette Mädchen wie sie nicht taten. Irgendwie war sie froh, dass er schlief.

Während sie ihn erneut betrachtete, wusste sie

plötzlich wieder, warum sie mitgegangen war. Er sah nicht nur gut aus, er war authentisch, und das gefiel ihr. Sollte sie ihn wecken? Unschlüssig betrachtete sie ihn weiter und traute sich kaum, sich zu bewegen.

Vogelzwitschern weckte sie. Als sie die Augen öffnete, lag Alexander neben ihr und beobachtete sie.

„Guten Morgen", sagte er.

„Guten Morgen", erwiderte sie verschlafen.

„Warum hast du mich gestern nicht geweckt?", fragte er.

Sie lächelte und rieb sich den Schlaf aus den Augen. „Ach, du hast so selig geschnarcht, da wollte ich dich nicht stören."

„Ich schnarche doch nicht! Wie war das Bad?"

„Wunderbar!", seufzte sie.

„Dort drinnen riecht es immer noch nach dem Badeöl."

„Nach den Ölen! Ich hab alle ausprobiert."

Er lachte. „Du duftest wie eine Blumenwiese."

„Wie lange bist du schon wach?"

„Nicht so lange", antwortete er.

Doch er sah frisch geduscht aus und hatte sich rasiert. Die Blicke, mit denen er sie betrachtete, ließen sie wohlig erschaudern. Gleichzeitig fragte sie sich, ob das nicht alles viel zu schnell ging.

Sie richtete sich auf und sagte: „Dann lass uns mal die sagenumwobene Tannenluft einatmen."

Gemeinsam gingen sie zum Fenster. Sie hatte immer noch den Bademantel an. Als er das Fenster öffnete, schlug ihnen die kalte und frische Luft mit solcher Wucht entgegen, dass Letizia unwillkürlich zitterte.

„Die Dame hatte recht. Die Luft riecht nach Tannen", sagte sie.

„Du hast eine Spürnase. Ich finde es einfach nur kalt", antwortete er.

Sie sah ihn an. „Ich auch."

„Du hast schon fast blaue Lippen."

Er schloss das Fenster und rubbelte ihre Arme warm.

„Das sollte gegen die Kälte helfen, ansonsten müssen wir uns etwas anderes einfallen lassen", neckte er sie.

Es half tatsächlich, doch sie bekam jetzt eine richtige Gänsehaut. Ob das mit der Kälte zusammenhing oder mit seiner Berührung, konnte sie nicht sagen. Alexander bemerkte die aufstehenden Härchen und begann, sie an der Schulter zu küssen.

„Vielleicht hilft das."

Sie sagte nichts und er machte weiter. Dann hob er sie hoch, trug sie zum Bett und deckte sie zu.

„Ich will dich nur aufwärmen", sagte er.

Dabei zog er den Morgenmantel etwas herunter, sodass ihre Schultern nackt waren. Er küsste ihre Schulterblätter und fuhr mit seiner Hand ihren Rücken entlang. Das gefiel Letizia so gut, dass sie laut seufzen wollte vor Lust. Doch sie hielt sich zurück, stattdessen drehte sie sich zu ihm um und begann, sein Hemd aufzuknöpfen. Sein Oberkörper war schön, nicht völlig durchtrainiert, aber es war erkennbar, dass er Sport machte. Nonna hätte gesagt: „Gut gebaut."

Letizia glitt mit ihren Lippen langsam an seinem Hals herunter und er öffnete ihren Bademantel.

„Du bist wunderschön", flüsterte er.

Sie schloss die Augen und genoss seine Berührung, als plötzlich eine Melodie ertönte.

„Ist das etwa deine Mutter, die wissen möchte, wo du bist?", fragte Letizia spöttisch.

Alexander erwiderte: „Kann sein, aber das ist mir egal."

Er ließ es klingeln, bis der Anrufer auflegte. Doch nun musste Letizia an den Vorabend denken, an die peinliche Situation mit Erika.

Alexander bemerkte es und fragte: „Alles okay?"

Sie sah ihn an. „Ehrlich gesagt, geht mir deine Mutter gerade nicht aus dem Kopf."

„Vergiss sie doch. Jetzt sind nur wir zwei hier an diesem wunderschönen Ort."

„Aber in spätestens zwei Stunden sind wir wieder zurück in der Realität."

Alexander seufzte und antwortete: „Ich werde mit meinen Eltern sprechen. Du musst vor meiner Mutter keine Angst haben."

„Ich habe keine Angst vor ihr. Es ist mir nur unangenehm, dass sie mich offensichtlich nicht mag."

„Dafür mag ich dich und ich werde dich vor ihr beschützen."

Letizia hoffte, dass dies stimmte. Er umarmte sie und Letizia fühlte sich geborgen, so geborgen wie schon lange nicht mehr. In seinen Armen würde sie selbst Erika standhalten können. Sie küsste ihn.

In diesem Moment klingelte es wieder, allerdings war es ein anderer Klingelton.

Alexander sah auf und sagte: „Das ist die Geschäftsleitung. Ist es okay, wenn ich kurz gucke, wer es ist?"

Sie nickte. Natürlich wollte sie ihm nicht verbieten, auf sein Handy zu schauen, auch wenn sie sich gewünscht hätte, dass er sich ganz auf sie konzentrierte.

Er nahm das Smartphone und murmelte: „Hmm, es ist meine Mutter. Wenn sie auf dieser Nummer anruft, handelt es sich sicher um eine dringende geschäftliche Angelegenheit. Darf ich kurz rangehen?"

Wieder nickte sie. Der schöne Moment war jetzt endgültig zerstört.

Er ging ins Bad, um ungestört zu sein. Nach etwa zwei Minuten kam er zurück.

„Ich muss auf eine Geschäftsreise", sagte er und sah traurig aus.

„Am Sonntag? Direkt vor Silvester?"

„Sorry. Das ist eine dringende Angelegenheit, es geht da um einen Geldgeber für ein neues Großprojekt, das sehr wichtig ist für die Firma. Meine Mutter hat ein paar Kontakte spielen lassen, und nun können wir ihn spontan bei einer Silvester-Gala in Frankreich treffen." Als er ihre Enttäuschung bemerkte, fügte er hinzu: „Es tut mir leid. Wir holen das nach. Im neuen Jahr machen wir eine schöne Reise, nur wir zwei. Das verspreche ich dir."

Sie nickte, ohne ihn anzusehen.

Auf der Rückfahrt durch den Wald schaute sie aus dem Fenster und Alexander konzentrierte sich auf die Straße. Sie fragte sich, ob Katharina wohl auch durch die Firma ihrer Eltern so eingespannt gewesen war, dass sie keine Zeit mehr für Pietro gehabt hatte. Entschlossen nahm sie ihr Smartphone und rief das PDF von Angelika auf. Sie war gespannt, wie die Geschichte zwischen Katharina und Pietro weitergegangen war.

KAPITEL 17

Heidelberg, September 1958

Katharina und Pietro trafen sich inzwischen fast täglich, doch immer nur heimlich, zu Spaziergängen in die Wälder. In die Eisdiele ging sie nicht mehr, da sie befürchtete, dass ihr Bruder oder einer seiner Freunde sie dort sehen könnten. Einmal war sein Kumpel Fritz mit einer jungen Dame dort gewesen. Zum Glück war er so mit dem Ausschnitt des Mädchens beschäftigt gewesen, dass Katharina verschwinden konnte, bevor er sie entdeckte.

Pietro hatte nicht nur Angst vor ihrem Bruder, sondern auch davor, ihre Beziehung öffentlich zu machen. Katharina dagegen plante schon den Tag, an dem sie ihn offiziell ihren Eltern vorstellen würde. Sie war gerade einundzwanzig geworden und ihr Vater hatte ihr zur Feier ihrer Volljährigkeit erlaubt, eine

Party im Garten zu veranstalten. Sie wollte Pietro einladen, damit ihre Eltern sehen konnten, wie nett er war. Sie plante die Feier zehn Tage nach ihrem eigentlichen Geburtstag, an einem Samstag, weil da ihr Bruder auf Geschäftsreise sein würde. Den wahren Grund für diesen Termin nannte sie ihrer Familie natürlich nicht.

Es kostete Katharina einiges, Pietro davon zu überzeugen, dass er sie an diesem Tag besuchte. Als der Samstag kam, war er sehr aufgeregt. Den ganzen Morgen war ihm schlecht. Sein Herz schlug schnell und er schwitzte. Es war Ende September und tagsüber war es in diesem Jahr immer noch warm.

Am Nachmittag stand er vor dem eisernen Tor der Villa und klingelte. Seine Hände schwitzten. Er trug ein weißes Hemd und eine helle Hose. Die Leinenschuhe hatte er neu gekauft und sie drückten ihn, doch das nahm er in Kauf.

Katharina eilte zum Tor, als hätte sie nur auf ihn gewartet. Ihre Haare hingen ihr offen über die Schultern und sie trug ein hellblaues Sommerkleid und dazu goldene Sandalen. Zauberhaft sah sie aus. Sie strahlte. Es war ihr Tag, aber er sah auch den Zweifel in ihrem Gesicht.

Sie nahm seine Hand, führte ihn zum Hauptportal und durch einen langen, breiten Flur. Pietro hatte kaum Zeit, die Einrichtung zu bestaunen, die in dunklen Holztönen gehalten war. Imposant, aber nicht zu protzig. Das gefiel ihm gut, es erinnerte ihn an die einfachen Möbel aus seinem Elternhaus, die sein Vater selbst gefertigt hatte, auch wenn diese hier aufwändiger gebaut waren, wie unschwer zu erkennen war. An der Wand hingen Bilder von Berglandschaften und zahlreiche Porträts.

Noch bevor er die Eindrücke richtig verarbeitet hatte, hatte Katharina ihn schon in den Garten gezogen, der mehr an einen Park erinnerte. Tische und Stühle waren aufgereiht, ein Tisch mit Essen stand unter einer alten Linde. Vom Plattenspieler ertönte die neue Scheibe von Bobby Darin. Es waren ungefähr zehn junge Frauen und drei Männer anwesend. Zwei der jungen Damen kamen ihm bekannt vor, er hatte sie wohl schon einmal mit Katharina in der Eisdiele gesehen. Ihre Eltern sah er nicht.

Katharina stellte ihn allen vor: „Das ist Pietro, er kommt aus Italien."

Schnell standen drei junge Frauen um ihn herum und wollten mit ihrem Italienisch auftrumpfen. Sie warfen mit einzelnen Worten um sich, erzählten begeistert von ihren Urlauben in Capri und schwärmten von der Musik von Adriano Celentano. Von den Männern erntete er hingegen kritische Blicke.

Bald darauf kam eine Frau Mitte vierzig in den Garten. Das musste Katharinas Mutter sein. Sie wollte wohl sichergehen, dass alle gut versorgt waren. Als sie Pietro erblickte, zuckte sie zusammen. Er nickte dennoch lächelnd in ihre Richtung.

Katharina ging auf sie zu und erklärte tapfer: „Mutti, das ist Pietro. Ich habe dir von ihm erzählt."

„Guten Tag, ich bin Katharinas Mutter", erwiderte sie.

„Pietro Cascone. Sie haben einen wunderschönen Garten", sagte er.

Ein Lächeln huschte über ihr Gesicht. „Dankeschön."

Unsicher, was sie noch sagen sollte, ließ sie die beiden stehen, um das Buffet zu begutachten.

„Ich glaube, sie mag dich", sagte Katharina. „Sie mag alle Menschen, die ihren Garten mögen."

Erst in diesem Moment wurde Pietro klar, wie sehr Katharina doch in ihrer eigenen, von allem abgeschirmten Welt lebte. Er selbst hatte seit seinem fünfzehnten Lebensjahr gearbeitet, erst als Tagelöhner in der Landwirtschaft in Sizilien, später in der Fabrik in Mannheim und schließlich in der Eisdiele seines Onkels. Dadurch hatte er mit vielen unterschiedlichen Menschen zu tun gehabt und früh gemerkt, dass man lernen musste, die Leute richtig einzuschätzen, wenn man im Leben nicht auf der Strecke bleiben wollte. Katharina hatte diese harte Schule des Lebens in ihrer Villa und bei der Arbeit in der Firma ihres Vaters wohl nie durchlaufen. Sie war völlig unvoreingenommen, fast schon ein bisschen naiv, und genau das faszinierte ihn an ihr. Aber es war wohl auch der Grund dafür, dass sie die Blicke ihrer Mutter nicht richtig interpretieren konnte, denn diese war offensichtlich weder erfreut, ihn zu sehen, noch mochte sie ihn.

Während er noch diesen Gedanken nachhing, wurde das Buffet eröffnet und die jungen Leute schlenderten dorthin. Buffets waren die neueste

Mode, erklärte ihm Katharina, bevor sie sich um die anderen Gäste kümmerte.

Pietro war sich nicht sicher, wie er sich verhalten sollte, deshalb beobachtete er die anderen. Überhaupt waren ihm die ganzen Leckereien fremd. Es gab Salate, Würstchen, Toasts und Torten. Der Tisch bog sich unter den Speisen. So viele unterschiedliche Gerichte gab es nicht einmal bei sizilianischen Hochzeiten. Er nahm sich nur wenig auf den Teller. Am besten schmeckten ihm der Kartoffelsalat und die Würstchen.

Katharina kam zu ihm. „Und, wie gefällt es dir?", fragte sie.

„Gut", log er. In Wahrheit fühlte er sich verloren und einsam.

Als die Sonne im Begriff war, unterzugehen, begannen die meisten zu tanzen. Sie lachten und witzelten und schon aufgrund seiner mangelnden deutschen Sprachkenntnisse konnte er nicht mithalten. Außerdem hatten sie gute Schulen besucht und wohnten in schönen Häusern, er hatte nur die achte Klasse abgeschlossen, teilte sich das Zimmer mit seinem Cousin und benutzte eine Gemeinschaftstoilette auf dem Gang. Sie kamen alle aus behüteten Verhältnissen, er hatte schon mit vierzehn zum Lebensunterhalt seiner Familie beitragen müssen. Sein einziger Lichtblick war Katharina, die immer wieder zu ihm kam, glücklich und fröhlich.

„Wir haben es geschafft!", sagte sie. „Alle mögen dich. Vati kommt auch bald und dann stelle ich dich ihm vor."

Pietro verging der Appetit.

„Er tut zwar streng, ist aber lieb", erklärte sie, als sie seine Miene sah. „Komm mit!"

Sie nahm ihn an der Hand und lief mit ihm ins Haus. Ihr Vater kam gerade aus der Firma. „Vati, ich möchte dir einen Freund vorstellen. Pietro."

Katharinas Vater blickte Pietro an und lächelte höflich. „Freut mich, Pietro." Mehr Aufmerksamkeit schenkte er ihm nicht. Stattdessen fragte er: „Tinchen, amüsiert ihr euch gut?"

„Ja, Vati, danke für die schöne Feier."

Er gab ihr einen Kuss auf die Stirn. „Alles für mein Püppchen." Während er die Treppe ins Oberge-schoss hinaufging, rief er ihr zu: „Ich komme später raus zu euch. Heb mir bitte ein Stück Kuchen auf."

Sie lachte und antwortete: „Natürlich."

Anschließend nahm sie Pietro wieder an der Hand und zog ihn zurück in den Garten. Überhaupt hatte sie ihn den ganzen Nachmittag hierhin und dorthin gezogen. Er sollte jeden Gast persönlich kennenlernen und mittlerweile war allen klar, dass er mehr war als ein Freund.

Wenig später kam der Vater zu ihnen in den Garten.

„Was gibt es denn zu essen?", erkundigte er sich bei Katharina.

„Es gibt ein Buffet."

„Ein Buffet?", fragte er.

„Ja, das macht man jetzt so, jeder nimmt sich einen Teller und bedient sich beim Essen selbst."

„Ich bevorzuge es aber, bedient zu werden."

Sie lachte und gab ihm einen Kuss. „Ich mache dir einen Teller zurecht, Vati."

Pietro blieb mit Katharinas Vater alleine zurück.

„Und was machen Sie beruflich, Pietro?"

„Ich arbeite in einem Eiscafé."

Der Vater nickte. „Und, schmeckt das Eis?"

„Ja, es ist original italienisch."

Er lachte. „Und das ist besser als anderes Eis?"

„Es ist wirklich sehr lecker, Sie sollten einmal bei uns in der Eisdiele vorbeikommen."

„Ich mache mir nichts aus Eis."

Bei diesen Worten machte Katharinas Vater eine wegwerfende Handbewegung. Pietro lächelte freundlich und hoffte, dass Katharina bald zurückkommen würde.

Der Vater musterte ihn abschätzig und stellte fest: „Meine Katharina mag sie."

„Wir sind gute Freunde", antwortete Pietro.

„Gute Freunde?" Katharinas Vater sah ihn so durchdringend an, dass ihm unwohl wurde.

In diesem Moment kam Katharina mit einem voll beladenen Teller zurück und sagte: „Hier ist dein Essen, Vati." Sie stellte den Teller auf den Tisch. „Lass es dir schmecken."

„Du sorgst dich um deinen Vater. Danke!" Wieder gab sie ihm einen Kuss. Er lachte und dieses Lachen war authentisch.

Pietro war klar, dass dieser Mann seine Tochter liebte. Sie hatten eine innige Beziehung. Vielleicht hatte sie recht und er würde ihn ihr zuliebe tatsächlich akzeptieren.

„Ich möchte nicht immer Eis verkaufen", sagte er plötzlich.

Katharina und ihr Vater sahen ihn an.

„Ach ja?", meinte der Vater und biss von einem Würstchen ab.

„Nein, ich möchte irgendwann ein eigenes Restaurant eröffnen. Es gibt so viele italienische Spezialitäten, die hier keiner kennt. Unsere Küche ist sehr schmackhaft."

Katharina klatschte in die Hände. „Das ist eine fantastische Idee. Was denkst du, Vati?"

„Es ist eine gute Idee", antwortete er und schob sich einen Löffel Salat in den Mund.

Vielleicht konnte er den Mann doch beeindrucken? Pietro lächelte. Langsam wurde er mutiger. Katharina wurde gerufen und ließ sie alleine.

Der Vater wollte sich offensichtlich nicht weiter mit ihm unterhalten, er sagte: „Ich lasse euch junge Leute dann mal feiern", und ging ins Haus.

Die anderen Gäste standen in Grüppchen zusammen, und plötzlich schlich sich bei Pietro das anfängliche Gefühl der Einsamkeit wieder ein. Er beobachtete die jungen Menschen, sie schienen keine großen Sorgen zu haben. Sie genossen den Abend und waren ausgelassen. Er selbst fühlte sich verlassen und fremd. Er verstand nicht alles, was gesagt wurde. Und es war auch sehr anstrengend, sich in dieser fremden und schweren Sprache zu artikulieren. Er wurde ständig von den anderen verbessert. Er musste an sein Dorf in Sizilien denken, an die Eltern, seine Verwandtschaft. Wie sehr er sie vermisste! Er sah auf die Uhr, es war fast Mitternacht.

Er ging zu Katharina und sagte: „Ich muss jetzt gehen."

Sie sah ihn traurig an. „Jetzt schon?"

„Ich muss morgen arbeiten."

Sie machte ein überzogen trauriges Gesicht. „Bitte, bitte ..."

Er lächelte, blieb aber bei seiner Entscheidung. „Hab noch viel Spaß."

Sie begleitete ihn zum Tor. „Soll ich dich nach Hause fahren?"

„Nein, danke", sagte er.

Nachdem sie sich vergewissert hatte, dass keiner sie beobachtete, gab sie ihm einen Kuss. Er lief hinaus in die Nacht. Nachdem er ein paar Schritte gegangen war, drehte er sich noch einmal um. Das Haus war hell erleuchtet. In fast jedem Fenster brannte Licht. Würde er einmal Teil dieser Familie werden?

Er ging weiter. Plötzlich hörte er Schritte hinter sich. Sein Herz schlug schneller. Im Laufen drehte er sich um. Es war niemand zu sehen. Er hastete weiter. Wieder hörte er Schritte. Schweißperlen bildeten sich auf seiner Stirn. Er begann zu rennen, sah immer wieder nach hinten und sein Herz schien fast aus seiner Brust zu springen.

Er bekam kaum Luft und musste stehen bleiben, um zu Atem zu kommen. Erneut näherten sich Schritte. Noch einmal drehte er den Kopf nach hinten. Dunkle Schatten näherten sich. Pietro wollte fliehen, aber er konnte sich nicht rühren. Plötzlich erkannte er im Schein der Straßenlaterne einen alten Mann mit einem Hund. Der Hund knurrte, als sie an ihm vorbeigingen.

Es dauerte eine Weile, bis Pietro sich beruhigt hatte. Er richtete sich auf und ging weiter. Immer wieder sah er sich um, um sicherzugehen, dass ihm niemand folgte. Endlich zu Hause angekommen, schloss er die Tür mehrmals ab. Carmelo war nicht da, er war wohl noch mit Kumpels unterwegs.

Doch obwohl die Tür fest verriegelt war, wollte die Furcht nicht weichen. Pietro fragte sich, ob sie übers Fenster reinkommen könnten. Er schloss es, obwohl es sonst immer offen stand. Während er in die Nacht hinaussah, atmete er mehrmals tief ein und aus. Erschöpft legte er sich auf sein Bett. Es dauerte lange, bis er einschlafen konnte. In Gedanken ging er den Abend noch mal durch. Katharina stand zu ihm, das war klar. Doch ihre Familie? Sie waren höflich, aber Herzlichkeit hatte er nicht gespürt.

KAPITEL 18

„Aufstehen!", rief Carmelo.

Es kostete Pietro sehr viel Kraft, sich aus dem Bett zu bewegen. Er fühlte sich wie erschlagen, obwohl er bei der Geburtstagsfeier keinen Alkohol getrunken hatte. Es war, als hätte ihm jemand all seine Kraft ausgesaugt.

Die Arbeit fiel ihm schwer. Er sah immer wieder auf die Uhr und wartete sehnsüchtig auf den Feierabend. Dann ging er zu der Bank am Waldrand, an der er sich in der letzten Zeit immer mit Katharina getroffen hatte, um von dort aus Spaziergänge zu unternehmen. Nervös setzte er sich. Pünktlich um achtzehn Uhr kam Katharina. Sie war bestens gelaunt.

„Du hast meinen Vater beeindruckt. Er mag dich", verkündete sie, nachdem sie ihm zur Begrüßung einen Kuss gegeben hatte.

„Wirklich?"

Sie nickte strahlend. Vielleicht war die Situation

doch nicht so hoffnungslos, wie er dachte?

In den nächsten Wochen führte sie ihn immer wieder in die Gesellschaft von Freunden, wobei sie peinlich darauf achtete, dass es Leute mit einer liberalen Einstellung waren, die keinen Kontakt zu ihrem Bruder hatten. Pietro wurde dadurch selbstsicherer und es gefiel ihm, der schöne Italiener zu sein. Katharina begann sogar, von Heirat zu sprechen. Sie waren offiziell ein Paar und in der Eisdiele zogen sie ihn schon mit dem neuen Spitznamen *Don Pietro* auf.

„Da hast du aber eine gute Partie gemacht, du Casanova! Aber sie ist nicht katholisch!", rügte ihn sein Onkel.

Pietro kümmerte sich nicht darum. Er war glücklich und überlegte, Kurse zu belegen, um besser Deutsch zu lernen.

Ein paar Tage später sah er in einem Schreibwarenladen im Schaufenster einen Zeichenblock. Kurzentschlossen kaufte er ihn und dazu noch ein paar Stifte. Seit seiner Kindheit malte er gerne, nur in den letzten Jahren hatte er dafür keine Zeit und keine Muße gehabt. Jetzt wollte er diese Leidenschaft wieder zum Leben erwecken. Er begann damit, Katharina zu zeichnen, wenn sie sich trafen.

Begeistert betrachtete sie die Bilder und meinte: „Du bist ein großer Künstler."

Sie gab ihm einen Kuss auf die Wange und sagte: „Ich möchte mit meinen Eltern sprechen. Vielleicht können wir uns verloben, schließlich sind wir beide volljährig."

„Sie haben mich doch nur einmal gesehen, meinst

du, die sagen wirklich ja?"

„Bestimmt, mein Vati kann mir nichts abschlagen."

Pietros Herz schlug schneller.

„Und dein Bruder?", fragte er.

„Mach dir keine Sorgen, der wird dich nicht mehr anrühren. Am Sonntag kommst du zum Essen und dann werde ich es meinen Eltern erzählen."

Pietro kaufte sich wieder einen neuen Anzug und Blumen für Katharinas Mutter. Zio Giuseppe besorgte ihm einen guten Wein für ihren Vater.

Es war ein regnerischer Tag, deshalb bat Pietro seinen Onkel, ihn mit dem Auto zu fahren. Dieser pfiff anerkennend, als er ihn vor dem schönen Haus aussteigen ließ, und klopfte ihm auf die Schulter.

„Du Glückspilz! Vergiss nicht deinen Onkel, wenn du dort lebst."

„Das werde ich nicht", versprach Pietro.

Er öffnete die Autotür und rannte durch den Regen zum Haus. Katharina hatte schon auf ihn gewartet. Sie öffnete freudestrahlend die große, schwere Holztür. Sie sah hübsch aus in dem rosa Kleid und mit den offenen Haaren, die mit einem rosafarbenen Haarreif geschmückt waren. Diesmal trug sie sogar Schuhe mit Absätzen.

„Hallo, komm rein."

Sie gab ihm einen Kuss auf die Wange.

„Die Blumen sind für deine Mutter", sagte er. „Und der Wein für deinen Vater."

„Das kannst du ihnen selbst übergeben. Alle sind im Wohnzimmer, komm."

Er betrat das Haus, seine Kehle war trocken. Er fühlte sich wie bei den Schreibtests in der Dorfschule. Würde er diese Prüfung bestehen? Aufregung und Staunen über den Wohlstand und die schöne Einrichtung wechselten sich in seinem Inneren ab.

Katharina führte ihn in das geräumige Wohnzimmer, das von einem großen Kronleuchter an der Decke erhellt wurde. Mehrere Sessel und Sofas waren im Raum verteilt, eine Wand zierte ein überdimensionales Bücherregal, ein Barwagen für Getränke stand in einer Ecke. An den Wänden hingen abstrakte Bilder. Pietro konnte nicht genau deuten, was sie darstellen sollten, trotzdem gefielen sie ihm. Alles hier war größer und schöner, als er es kannte und überhaupt jemals gesehen hatte.

Sein Blick fiel auf Hans, der in einem Sessel dem Vater gegenüber saß. Pietro hatte damit gerechnet, dass er ihm begegnen würde und dass sie irgendwie miteinander auskommen mussten. Schließlich würde er bald zur Familie gehören. Dennoch wurden seine Knie weich und er fragte sich, wie er mit ihm als Schwager zusammenleben konnte. Hass und Angst machten sich in ihm breit. Es kostete ihn viel Überwindung, freundlich zu sein und seine Wut zu unterdrücken. Nur der Gedanke an Katharina und die gemeinsame Zukunft halfen ihm dabei, nicht die Flucht zu ergreifen.

„Guten Tag."

Pietro wollte sicher und laut klingen, doch er merkte, wie seine Stimme zitterte.

„Guten Tag", grüßten die Eltern zurück. Der

Bruder erwiderte nichts.

„Hans!", rief Katharina fast ermahnend.

Er hob seinen Blick, lächelte und sagte: „Guten Tag."

Auf den ersten Blick klang sein Tonfall freundlich, aber Hans' Augen sahen ihn so durchdringend an, dass Pietro erschauderte. Er erinnerte sich an die schreckliche Nacht und wäre am liebsten weggerannt. Er fühlte sich wie in der Höhle des Löwen und hoffte, dass alles bald vorbei sein würde. Er hatte nie Anzeige erstattet, nicht nur wegen Katharina, sondern auch, weil er staatliche Gerechtigkeit nicht kannte. In Sizilien half die Justiz nicht, wenn man verprügelt wurde. Entweder rächte man sich im Privaten oder man hielt den Mund, um nicht Schlimmeres zu riskieren.

Es half nichts, wenn er Katharina nicht verlieren wollte, musste er jetzt stark sein. Er gab sich einen Ruck und ging zu den Eltern, denen er die Geschenke überreichte. Sie bedankten sich mit einem knappen „Dankeschön." Der Vater blieb ernst, die Mutter lächelte dabei. *Wenigstens sie scheint mich zu mögen*, dachte Pietro.

Katharina zuliebe zwang er sich, auch ihrem Bruder die Hand entgegenzustrecken. Hans ignorierte seine ausgestreckte Hand jedoch und widmete sich stattdessen der Tageszeitung.

Katharinas Mutter nahm die Blumen entgegen und trug sie in die Küche.

„Sie haben Ihr Haus wunderschön eingerichtet", versuchte er ein Kompliment, als sie wieder ins Wohnzimmer kam.

Sie antwortete mit einem freundlichen Lächeln: „Das war der Innenarchitekt, nicht ich."

Pietro nickte, obwohl er nicht einmal gewusst hatte, dass es diesen Beruf gab.

„Ich richte lieber Gärten ein als Häuser", fuhr sie fort.

Pietro nickte wieder und sagte: „Der Garten ist wunderschön, sehr strukturiert."

Die Mutter bedankte sich und sagte: „Wir können jetzt essen."

Pietro schwitzte vor Aufregung, als Katharina ihn mit sich ins Esszimmer zog, das so groß wie die Eisdiele war. Mitten im Raum stand ein langer Esstisch, an dem mindestens zehn Personen Platz finden konnten. Das Holz war dunkel, fast schwarz, und glänzte. Rundherum standen die passenden Stühle, jedoch war nur die eine Hälfte eingedeckt. Das Silberbesteck glänzte und war ohne Makel, die Servietten waren mit feinen Stickereien verziert.

Pietro nahm zwischen Katharina und ihrem Vater Platz. Er traute sich nicht, Hans anzuschauen, denn dieser verfolgte jede seiner Bewegungen und wenn er zufällig in seine Richtung sah, gab er ihm mit einem unheilvollen Blick zu verstehen, dass er hier nicht erwünscht war.

Erst wurde die Suppe aufgetragen, in wunderschönen Porzellantellern mit Goldrand. Katharina half ihrer Mutter dabei. Dazu gab es Wein. Pietro sah erst zu, welches Besteck die anderen wann benutzten, um sich nicht zu blamieren. Nach der Suppe wurde Feldsalat gereicht. Danach kam der Braten mit Bratkartoffeln, Erbsen und Sauce. Alles schmeckte gut und dennoch musste sich Pietro zwingen, seine Portionen aufzuessen. Er war so aufgeregt und darauf bedacht, alles richtig zu machen und Katharina nicht zu enttäuschen, dass er die Speisen nicht genießen konnte. Zum Glück zwang ihn hier keiner, noch mehr zu essen, wenn sein Teller leer war, wie es in seinem Dorf geschehen wäre.

Während der Mahlzeit herrschte Stille, ganz anders als bei ihm zu Hause, wo sonntags, wenn es ein aufwendigeres Gericht als Nudeln oder Suppe gab, fröhlich durcheinandergeredet, gelacht und geschimpft wurde. Hier war nur das Klirren des Bestecks zu hören.

Doch plötzlich wurde die Stille vom Gastgeber durchbrochen: „Was essen Sie denn in Italien? Spaghetti?" Er lachte.

Pietro nickte. „Ja, wir essen viel Pasta. Es heißt bei uns: Pasta macht glücklich."

Er merkte, dass sie nicht verstanden, was er damit sagen wollte.

Die Mutter lächelte jedoch weiter freundlich und sagte: „Wir waren schon mal in Italien. In Rom und Florenz. Wunderschöne Städte."

„Das habe ich gehört, ich war aber noch nicht dort", antwortete er und kam sich irgendwie dumm vor. Sogar in seinem eigenen Land kannten sich diese Leute besser aus als er.

„Schmeckt es dir?", fragte Katharina.

„Sehr gut. Dankeschön."

Pietro nickte. Nun erzählte Katharinas Vater

Helmut großspurig, wo er überall schon gewesen war und wie er schwierige Geschäftsleute um den Finger wickelte. Pietro fiel es schwer, dem Monolog zu folgen, aber er war froh, dass er selbst nicht viel sagen musste. Katharinas Mutter lächelte die ganze Zeit und klebte förmlich an den Lippen ihres Mannes. Ganz anders Hans und Katharina. Der Bruder trank recht viel Wein und Katharina sah mehrmals zu Pietro und setzte einen entschuldigenden Blick auf.

Zum Nachtisch reichten sie Pudding.

„Kaffee und Kuchen gibt es später", erklärte Katharinas Mutter.

Nach dem Essen setzten sich Pietro und Katharina in den Wintergarten und spielten Dame, Hans und Helmut blieben drinnen und widmeten sich der Tageszeitung, während Helene sich hinlegte.

Am Nachmittag trafen sie sich wieder im Esszimmer. Sie waren gerade dabei, den Kuchen zu essen – eine Buttercremetorte mit Schokolade –, als Katharina mit der Nachricht herausplatzte: „Wir wollen uns verloben."

Einen Moment herrschte Stille. Sogar Pietro sah Katharina überrascht an. Ihrer Mutter kamen die Tränen und Hans lachte laut auf.

„Schwesterherz, du wolltest schon immer die ganze Aufmerksamkeit für dich", prustete er.

Ihr Vater versuchte, die Fassung zu wahren. Die Mutter trank ihren Kaffee. Dann passierte etwas Eigenartiges. Katharinas Bekanntmachung wurde einfach ignoriert.

Ihr Vater wandte sich an seine Frau: „Sehr gut, die Torte. Hast dich mal wieder selbst übertroffen."

Sie aßen weiter, außer Katharina und Pietro.

Katharina sah erstaunt von einem zum anderen und wiederholte: „Falls Ihr mich nicht verstanden habt, Pietro und ich wollen uns verloben."

Jetzt legte ihr Vater seine Kuchengabel neben den Teller und sagte in einem scharfen Ton: „Wir haben dich sehr gut verstanden, Katharina. Darüber sprechen wir später. Alleine."

Sein Blick ließ Katharina verstummen und sie wurde blass. Das hatte sie nicht erwartet. Pietro wurde schlagartig klar, dass Katharina ein junges, naives und dazu noch verwöhntes Mädchen war. Sie hatte nicht im Traum gedacht, dass ihr Vater auch eine andere Seite hatte. Vielleicht seine echte Seite. Die geringe Hoffnung, die er gehegt hatte, war weggeblasen. Er hatte recht gehabt, er würde niemals Teil dieser Familie werden.

„Wo war ich stehengeblieben?", fragte Helmut.

Pietro spürte, dass dies der Moment war, zu gehen. Katharinas Bruder lächelte triumphierend. Katharina stand auf, ihre Ohren glühten, ihre Augen waren gefüllt mit Tränen. Pietro erhob sich ebenfalls.

Ihr Vater sagte höflich: „Pietro, schön, dass Sie da waren, ich wünsche Ihnen alles Gute."

Pietro nickte und wurde bereits von Katharina aus dem Raum gezogen.

„Ich weiß nicht, was mit meinem Vater los ist", sagte sie draußen entschuldigend.

„Es ist ganz einfach", antwortete Pietro leise. „Er möchte nicht, dass du mich heiratest."

Die Tränen liefen ihr die Wangen hinunter. Es schmerzte Pietro, sie so unglücklich zu sehen.

„Aber wir lieben uns, und das werden meine Eltern nicht ändern. Wir können ohne sie glücklich werden", schluchzte sie.

Er versuchte, ihr die Tränen abzuwischen.

„Gegen die Familie zu kämpfen, ist sehr schwierig. Vielleicht findest du einen besseren Mann zum Heiraten als mich."

„Sag das nicht, ich möchte nur dich, sonst keinen."

Er gab ihr einen Kuss auf die Stirn. „Du bist ein kleiner Sturkopf."

Sie nahm seine Hand und drückte sie. „Wir bleiben zusammen. Egal was kommt."

Er lächelte stumm und verließ das Haus.

Es regnete immer noch. Das graue und kalte Wetter störte Pietro jedoch nicht, er war froh, endlich diesem Haus und der darin herrschenden Kälte zu entkommen. Kurz blieb er stehen und atmete die kalte Luft tief ein, dann marschierte er los.

Als er zu Hause ankam, war er komplett durchnässt. Er ging in das Gemeinschaftsbad im Flur und blickte in den Spiegel. Er sah einen jungen Mann, den Katharina ausgewählt hatte, unter all den vielen heiratswilligen Deutschen. Sie war bereit, für ihre Liebe zu kämpfen. Doch war er es auch? Er liebte Katharina, aber die Angst vor ihrer Familie saß tief.

Erschöpft ging er ins Zimmer. Carmelo saß an

dem kleinen Tisch und aß eine Suppe. Neugierig fragte er: „Hey, wie war's?"

Pietro murmelte: „Eine Katastrophe."

„Wirklich?", fragte Carmelo. „Was ist passiert?"

Nachdem Pietro ihm alles erzählt hatte, holte Carmelo eine Flasche Grappa.

„Jetzt müssen wir erst einmal etwas trinken."

„Was denkst du, lohnt es sich, für sie zu kämpfen?", fragte Pietro.

Carmelo dachte nach. „Normalerweise würde ich sagen, dass man gegen eine Familie nicht gewinnen kann. Aber sie scheint dich wirklich zu lieben und ist selbst bereit, zu kämpfen. Vielleicht solltest du es auch versuchen."

„Was schlägst du vor?"

„Du kannst etwas Zeit vergehen lassen und erneut bei den Eltern antanzen – oder du schwängerst sie. Das könnte noch besser funktionieren. Vergiss nicht, wenn du mal Teil von denen bist, bist du reich."

„Ich werde nie Teil von ihnen sein", entgegnete Pietro und kippte seinen zweiten Grappa hinunter. Seine Kehle brannte, aber er fühlte sich besser. Ruhiger.

„Wenn ein Kind da ist, sind die meisten Großeltern mit dem Baby beschäftigt", meinte Carmelo und lachte.

„Du hast nicht die Blicke ihres Vaters gesehen, ganz zu schweigen von ihrem Bruder."

Carmelo zuckte mit den Schultern. „Dann mach halt Schluss mit ihr, nimm dir ein nettes Mädchen aus unserem Dorf und du hast Ruhe."

Pietro seufzte. So einfach war das nicht. Er wollte kein nettes Mädchen aus Sizilien, er wollte Katharina. Missmutig legte er sich aufs Bett und grübelte.

Am nächsten Tag kam sie nicht wie sonst, um ihn zum Feierabend abzuholen.

„Dann hat es sich wohl erledigt", flüsterte Carmelo mitleidig und legte seine Hand auf Pietros Schulter.

„Da kennst du Katharina nicht", antwortete Pietro.

„Glaubst du wirklich, dass sie deinetwegen ihre Familie verlässt?"

„Ja."

„Du ersparst dir jede Menge Schwierigkeiten, wenn du die Finger von ihr lässt."

Vielleicht hatte sein Cousin recht. Doch sein Herz fühlte sich schwer an. Der Gedanke, sie niemals wiederzusehen, erschien ihm unerträglich, schlimmer noch als die Schläge, die ihm ihr Bruder verpasst hatte.

Nachdem sie eine ganze Woche nicht gekommen war, hielt er es nicht mehr aus. Obwohl sein Kopf Nein sagte, lief er zu ihrem Haus. Hinter einer Linde versteckt, beobachtete er die Eingangstür. Es war noch früh am Morgen. Irgendwann musste sie doch zur Arbeit! Schließlich ging die Garage auf und ein schwarzer Mercedes fuhr heraus. Er konnte nicht erkennen, wer darin saß. Nach einer weiteren Stunde des Wartens beschloss Pietro, sie anzurufen.

Er suchte eine Telefonzelle und wählte die Nummer, die sie ihm gegeben hatte. Als sie sich meldete, war er so aufgeregt, dass seine Stimme versagte.

„Hallo, wer ist da?"

„Pietro", hauchte er.

Er musste sich räuspern, um seine Stimme wieder in den Griff zu bekommen.

„Herr Peters, nein, da können wir Ihnen leider im Moment nicht helfen. Rufen Sie doch bitte in zwei Stunden wieder an", sagte sie. „Sehr gern. Auf Wiederhören." Sie legte auf.

Er war irritiert. Offensichtlich konnte sie jetzt nicht sprechen. Hatte sie das mit den zwei Stunden wörtlich gemeint? Er sah auf die Uhr und wartete.

„Ich dachte, du meldest dich nicht mehr", sagte sie exakt zwei Stunden später.

„Und ich dachte, du wolltest nichts mehr mit mir zu tun haben", antwortete er.

„Nein, ich musste viel arbeiten und außerdem habe ich einen Plan für uns geschmiedet." Sie seufzte. „Es ist so schön, deine Stimme zu hören."

Sein Herz fühlte sich plötzlich ganz leicht an.

„Heute Abend treffen wir uns in meiner Straße, an dem großen Baum, der ganz am Ende steht."

Sie verabredeten sich für zehn Uhr abends. Sie wollte sich heimlich aus dem Haus schleichen, wenn ihre Eltern dachten, sie würde schon schlafen.

Was hatte sie wohl für einen Plan? Pietro konnte nur noch an sie denken. Schon ihre Stimme zu hören hatte gereicht, um alle vorangegangenen Demütigungen zu vergessen. Die Entscheidung war gefallen. Er würde für ihre Liebe kämpfen.

KAPITEL 19

Heidelberg, Winter 2018/19

Schneller als ihr lieb war, parkte Alexander vor Letizias Haustür. Zum Abschied gab er ihr einen Kuss.

Was für ein Wochenende!, dachte Letizia. Sie war hundemüde. Sie hatte in der Nacht zwar ein paar Stunden geschlafen, aber das reichte ihr nicht. Auf Opas Couch schlief sie sofort ein. Das Klingeln des Telefons weckte sie. Es war ihre Mutter. Sie teilte ihr mit, dass Nonna und Nonno in fünf Tagen zurückkommen würden. Sie sollte sie vom Flughafen abholen.

Am nächsten Abend fuhr sie mit der Bahn in die Altstadt, um sich das große Silvesterfeuerwerk über der Altstadt anzusehen. Neujahr verbrachte sie mit einem Buch auf der Couch und den Rest der Woche nahm sie die Bestellungen für die nächste Orangenlieferung an. Zwischendurch telefonierte sie immer wieder mit Alexander. Letizia merkte, dass sie sich langsam, aber sicher in ihn verliebte. Doch wie sollte ihre Zukunft aussehen? Sie wollte schließlich im März zurück nach Sizilien und er leitete das Familienunternehmen hier in Heidelberg.

Auch die Frage, was sie mit Onkel Pietros Anwesen machen sollte, kam ihr häufiger in den Sinn. Vielleicht konnten sie dort Obst anpflanzen und dieses ebenfalls nach Deutschland exportieren? Doch lohnte sich das wirklich, wenn das Grundstück so schwer zu bestellen war?

Oder sollte sie das Haus nur als Wochenendhaus nutzen und sich lieber in Deutschland nach einer Beschäftigung für die Zeit bis zur nächsten Orangensaison umsehen? Aber wer brauchte schon eine Literaturwissenschaftlerin, die sich auf Goethe spezialisiert hatte? Nur die Frau an Alexanders Seite wollte sie nicht sein und auf eine Arbeit als Aushilfe hatte sie keine Lust. Außerdem war da noch seine Mutter. Würden sie einen Weg finden, miteinander auszukommen?

Am Freitag holte Letizia ihre Großeltern vom Flughafen ab. Das Erste, was Nonna wissen wollte, war, ob sie sich noch mit Alexander traf. Ihre Freude war groß, als Letizia dies bejahte.

„Ich wusste von Anfang an, dass ihr zueinander passt. Antonio, es gibt bald eine Hochzeit!"

Ihr Mann hatte nicht zugehört, sondern aus dem Fenster geschaut.

„Wer heiratet?", fragte er.

„Unsere Letizia!", rief Nonna.

„Ich dachte, die Jugend heutzutage heiratet nicht mehr, sondern lebt in wilder Ehe zusammen."

Letizia lachte und antwortete: „Nein, Nonno, und ich heirate auch noch nicht. Ich treffe mich nur mit einem Mann."

„Tedesco?", wollte er wissen.

„Sì, und ein wohlhabender und gut aussehender noch dazu", warf Nonna ein. Sie platzte vor Stolz. Endlich würde es jemand aus ihrer Sippe schaffen, zu Reichtum und Wohlstand zu kommen. „Das ist fast wie in einer meiner Lieblings-Telenovelas!"

Am Mittwoch beim ersten Orangenverkauf im neuen Jahr war Letizia nicht ganz bei der Sache, denn heute würde Alexander von seiner Reise zurückkehren. Am Abend besuchte er Letizia in der Garage. Nonna begrüßte ihn herzlich und bestand darauf, dass er mit ihnen aß.

„Ich habe wunderbare Zutaten aus Sizilien mitgebracht. Alessandro, das wird dir gefallen."

Er lächelte. „Da kann ich nicht Nein sagen."

Nonna lächelte zufrieden, ließ die beiden stehen und ging in die Wohnung, um das Essen vorzubereiten. Als alle Kunden ihre bestellte Ware abgeholt hatten, schloss Letizia die Garage ab und ging zusammen mit Alexander zur Wohnung ihrer Großeltern.

„Bei euch ist es so herrlich entspannt! Und dieser Knoblauchduft, einfach wunderbar!", rief er begeistert, als sie in den Flur kamen.

Es gab selbst gemachten Pecorino-Käse, luftgetrocknete Salami, eingelegte Oliven und Pasta alla Norma, Makkaroni mit frischem Basilikum, Tomaten, Auberginen und Ricotta.

Nach dem Essen lehnte sich Alexander mit roten Ohren in seinem Stuhl zurück und legte die Hände auf seinen Bauch.

„Ich bin so satt und zufrieden wie ein kleines Baby."
Alle lachten.

„Letizia kann auch gut kochen", meinte Nonna und sah ihre Enkelin an.

Der jungen Frau war es unangenehm, wie ihre Großmutter sie anpries, und sie rügte: „Jetzt lass doch den Mann in Ruhe, Nonna."

„Ich will ihm doch nur bestätigen, dass er mit dir eine gute Partie gemacht hat!", rief sie auf Italienisch.

„Redet ihr über mich?", fragte Alexander lächelnd.
„Nein, nein."

„Weißt du, Alessandro, dass Letizia ein großes Erbe bekommen hat?" Die alte Dame nickte stolz.

Letizia verdrehte die Augen. „Nonna, es ist ein Stück Land im Nirgendwo."

„Ein Stück Land ist ein Stück Land!", widersprach Alexander und zwinkerte ihr zu.

Sie unterhielten sich eine Weile über dies und das, bis Nonna geheimnisvoll lächelnd in der Küche verschwand und sagte: „Ich habe noch etwas ganz Besonderes mitgebracht!"

Kurz darauf kam sie mit Obst, Kaffee und Dolci, frisch aus der italienischen Dorfbäckerei importiert, zurück.

„Das ist das Beste aus der sizilianischen Küche", seufzte Letizia genießerisch.

Sie liebte dieses süße Gebäck. Auch Alexander war offensichtlich begeistert. Nonna hatte eine riesige Tupperdose mitgebracht, die gefüllt war mit Cannelloni mit unterschiedlichen Ricotta- und Pistazienfüllungen, Törtchen mit Obst und Pudding und Brandteig mit Mascarpone-Füllung.

Sie aßen, bis sie Bauchweh bekamen und ihnen nur noch der selbstgebrannte Grappa half.

„Von einem Cousin, er macht den besten Schnaps", erklärte Nonno stolz.

„Ab morgen gibt es wieder nur Suppe", rief Letizia.

Sie unterhielten sich noch eine Weile, dann verabschiedete sich Alexander. Zum Abschied küsste er Letizia scheu auf den Mund.

Am nächsten Morgen war Letizia gerade dabei, die Garage aufzuräumen, als ein ernst dreinblickender Mann am offenen Tor erschien, der aussah, als käme er von einer Behörde.

„Frau Leone?", fragte er.

„Ja?"

„Ich bin vom Finanzamt. Steuerprüfung."

„Haben wir etwas falsch gemacht?", fragte sie unsicher.

„Na, das hoffe ich nicht!", antwortete er. „Es ist eine ganz normale Steuerprüfung. Damit sieht sich jedes Unternehmen in Deutschland alle paar Jahre konfrontiert. Sind Sie nicht von hier? Ich höre da einen leichten Akzent? Sind Sie die Geschäftsführerin?"

„Äh, nein. Das ist meine Großmutter", erwiderte Letizia. Allerdings waren deren Akzent und ihr Verständnis der deutschen Gesetze noch viel schlechter. Das konnte ja heiter werden!

Sie sah wohl verängstigt aus, denn jetzt meinte der Mann: „Keine Angst. Das ist nur eine Routineprüfung. In zwei, drei Tagen sind wir bestimmt durch."

Zwei, drei Tage?, dachte sie.

„Wenn Sie – oder Ihre Großmutter – Ihre Buchhaltung gut gemacht haben, dann haben Sie ja nichts zu befürchten. Wobei …", er machte eine bedeutungsvolle Pause, „... ein paar Ungereimtheiten sind mir schon bei der Durchsicht Ihrer Datenbestände aufgefallen. Mir ist immer noch nicht ganz klar, was für ein Geschäft Sie hier eigentlich betreiben. Ein klassischer Laden scheint das ja nun nicht zu sein. Ist das ein Marktstand?"

„Ähm ..." Sie konnte ihm kaum folgen.

„Ist das hier Ihr Geschäft?", fragte er und zeigte in die Garage.

Letizia nickte unsicher.

„Sieht für mich aus wie eine Garage", meinte er.

„Ja, das stimmt."

„Aber Sie wissen schon, dass es in Deutschland eine Garagenverordnung gibt? Man darf nicht einfach so machen, was man will, in einer Garage."

Letizia schwieg.

„Na, ich will Sie ja auch nicht beunruhigen. Am besten setze ich mich erst einmal an Ihre Bücher."

„Bücher?", fragte sie.

„Na, Ihre Geschäftsunterlagen."

„Die sind bei meiner Großmutter, ich rufe sie gleich, damit sie die Ordner bringt."

„Am besten gehen wir in Ihr Büro."

„Büro, ähm, ja …"

Sie führte ihn in die Wohnung und dort in Küche.

„Hier, bitte", sagte sie und deutete auf den Esstisch.

„Der Schreibtisch?", fragte er verdutzt.

Sie nickte und er setzte sich kopfschüttelnd hin.

„Dann hoffe ich mal, dass sie kein Arbeitszimmer abgesetzt haben. Sonst dürfte das Zimmer nämlich nicht für andere Tätigkeiten, zum Beispiel als Küche, verwendet werden."

Letizia schüttelte den Kopf und fragte unsicher: „Möchten Sie etwas trinken?"

„Nein danke."

„Aber eine Orange dürfen Sie bestimmt essen?"

Sie bot ihm eine besonders saftige an. Er zögerte, nahm die Orange aber schließlich doch. Letizia ging zu ihrer Großmutter und erklärte die Lage. Maria kam kurz darauf ganz verschwitzt und nervös mit zwei Aldi-Tüten an, die sie aus dem großen Schlafzimmerschrank geholt hatte. Der Mann vom Finanzamt sah sie irritiert an.

„Und Sie sind?"

„Rosa Leone. Die Großmutter. Wie kann ich Ihnen helfen?"

Er sah sie an. „Mir helfen?"

„Nonna, hast du die Papiere von unserer Firma?"

„Sì, sì!", rief sie und lächelte.

Sie war nervös, ihre Hände zitterten. Wie würde der Steuerprüfer Nonnas Verhalten deuten? Er musste denken, dass sie etwas zu verstecken hatte! Dabei hatte sie wahrscheinlich nur große Angst, weil sie die deutsche Bürokratie nicht verstand. Nonna legte die zwei Tüten vor ihm auf den Tisch. Er schien wenig überrascht.

„Ach, die Tüten-Buchhaltung!", rief er.

„Wie meinen Sie das?", fragte Letizia.

„Das sind die Geschäftsleute, die ihre Buchhaltung einfach nur in Tüten reinstopfen. Das wird lustig", sagte er und kippte den Inhalt der Tüten vor sich auf den Tisch.

Letizia war entsetzt. „Nonna, ich hab doch extra letztes Jahr Ordner angelegt. Hast du nichts abgeheftet?"

Nonna schaute schuldbewusst auf den Boden und antwortete: „Ich kann gut Oliven einlegen und Orangen verkaufen, aber diese Buchhaltung ist einfach nicht meine Stärke."

Beide Frauen seufzten.

Der Mann mit der Halbglatze zuckte mit den Achseln und meinte: „Die Orange war übrigens sehr schmackhaft."

„Und was passiert jetzt?", fragte Nonna.

„Jetzt mache ich mich an die Arbeit. Das wird natürlich etwas dauern", sagte er und deutete auf die Tüten. „Vielleicht könnten Sie mir einen Kaffee kochen? Irgendwie riecht es hier so gut."

„Glaubst du, ich muss ins Gefängnis?", fragte Nonna verängstigt, als sie fünf Minuten später mit Letizia im Wohnzimmer stand. Letizia hatte kurz den Begriff Garagenverordnung gegoogelt. Wie es aussah, gab es so etwas tatsächlich. Ob sie die Garage allerdings als Orangenlager und für den Verkauf nutzen durfte, hatte sie nicht herausgefunden.

„Quatsch. Wegen so etwas geht man doch nicht ins Gefängnis", beruhigte sie ihre Großmutter dennoch.

„Ich hätte nicht Angelas Enkelin als Beraterin nehmen sollen."

„Warum? Ich dachte, sie ist eine erfahrene Steuerberaterin?"

Wieder senkte Nonna den Blick. „Die ziehen einem doch nur das Geld aus der Tasche. Angelas Enkelin arbeitet als Sekretärin beim Steuerberater. Sie hat nur ganz wenig Geld genommen."

„Was?"

Ungläubig sah Letizia ihre Nonna an. Diese gestandene Frau, die sich sonst nichts gefallen ließ, stand nun wie ein Häufchen Elend vor ihr.

„Oh Nonna, das könnte uns viel Geld kosten. Wir könnten sogar das Geschäft verlieren."

Noch am gleichen Tag suchten sie Angelas Enkelin auf, die gar nicht beim Steuerberater arbeitete, sondern beim Notar. Sie machte dort eine Ausbildung und gestand ihnen, dass sie selbst keine Ahnung hatte, was sie machen sollte. Aber Maria zuliebe habe sie trotzdem die Steuererklärung abgegeben.

„Ich glaube, mir wird schlecht", rief Letizia verzweifelt.

Sie rief Alexander an, um ihn um Rat zu fragen. Er versprach, abends vorbeizukommen. Nachdem sie ihn ins Wohnzimmer geführt hatte, erzählte Letizia ihm die ganze Geschichte.

„Oh, das ist ein Steuerprüfer. Grundsätzlich ist das nichts Schlimmes. Ihr habt doch alles richtig versteuert?"

„Das hoffe ich. Aber wir haben eigentlich keine Ahnung, und unsere Steuerberaterin ist in Wirklichkeit gar keine Steuerberaterin."

„Im schlimmsten Fall bekommt ihr eine Nachzahlung aufgebrummt. Dazu kommen natürlich dann noch Zinsen, 0,5 Prozent für jeden Monat. Gut, das rechnet sich schnell … Steuerhinterziehung ist zwar eine Straftat, aber nur, wenn man diese absichtlich begeht und sehr hohe Summen nicht bezahlt. Und nur in diesem Fall kommt eine Gefängnisstrafe überhaupt in Betracht …"

„Gefängnis?", rief Nonna erschrocken.

„Keine Angst, Nonna, du musst nicht ins Gefängnis", beruhigte sie Letizia.

„Höchstens eine kleine Nachzahlung wird fällig", fügte Alexander hinzu.

„Den Betrieb können sie uns aber nicht schließen, oder?", fragte Letizia. „Er hat angedeutet, dass er Ungereimtheiten bei unserer Geschäftsform sieht."

„Hmm …", machte Alexander nachdenklich.

„Ist das was Schlimmes?", fragte sie.

„Bestimmt nicht", versuchte er, sie zu beruhigen.

„Aber ich kann ja mal schauen … Meine Mutter kennt jemanden beim Finanzamt, sie könnte uns vielleicht helfen."

Letizia sah ihn zweifelnd an. „Meinst du wirklich, dass sie mir helfen möchte?"

„So schlimm, wie du denkst, ist sie nicht – wirklich!", erwiderte Alexander.

Hoffentlich hat er recht, dachte Letizia.

„Komm morgen Abend doch einfach mit, da gehe ich mit meinen Eltern essen."

„Aber nicht, dass es so endet wie bei der Ausstellung!"

„Nein, nein, wir gehen in ein schickes Restaurant, essen nett, reden über unwichtige Dinge und gehen wieder heim."

„Natürlich geht sie mit dir hin!", rief Nonna vom Herd aus. Sie kochte ein Risotto, denn Kochen beruhigte ihre Nerven.

„Da kannst du meine Eltern besser kennenlernen", ermutigte sie Alexander. „Und am Wochenende werde ich meine Mutter fragen, ob ihr Bekannter euch vielleicht helfen kann."

KAPITEL 20

Am nächsten Morgen rief Letizia Alexander an, um zu fragen, was sie anziehen sollte.

„Es kommen noch ein paar potenzielle neue Geschäftspartner dazu. Das ist vielleicht ganz gut, dann ist die Atmosphäre sicher noch etwas entspannter."

„Also ein Geschäftsessen?", fragte sie.

„Ja, aber keine Angst, ein legeres Geschäftsessen."

„Na super. Was ist denn legeres Geschäftsessen?", fragte Letizia Nonna, nachdem sie aufgelegt hatte. Die alte Dame zuckte mit den Schultern.

Da sie dieses Mal alles richtig machen wollte, fuhr sie mit der Bahn in die Altstadt, um sich ein passendes Kleid zu kaufen. Sie verliebte sich in ein weinrotes enges Modell mit einem tiefen Ausschnitt, das ihr sehr gut stand. Dazu empfahl ihr die Verkäuferin ein braunes Jäckchen. Letizia war sehr aufgeregt.

Sie hoffte, dass sie an diesem Tag einen besseren Eindruck auf Erika machen würde.

Als Alexander sie abholte, gab er ihr zur Begrüßung einen Kuss und sagte: „Du siehst wunderschön aus."

Sie lächelte. Sein Kompliment klang ehrlich und ihre Nervosität legte sich schlagartig.

Kurze Zeit später parkte Alexander vor einem sündhaft teuren Restaurant, das sie aus der Zeitung kannte. Der Koch hatte sogar einen Stern und war vor einigen Jahren als einer der Vertreter der damals so beliebten Molekularküche bekannt geworden. Mittlerweile hatte er sich davon wieder gelöst und kochte nach den aktuellsten Trends – vegetarisch und ausschließlich mit regionalen Zutaten.

Der Inhaber begrüßte sie höchstpersönlich: „Schön, dass Sie da sind, ich habe mir für Sie und Ihre Kunden etwas Besonderes ausgedacht."

„Ihr kennt wirklich viele Menschen von Bedeutung", flüsterte Letizia Alexander zu.

„Alle Menschen sind von Bedeutung", entgegnete er.

Er nahm ihre Hand und sie gingen durch die alte Fabrikhalle, in der sich das Restaurant befand. Der Flair der Fabrik sollte wohl erhalten bleiben, deshalb waren die Tischplatten aus recyceltem Teakholz und die Tischbeine aus Eisenstäben. Obwohl Letizia kein großer Fan dieser Industrial-Stilrichtung war, fand sie, dass sich hier alles gut einfügte. Die Stühle waren ein Sammelsurium aus alten Näherinnenstühlen, bequemen Plüschsesseln und anderer Armlehnstühle.

Die Beleuchtung war perfekt, man hatte nicht das Gefühl, dass man in einer Fabrikhalle das Pausenbrot einnahm, sondern dass einen etwas Außergewöhnliches erwartete. An der Decke hingen überdimensionale schwarze Lampen, die jedoch innen mit einer Goldbeschichtung versehen waren, sodass sie ein schönes, warmes Licht abgaben. An den Säulen befanden sich kleine Lichterketten, die dem Fabrikcharme etwas Romantik verliehen.

Die Gäste hätten nicht unterschiedlicher sein können. Die Stammgäste waren reiche Leute wie Alexander und seine Eltern, bei denen das Konto immer weit im Plus war. Auch Normalsterbliche wie sie selbst waren anwesend, hauptsächlich Paare, vielleicht anlässlich ihres Hochzeits- oder Geburtstags. Diese waren jedoch in der Minderheit. Die Stammgäste liefen selbstsicher zu ihren Tischen, den anderen konnte man ansehen, dass sie etwas Besonderes von diesem Abend erwarteten. Sie machten Fotos und bestaunten wie Letizia die Einrichtung und die große Fabrikhalle, die so einladend wirkte.

Unbewusst fühlte Letizia nach ihrer Frisur. Sie trug die langen Locken offen und hatte passenden Lippenstift zum weinroten Kleid aufgetragen. Immer wieder strich sie über das Kleid, um ja jede Falte rauszubügeln, denn während sie lief, rutschte es immer etwas höher. Schließlich erreichten sie den Tisch, an dem bereits Alexanders Eltern saßen.

Erika lächelte, als sie die beiden entdeckte. Hatte Alexander mit ihr gesprochen? Vielleicht war sie doch nicht so böse auf Letizia?

Wieder einmal war sie perfekt gestylt, sie sah höchstens aus wie Anfang vierzig, das musste sich Letizia erneut eingestehen.

Nachdem sie sich hingesetzt hatten, entschuldigte sich Letizia noch einmal bei ihr. Erika winkte mit einer lässigen Handbewegung ab: „Das war ein Unfall."

Als Aperitif wurde Prosecco mit frisch gepressten Gurken gereicht. Erika wirkte gut gelaunt und nicht so unterkühlt wie bei der Ausstellungseröffnung. Vielleicht war sie dort nur als Mitorganisatorin besonders angespannt gewesen?

„Sie kommen also aus Sizilien?", fragte sie. „Das hat Alexander erzählt."

„Ja das stimmt."

„Ich liebe Sizilien! In den Achtzigern haben wir einmal eine Kulturreise unternommen, auf den Spuren Goethes. Weißt du noch, Werner?" Sie wandte sich an ihren Mann. Dieser nickte, auch wenn er nicht ganz so euphorisch an die Kulturreise zurückzudenken schien wie sie.

„Ich habe Literatur studiert und über Goethe promoviert", antwortete Letizia.

Nun wirkte Erika ernsthaft beeindruckt, und ehe es sich Letizia versah, befand sie sich mitten in einer Diskussion über den Einfluss von Goethes Reisen auf die italienische Kultur und die Wahrnehmung Italiens in der deutschen Romantik. Erika gab ihr nicht sehr viel Gelegenheit, etwas zu sagen, denn sobald Letizia mehr Sachwissen preisgab, fiel sie ihr gekonnt ins

Wort und gab ihre eigenen Kenntnisse weiter. Die junge Frau ließ sie gewähren.

In einer Pause sagte Letizia bewundernd: „Ihr Kleid ist wirklich wunderschön."

„Danke, es ist eine Maßanfertigung."

Letizia nickte.

„Und bei Ihnen?", fragte Erika und musterte sie kritisch.

„Oh, das ist keine Maßanfertigung."

„Natürlich nicht. Eine Maßanfertigung erkenne ich sofort. Das ist bestimmt H&M."

Letizia schüttelte den Kopf.

„Mir ist Qualität wichtig", sagte Erika. „Es ist einfach so … wer billig kauft, kauft zweimal."

Letizia wusste nicht, was sie darauf antworten sollte.

„Mir gefällt das Kleid", warf Alexander ein. „Und … Ach, da kommen ja unsere Gäste."

Zwei Männer und eine Frau steuerten auf ihren Tisch zu.

„Wir unterhalten uns ein anderes Mal weiter über Goethe, Letizia", sagte Alexanders Mutter. „Das Thema ist so spannend. Wir müssen es unbedingt vertiefen."

Belustigt dachte Letizia, dass es eher ein Monolog gewesen war als eine Unterhaltung, aber sie freute sich, dass sie ein gemeinsames Thema gefunden hatten.

Die drei Neuankömmlinge wurden ihr als Gründer eines IT-Start-ups vorgestellt. Sie wollten eine Software entwickeln, mit der die modernen

Düngerstreuer angesteuert werden konnten, die Alexanders Unternehmen entwickelte. Damit könnten die Düngemittel mit modernen Maschinen auf Feldern automatisch verteilt und dosiert werden, ohne viel Zutun des Fahrers. Berücksichtigt werden sollte unter anderem das Wetter und der Bedarf der Pflanzen.

„Hallo, ich bin Milena", stellte sich die Dame vor und gab allen die Hand.

„Sie ist die Geschäftsführerin", erzählte Erika. „Eine Frau als CEO. Ihre Eltern sind sicher sehr stolz auf Sie."

„Sicherlich", antwortete Milena knapp. Sie fand es offensichtlich nicht so außergewöhnlich, dass sie als Frau eine Unternehmerin war.

„Sie stammt aus einer alten Adelsfamilie", fuhr Erika fort.

„Ja, aber das wirkt sich auf meinen normalen Arbeitsalltag eher nicht aus", meinte Milena augenzwinkernd.

Die beiden Männer, Tim und Olli, passten nicht ganz in Erikas Welt. Sie erinnerten Letizia an die Informatikstudenten aus ihrer Uni-Zeit, wo die Zahlenfreaks immer durch Comicshirts und lange Haare aufgefallen waren. Diese zwei trugen dem Anlass angemessen allerdings Anzüge.

Die neuen Gäste bekamen ebenfalls einen Gurkenprosecco. Es folgten Melonensorbet und anderes Obst und anschließend die Vorspeise. Letizia konnte nicht erkennen, was es sein sollte. Auf einem riesengroßen Teller lag ein Klacks von etwas. Es war eine Mousse, auf einem Salatblatt mit perfekt aussehenden Erbsen garniert. Das Ganze schmeckte so intensiv nach Erbsen, dass Letizia das Gefühl hatte, ein ganzes Kilo davon verspeist zu haben.

Die drei Gäste waren absolute Koryphäen, wie Erika immer wieder betonte, obwohl sie höchstens Anfang dreißig waren. Letizia fiel sofort auf, dass Tim seine Augen nicht von ihr lassen konnte. Er sprach nicht mit ihr, sah sie aber bei jeder Gelegenheit an. War es der tiefe Ausschnitt, der ihn so beeindruckte? Die anderen schienen sein Interesse nicht zu bemerken.

Als Hauptspeise gab es Kartoffeln und Pilze der Saison. Es schmeckte traumhaft und Letizia vermisste das Fleisch überhaupt nicht. Allerdings waren die Portionen wiederum sehr klein.

Die Gäste redeten während des Essens nicht viel. Erika versuchte zwar, sie für verschiedene Smalltalk-Themen zu begeistern, doch nur mit mäßigem Erfolg. Erst, als sie auf Filme und Serien zu sprechen kamen und klar wurde, dass sie gerne *Big Bang Theory* sahen, rief Letizia erleichtert aus: „Ich auch."

Eine ganze Weile drehten sich die Tischgespräche um die Serie. Alexanders Mutter war davon wenig begeistert, und als Milena zu Alexanders Eltern sagte: „Das Thema passt nicht in Ihre Generation", musste Erika sich auf die Lippen beißen, um keine schnippische Antwort zu geben.

Während Milena häufiger zu Alexander hinübersah, versuchte Tim, Letizia in ein Gespräch zu verwickeln.

„Du könntest auch eine Kämpferin aus einem Computerspiel sein", meinte er bewundernd.

„Das nehme ich mal als Kompliment", antwortete sie schmunzelnd.

Die anderen kicherten, nur Alexander war eher still.

Erika versuchte mitzureden: „Ich kenne einen wichtigen Computerspieleentwickler. Den haben wir mal finanziell unterstützt."

Milena nickte freundlich und wandte sich wieder an Letizia: „Du erinnerst mich an Penny, nur dass du clever bist."

Alle lachten.

„Ich bin ja eher die Amy", fuhr sie fort.

Letizia lächelte und antwortete: „Und die beiden waren BFFs."

Erika fragte: „BFFs?"

„Best Friends Forever", klärte Olli sie auf. „Die beiden wurden beste Freundinnen, obwohl sie so unterschiedlich waren, das wollte Letizia damit sagen."

„Aha", machte Erika nur.

„Wir wollen in einer Woche einen Big-Bang-Abend machen. Kommt doch einfach vorbei", schlug Milena vor und warf wieder einen verstohlenen Blick in Alexanders Richtung.

„Wo wohnt ihr denn?", fragte Letizia. Milena war ihr sympathisch, aber ihr Interesse an Alexander gefiel ihr nicht.

„In Berlin", antwortete die junge Frau. „Tim hat

eine richtige Popcorn-Maschine und ein Kinozimmer."

Tim zuckte mit den Schultern und meinte grinsend: „Davon habe ich als Kind eben immer geträumt."

Der Generationenunterschied wurde an diesem Abend mehr als deutlich. Alexanders Eltern hatten einfach keine gemeinsamen Themen mit den jungen Menschen. Alexanders Vater Gert setzte mehrmals an, über seine Forschungen zu berichten, aber es wurde schnell klar, dass er ein verkopfter, wenn auch genialer Wissenschaftler war. Seine Ausführungen wären für die Anwesenden meist vollkommen unverständlich gewesen, wenn sein Sohn nicht immer wieder für die anderen kurz zusammengefasst hätte, was sein Vater eigentlich hatte sagen wollen.

Dann schmunzelte Gert und sagte: „Ich sehe schon, da bin ich wohl wieder etwas abgeschweift. Aber deshalb geht es mit unserer Firma ja auch so gut voran, seit Alexander dabei ist. Er kann das alles viel besser vermitteln und behält den Überblick. Bei dir ist die Firma in guten Händen, Junge."

„Ach ja", winkte Alexander etwas verlegen ab.

„Nicht bescheiden sein, Junge."

Erika versuchte immer wieder, sich ins Gespräch einzuklinken, doch keiner der drei schien sonderlich daran interessiert zu sein, sich mit ihr zu unterhalten.

„Schmeckt Ihnen das Essen?", fragte sie Milena.

„Ja, es ist gut", antwortete sie relativ emotionslos.

Letizia beugte sich zu Alexander und flüsterte ihm

zu: „Ich glaube, eine Pizzeria wäre für die drei besser gewesen."

Er wisperte zurück: „Und preiswerter."

„Berlin ist eine meiner Lieblingsstädte", meinte Alexanders Mutter zusammenhanglos. Es wirkte fast ein wenig verzweifelt.

Die drei Gäste lächelten freundlich und Tim fragte Letizia: „Kommst du aus Italien?"

Sie nickte. „Aus Sizilien."

„Cool", sagte er und sah sie mit einem schüchternen Lächeln an. „Die Insel ist der Hammer!"

„Ach, warst du schon einmal dort?"

Er nickte stolz. „Klaro, früher mit meinen Eltern. Wir waren dort campen. Das war mega."

Letizia nickte und antwortete: „Ich mag die Insel, aber es gibt viel Korruption und es ist nicht so sauber wie hier."

„Bist du Schauspielerin?", fragte Milena.

Letizia kicherte. „Nein, nein, ich verkaufe Orangen."

„Cool!", rief Tim wieder. „Importierst du die aus Sizilien?"

Sie nickte.

„Mega!", rief Olli. „Ich liebe die sizilianische Küche, die ist unglaublich gut!"

„Essen ist sehr wichtig für uns Sizilianer. Auch für den Zusammenhalt der Familie."

„Also ich war in Palermo in einem Restaurant, irgendwo in einer Seitengasse. Wir sind da auf gut Glück reingegangen und es war ein richtiger Volltreffer", schwärmte Olli.

„Es ist tatsächlich schwer, in Sizilien schlecht zu essen", stimmte Letizia ihm zu. „Wir hatten in der Vergangenheit nicht viel, das Leben in Sizilien war hart und entbehrungsreich. Deshalb haben wir gelernt, aus Obst und Gemüse ein Festmahl zu zaubern."

„Ich merke gerade: Ich muss unbedingt mal nach Sizilien", warf Milena ein.

„Wenn ihr gut italienisch essen wollt, kann ich euch ein Restaurant in Mannheim empfehlen. Das ist allerdings sardisch. Aber allein die Antipasti dort sind ein Traum. Das wird von zwei Schulfreundinnen meiner Mutter geleitet."

„Klingt spannend", meinte Tim. „Wie heißt das Restaurant?"

„Costa Smeralda."

Erika räusperte sich. „Sehr spannend. Aber jetzt sind wir ja hier."

Offenbar ging die Unterhaltung nicht in die Richtung, die sie sich gewünscht hatte. Schließlich wollte sie die Gäste mit der Sterneküche beeindrucken.

„Was genau macht ihr denn für Software?", fragte Letizia, um das Gespräch wieder in eine für alle interessante Richtung zu lenken.

Tim und Olli erzählten von künstlicher Intelligenz, Algorithmen und benutzerfreundlicher Softwareprogrammierung, die ihrer Meinung nach oft viel zu kurz kam.

„Das klingt alles wahnsinnig beeindruckend", sagte Letizia, obwohl sie kaum etwas verstanden hatte.

„Das ist nicht schwer, wenn man nur einmal im

Thema drin ist", meinte Tim mit einem Achselzucken. „Aber die perfekte Orange zu züchten, das stelle ich mir nicht einfach vor."

Flirtete er etwa mit ihr?

Während die Männer weiter über die Software sprachen, nutzte Milena die Chance, sich mit Alexander zu unterhalten. Sie fragte ihn über die Firma aus und er gab sich große Mühe, den perfekten Gentleman abzugeben. Er war so charmant, dass Letizia richtig eifersüchtig wurde.

Zum Glück kam in diesem Moment das Dessert. Es gab hausgemachtes Eis mit frischem Obst und es schmeckte köstlich. Die Süße und die Früchte, alles war perfekt abgestimmt.

Tim lehnte sich seufzend zurück und rieb sich den Bauch: „Das Dessert war echt Hammer."

Milena meinte: „Es war wirklich ein schöner Abend, vielen Dank. Gut, dass es endlich geklappt hat mit einem persönlichen Treffen."

Olli und Tim nickten und bedankten sich ebenfalls.

„Wollen Sie denn schon aufbrechen?", fragte Erika.

„Wir gehen noch in einen Club, dort legt ein guter Freund von mir auf, und ich habe versprochen vorbeizukommen. Ihr könnt gerne mitkommen", wandte sie sich an Alexander und Letizia.

Doch Letizia schüttelte den Kopf. Sie wollte Erika nicht gänzlich gegen sich aufbringen.

„Ach, ich bin nicht so der Clubtyp", meinte sie.

Alexander lächelte diplomatisch und wünschte

ihnen viel Spaß. Die drei verabschiedeten sich und winkten ihnen vom Ausgang her noch einmal zu.

„Na, das ist doch ganz gut gelaufen", meinte Alexanders Vater.

„Ich weiß nicht", wandte Erika ein. Sie war ein bisschen blass. „Sie schienen nicht sonderlich begeistert vom Essen hier."

Dabei sah sie ein wenig vorwurfsvoll in Letizias Richtung. War sie etwa sauer, dass sie sich beim Essen über die gute sizilianische Hausmannskost unterhalten hatten?

„Ich finde, dass es ein guter Start war", widersprach Alexander.

„Ich fand das Essen wunderbar. Vielen Dank", sagte Letizia beschwichtigend, doch Erika ignorierte ihre Worte, als trage sie die Schuld dafür, dass die drei das Sternemenü nicht ausreichend zu schätzen gewusst hatten. Eine unangenehme Stille entstand.

Letizia räusperte sich und sagte: „Ich muss auch los."

„Ich fahre dich", bot Alexander an.

„Nein, nein, nicht nötig. Ich rufe mir ein Taxi. Außerdem brauche ich frische Luft. Bleib ruhig noch ein bisschen bei deinen Eltern sitzen."

Das sagte sie so ernst, dass Alexander verdutzt stehen blieb. Sie nutzte die Chance, winkte und ging hinaus.

Vor dem Eingang standen Tim, Olli und Milena und warteten auf ein Taxi. Letizia griff zu ihrem Handy, um ebenfalls ein Taxi zu rufen.

„Wir können dich doch mitnehmen", bot Milena an.

„Meint ihr?"

Tim strahlte. „Klar."

Das Taxi kam und sie stiegen ein.

„Dieses Sternezeug ist ja immer ganz lecker und interessant drapiert", sagte Tim. „Doch so richtig satt wird man leider nie."

„Aber es war ein schöner Abend", fand Milena. „Alexander und du seid super-nett, auch wenn ich nicht verstanden habe, was sein Vater erzählt hat. Und die Alte, oh, wie meine Mutter. Hat die genervt."

Die drei kicherten.

„Kann man um diese Zeit eigentlich noch zu deinem sardischen Restaurant fahren?", fragte Olli.

„Wie, du willst jetzt noch was essen?", fragte Letizia erstaunt.

„Es muss kein Steak sein, aber du hast da was von leckeren Antipasti erzählt."

„Au ja!", machte Milena und Tim war begeistert.

„Okay", sagte Letizia. „Wenn ihr meint."

Sie gab dem Taxifahrer die Route durch und er fuhr in den Mannheimer Stadtteil Schwetzingerstadt. Vor einem unauffälligen Gebäude stiegen sie aus.

Milena sah sich etwas verlegen um und fragte: „Sind wir hier richtig?"

Letizia nickte. „Vertraut mir."

Als sie die Tür öffneten, kam ihnen der Duft von frischem Rosmarin entgegen. Die Kellnerin trug gerade ein Steak an ihnen vorbei. An den Gesichtern der drei konnte Letizia erkennen, dass Ihnen die Wahl des Lokals gefiel.

Sie nahmen Platz, die Frauen und die Männer saßen sich jeweils gegenüber. Sowohl Tim als auch Olli warfen Letizia immer wieder Blicke zu. Es störte sie nicht, wenigstens wurde sie hier geschätzt und geachtet.

Auf einer großen, rollbaren Tafel, die von Tisch zu Tisch geschoben wurde, stand das Tagesmenü. Milena bestellte Antipasti-Variationen für alle, Olli und Tim wollten außerdem die Trüffelpasta probieren.

Sie unterhielten sich gut, und als die Köstlichkeiten serviert wurden, freute sich auch Letizia. Es stimmte: Das Mahl des Sternekochs sättigte nicht lange.

„Ist Alexander dein Freund?", fragte Milena plötzlich geradeheraus.

Letizia zuckte mit den Schultern. Sie wusste nicht recht, was sie dazu sagen sollte. *Wenn bloß die böse Schwiegermutter nicht wäre,* dachte sie. *Milena, die Adelige, würde sie sicher lieber als Schwiegertochter sehen.*

Milena bohrte nicht weiter nach.

Immer wieder brummte Letizias Telefon. Alexander bombardierte sie regelrecht mit Nachrichten. Offensichtlich wollte er noch etwas Zeit mit ihr verbringen. Schließlich schrieb sie ihm, wo sie waren, und fünfzehn Minuten später stand er in der Tür des Lokals.

„Hier habt ihr euch also versteckt!", rief er.

Tim schien nicht erfreut, ihn zu sehen, dafür strahlte Milena.

„Hätte ich gewusst, dass ihr Pastafans seid, hätten wir uns das teure Essen sparen können", scherzte er.

Die drei lächelten schuldbewusst und Olli meinte entschuldigend: „Die Einladung zu einem edlen Geschäftsessen kann man schlecht ablehnen."

„Ehrlich gesagt habe ich auch noch Hunger", meinte Alexander und grinste.

Er bestellte einen Meeresfrüchte-Salat mit Sellerie, überbackenen sardischen Käse, Baby-Calamari und überbackene Auberginen und aß mit viel Appetit.

Sie unterhielten sich sehr nett über alle möglichen Themen. Schließlich war es Zeit zum Aufbruch.

Nachdem sie sich vor dem Restaurant von den drei Jungunternehmern verabschiedet hatten, sagte Alexander: „Bin sehr gespannt, ob sie mit uns zusammenarbeiten wollen. Sie sind tatsächlich Koryphäen auf ihrem Gebiet, meine Mutter hat einen guten Riecher. Die Kooperation wäre großartig für uns."

Letizia zog ihre Handschuhe an. „So wie Milena dich angesehen hat, bestimmt."

Er zuckte mit den Schultern. „Ich habe jedenfalls nur Augen für eine Frau, und die steht direkt neben mir."

Es tat gut, das zu hören.

„Darf ich dich jetzt nach Hause fahren?", fragte er.

Er sah sie mit seinen grünen Augen auf eine Weise an, dass sie nicht Nein sagen konnte.

„Okay, solange ich zumindest heute Abend nicht noch mal deiner Mutter begegnen muss."

Er lachte. „Versprochen."

Im Auto sagte Letizia: „Lass uns ehrlich sein, deine Mutter mag mich nicht, und das wird sich nicht ändern. Ich glaube, sie gibt mir die Schuld, dass der Abend nicht so gelaufen ist, wie sie sich das vorgestellt hat. Dabei kann sie mir dankbar sein."

„Vor allem deinem Ausschnitt, in den hat sich nämlich Tim verguckt."

Sie zog ihn auf: „Ach ja, und was ist mit Milena, du perfekter Gentleman?"

Sie gab ihm liebevoll einen Hieb auf die Schulter. Er verzerrte in gespieltem Schmerz das Gesicht und brachte sie damit zum Lachen. Wieder wurde ihr bewusst, wie sehr sie ihn mochte. Diese Grübchen, die starken Schultern und sein Humor ließen ihr Herz höherschlagen. Sie bedauerte es fast, als sie an der Wohnung ihrer Großeltern ankamen. Bevor sie ausstieg, küsste er sie. Dabei wanderte seine Hand zu ihrer Brust.

„Nicht nur Tim hat sich scheinbar in meinen Ausschnitt verguckt", witzelte sie und stupste ihn liebevoll mit ihrer Nase an.

„Ich hoffe, du hast nicht vor, ihn in Berlin zu besuchen."

Sie zuckte mit den Schultern: „Wenn seine Mutter netter ist als deine ..."

Er sah sie erschrocken an.

„Das war nur ein Scherz", beschwichtigte sie ihn, aber sie hatte wohl einen wunden Punkt getroffen.

„Du übertreibst. Meine Mutter hat nichts gegen dich gesagt."

„Aber ich sehe ihre Blicke. Und die sprechen Bände."

„Wir dürfen nicht erlauben, dass meine Mutter zwischen uns steht."

„Wir?", fragte sie.

„Ich bin bereit, für dich zu kämpfen", antwortete er und küsste ihren Hals.

„Ich weiß nicht, Alexander, ob man gegen die eigene Familie wirklich kämpfen kann."

„Das sind doch altmodische Vorstellungen!"

„Wir Sizilianer sind eben etwas altmodisch, gewöhn dich dran."

Sie musste an Pietro und Katharina denken. War es bei den beiden letztendlich auch die Familie gewesen, die sie auseinandergebracht hatte?

„Viele Paare mussten schon für ihr Glück kämpfen", sagte er und küsste sie wieder.

Das wohlige Gefühl, das in ihr aufstieg, wenn er sie berührte, ließ sie seine Mutter rasch vergessen. Sie suchte seine Lippen. Als er sich etwas mehr zu ihr drehte, kam er mit dem Ellbogen auf die Hupe und ein lautes Geräusch ertönte. Beide zuckten zusammen.

„Entschuldigung."

Sie lachte.

„Darf ich mit hochkommen, bevor deine Nachbarschaft beginnt, zu schimpfen?", fragte er.

Das Licht im Zimmer ihrer Großmutter ging an und ein Kopf erschien am Fenster.

„Klar kannst du hochkommen, wenn dich meine Großmutter nicht stört, die um meine Jungfräulichkeit besorgt ist, und das dreißig Jahre alte Bett meiner Mutter."

„Klingt verführerisch."

„Wir sehen uns ja bald wieder", tröstete sie ihn.

Sie gab ihm noch einen Kuss und stieg aus. Er sah ihr enttäuscht hinterher.

„Letizia, bist du das?", rief Maria aus dem Fenster.

„Sì", antwortete sie und beeilte sich, in die Wohnung zu kommen.

„Warum hat er denn gehupt?", wollte ihre Nonna wissen, als sie zur Tür hereinkam.

„Ach Nonna, er ist aus Versehen auf die Hupe gekommen."

Die alte Frau brauchte einen Moment, um die Information zu verarbeiten, dann lächelte sie verschmitzt. Nachdem Letizia ihr von dem Abend erzählt hatte, schüttelte sie den Kopf.

„Mit einer bösen Schwiegermutter!", rief sie aus. „Tststs. Das ist nicht gut."

„Na ja, ich muss sie ja nicht häufig sehen."

„Aber er arbeitet bei seinen Eltern, es ist wie bei Pietro, Gott hab ihn selig."

Letizia machte sich einen Kamillentee.

„Ach wie schade, er wäre so eine gute Partie gewesen", meinte Nonna bedauernd. Nach einer Pause fuhr sie auf: „Vielleicht wird sie ja bald krank und stirbt."

Letizia sah sie empört an und rief: „Nonna, hör auf!"

„Ich hab mir Nonno ausgesucht, weil er nett war, einen guten Beruf hatte, und die Schwiegermutter gut zu mir war. Er war so schüchtern, dass sie überglücklich war, dass er überhaupt eine abbekam." Sie rieb sich das Kinn. „Alessandro sieht aber so gut aus, dass es eher umgekehrt sein wird." Letizia musste an Milena denken. Sie nippte an ihrem Tee und ließ den Abend noch mal Revue passieren.

Plötzlich sagte Nonna: „Aber es ist gut, dass du nicht gleich zu ihm ins Bett hüpfst, soll er ruhig mehr für dich kämpfen."

KAPITEL 21

Am nächsten Mittwoch kam der LKW mal wieder zu spät. Die Kunden warteten ungeduldig, standen in kleinen Grüppchen zusammen und diskutierten laut. Nonna gab selbst gemachten Likör an alle aus, um sie zu besänftigen, und bat sie, ihre Autos wegzufahren, die die Straße blockierten.

„Den Nachbarn schenken wir nachher ein paar Orangen und Honig, dann geben die Ruhe", murmelte sie.

Endlich kam der LKW. Gerade wurden die leckeren Produkte abgeladen, als der Herr von der Steuerprüfung aus dem Haus trat und zu ihnen kam. Er war krank gewesen und erst am Dienstag wieder aufgetaucht, sodass er bis heute an ihren Papieren gearbeitet hatte.

„Ich bin mit den Unterlagen durch. Oh, hier ist ja ganz schön was los. Ist das immer so chaotisch?", fragte er.

„Heute kam der LKW mit Verspätung", erklärte Letizia.

„Hmm ...", er nickte, beobachtete dabei jedoch prüfend das Chaos auf der Straße. „Ob das so alles seine Richtigkeit hat?", murmelte er und lief einmal um den LKW herum. Anschließend ging er kopfschüttelnd weg.

„Denkst du, er schwärzt uns an, weil wir irgendwelche Verordnungen gebrochen haben?", fragte Letizia ihre Großmutter.

„Haben wir etwas falsch gemacht?"

„Wenn ich das wüsste ..."

„Ich könnte Peppes Tochter fragen, die kennt sich sehr gut mit den deutschen Gesetzen aus", überlegte Maria.

„Nonna, deine Bekannten, die sich angeblich mit allem so gut auskennen, haben uns doch den ganzen Schlamassel eingebrockt!", rügte Letizia.

Betreten sah die alte Frau zu Boden. Noch nie hatte die junge Frau ihre Großmutter so hilflos und verunsichert gesehen. Seit sie sich erinnern konnte, war sie redegewandt und stark gewesen. Sie tat ihr leid.

„Wir kriegen das schon hin", tröstete sie. „Alexander kennt einige wichtige Leute, mach dir keine Sorgen. Sobald wir hier fertig sind, fahre ich zu ihm."

Zum Glück ging es nun unerwartet flott voran. Die Kunden nahmen wie so oft bereits die Ware mit, bevor alles ausgeladen war. Sobald der Fahrer fertig war, fuhr er davon. Die übrigen Kunden luden im Rekordtempo ihre Kofferräume voll und nach neunzig

Minuten war nur noch so wenig los, dass Nonna alleine zurechtkam. Letizia machte sich sofort auf den Weg zu Alexanders Büro – obwohl sie sich nach ihrem letzten Besuch dort fest vorgenommen hatte, dort nie wieder unangemeldet aufzukreuzen.

Die Empfangsdame erkannte sie, fragte aber trotzdem: „Wie kann ich Ihnen helfen?"

„Ich möchte zu Alexander, meinem Freund", betonte sie.

Die Dame musterte sie von Kopf bis Fuß, wurde aber sofort freundlicher und sagte: „Sie wissen, wo sein Büro ist?"

„Nein, das müssen Sie mir bitte sagen."

Die Büros der Geschäftsführung waren im dritten Obergeschoss. Alexanders Büro lag rechts, seine Assistentin hatte ihr Büro direkt davor. Sie telefonierte gerade, als Letizia hereinkam, und nickte ihr daher lediglich zu.

Nachdem sie aufgelegt hatte, sagte sie mit einem professionellen Lächeln: „Guten Tag. Herr Richter ist gerade in einem Gespräch, Sie können dort drüben warten."

Sie wies auf eine Sitzecke.

„Ich würde gerne stehen bleiben", antwortete Letizia.

Fast im gleichen Moment ging die Tür von Alexanders Büro auf und sie hörte ihn laut rufen: „Warum hast du deinen Finanzfreund auf Letizia angesetzt? Du musst ihn anrufen! Er soll bei der Steuerprüfung kulant sein, schließlich hat keiner absichtlich gegen Regeln verstoßen."

„Ich? Meinst du, er lässt sich bestechen? Ich habe ihm nur den Tipp gegeben, dass da ein Unternehmen ist, bei dem man mal eine Steuerprüfung vorziehen könnte. Daran, dass sie keine Buchführung hinkriegen, sind sie selbst schuld. In Discounter-Tüten haben sie alles abgelegt! Und er hat gesagt, dass er noch ein paar andere sonderbare Vorgänge aufgedeckt hat. Ich kann doch nichts dafür, wenn sie ihr Unternehmen aus der Garage führen."

Erika lachte, aber Alexander blieb ernst.

„Was stört dich an ihr?"

„Alexander!", versuchte die Mutter ruhig, aber autoritär zu beschwichtigen. „Ich möchte nur das Beste für dich, wie jede Mutter. Diese Frau ist eine Bäuerin, was willst du denn mit ihr! Uns blamieren? Die können ja nicht einmal legal Orangen verkaufen."

„Wenn du nicht aufhörst, dich in mein Leben einzumischen, dann ..."

„Dann was?", fragte seine Mutter.

„Dann höre ich hier auf!", rief Alexander aufgebracht.

Die Assistentin versuchte verzweifelt, die beiden auf Letizia aufmerksam zu machen, doch sie waren zu sehr in ihr eigenes Gespräch verwickelt, um dies zu bemerken. Nun räusperte sich Frida laut. Da drehte sich Erika um, erkannte Letizia und lächelte kühl.

„Oh, du hast Besuch, wir können unser Gespräch zu einem späteren Zeitpunkt weiterführen", sagte sie zu ihrem Sohn.

Alexander sah sich um und erschrak, als er Letizia

entdeckte. Seine Mutter verließ den Raum und ging grußlos an ihr vorbei.

Letizia lief schnurstracks in Alexanders Büro, schloss die Tür hinter sich und fragte provokant: „Deine Mutter hat also nichts gegen mich?"

Er seufzte. „Du weißt doch wie das so ist mit den Müttern. Sie wollen nur das Beste für uns und haben oft andere Vorstellungen als wir."

„Ich bin nicht das Beste für deine Mutter, das ist wohl klar. Sie ist einfach eine böse Frau. Und ein Snob noch dazu." Letizia war wütend.

„Sie ist nicht böse."

Er wollte ihr noch etwas Tröstendes sagen, doch ihm fehlten die Worte. Anscheinend war er hin- und hergerissen zwischen seiner Mutter und ihr.

„Wir können keine Beziehung führen, wenn ich ständig bangen muss, was sich deine Mutter als Nächstes gegen mich ausdenkt."

„Jetzt übertreibst du", antwortete Alexander aufgebracht.

Sie war so wütend, am liebsten hätte sie ihn beschimpft, doch wie so oft schluckte sie alles runter und wehrte nur mit der Hand ab. „Ach vergiss es. Das kann so einfach nicht funktionieren. Ich habe doch gehört, dass sie den Steuerprüfer auf uns angesetzt hat."

Mit Tränen in den Augen ging sie hinaus.

Einige Tage später erhielten sie Post vom Finanzamt. Der Steuerprüfer hatte wider Erwarten an ihrer Buchhaltung wenig auszusetzen gehabt und ihnen für die letzten Jahre nur eine kleine Nachzahlung von

721,33 Euro auferlegt. Das war zu verschmerzen. Hoffentlich hatte er sie nicht bei der Garagenaufsicht oder irgend so einer Behörde angeschwärzt!

Letizia fragte sich, ob Alexander dahintersteckte. Falls ja, war sie ihm dafür einerseits dankbar, andererseits hatte seine Mutter das alles erst ins Rollen gebracht.

In den nächsten Tagen schrieb ihr Alexander ständig Textnachrichten. Letizia überlegte, ob eine Beziehung mit ihm trotz Erika funktionieren konnte, aber sie war viel zu wütend, um sich darauf einzulassen. Sie wollte sich lieber einen Mann suchen, der wirklich zu ihr stand. Traurig blockierte sie Alexanders Nummer.

KAPITEL 22

Sizilien, März 2019

Alles war grün, so saftig grün, wie es in Sizilien nur im Frühling ist. Letizia stand auf ihrem Feld und sah sich die Bäume an, die Pietro vor Jahren angepflanzt hatte. Aprikosen, Feigen, Pflaumen, Äpfel und natürlich viele, viele Orangenbäume. Alles grünte und blühte gerade und das erste Mal seit Langem war sie zufrieden. Sie besaß ein Haus und ein Stück Land, auf dem sie ungestört sein konnte.

Sie setzte sich auf einen der vielen Steine, die ihr Großonkel hier aufgestellt hatte. Dieser stellte den Kopf eines Mannes dar. Er hatte kleine Augen, einen großen Mund und eine spitze Nase. Sie fragte sich, ob es diesen Mann wirklich gegeben hatte oder ob er Zio Pietros Fantasie entsprungen war. Spontan nahm sie ihr Smartphone aus der Tasche und fotografierte das

Kunstwerk. Anschließend lief sie das ganze Gelände ab und nahm alle Skulpturen auf, die sie fand. Noch nie hatte jemand Pietros Kunstwerke katalogisiert. Das erste Mal überhaupt fiel ihr auf, wie viele es waren. Manchmal war es eine ganze Familie, manchmal waren es Einzelpersonen oder nur Köpfe. Dreiundvierzig Steinskulpturen zählte sie und dazu noch zwölf Holzskulpturen in mehr oder weniger gutem Zustand. Außerdem gab es noch die Gemälde an den Wänden und die vielen weiteren, die sie auf dem Kleiderschrank entdeckt hatte. Pietros Kunst war unglaublich vielfältig. Meist hatte er Gesichter von Menschen gemalt oder geformt, Frauen, Männer, Kinder, manchmal Tiergesichter.

Manche Werke waren ihr zuvor noch nie aufgefallen, obwohl sie als Kind oft hier gespielt hatte. Sicherlich waren seit ihrer Kindheit aber auch einige dazugekommen. Eine Skulptur berührte sie besonders. Es war das verzerrte Gesicht eines am Boden liegenden Mannes. Direkt daneben standen zwei Männer, die wie Gespenster aussahen. Die Augen des Liegenden waren weit aufgerissen und sein Mund stand offen, als ob er schreien würde. Die zwei Fratzen hatten kleine Augen und die Münder wirkten verzerrt. Sie erinnerte sich, dass im Haus auf einem der Gemälde eine ähnliche Szene zu sehen war.

Nachdenklich ging Letizia ein Stück weiter und stieß auf die Skulptur einer Frau, die neben zwei Rosensträuchern mit apricotfarbenen Blüten stand. Das Gesicht war schön herausgearbeitet, nicht so grob gehauen wie bei vielen anderen. Die Augen und

Lippen wirkten zwar in Proportion zum Gesamtbild groß, aber sie besaßen eine Schönheit, die das Herz berührte. War das Katharina?

Letizia hatte das Gefühl, dass Pietro sein ganzes Leben hier auf diesem Stück Land in Stein gemeißelt hatte. Oder war das meiste seiner Fantasie entsprungen? Wie schade, dass sie sich niemals mit ihm darüber unterhalten hatte und dass die Familie sein großes künstlerisches Talent nicht wahrgenommen hatte.

Am oberen Rand des Grundstücks war eine Höhle. Als Kind hatte sie sich immer vorgestellt, dass Zio Pietro hier einen Schatz versteckt hatte, denn der Eingang war mit einem Holztor verriegelt gewesen. Dieses hing jetzt nur noch lose in den Angeln, das Holz war alt und morsch. Einem Impuls folgend, schaltete sie die Taschenlampe am Smartphone ein und ging hinein. Der Gang führte nur wenige Meter in den Berg, dann stand sie vor einer Felswand. Als sie mit der Lampe die Wände beleuchtete, war sie nicht verwundert, als sie eine Höhlenmalerei von vielleicht drei mal zwei Meter Größe in Pietros Stil entdeckte. In der Mitte der Komposition stand eine Braut mit Schleier und Blumenstrauß. Ein Mann mit verzerrter Fratze befand sich hinter ihr, ein anderer Mann stand der Braut zugewandt an ihrer Seite. War das Pietro? Er wirkte ängstlich. Sein Unterkörper schien in sich zusammenzuschmelzen, als ob er unterginge.

Wer war wohl der andere Mann? Hatte Hans oder gar sein Vater die Hochzeit verhindert?

Letizia fotografierte das Gemälde ebenfalls.

Anschließend lud sie die Fotos auf ihren Laptop und betrachtete sie noch einmal in Ruhe. In diesem Moment wusste sie plötzlich, was sie mit dem Grundstück anfangen wollte. Sie würde ein kleines Freilichtmuseum eröffnen, zu Ehren von Großonkel Pietro. Seine Kunst war zu gut, um sie hier versteckt zu halten. Und mit der richtigen Aufbereitung, wenn man Pietros tragische Geschichte im Zusammenhang mit seiner Arbeit erzählte, könnte man sicher einige deutsche Kulturtouristen hierherlocken.

Die junge Frau war wie elektrisiert. Etwas in ihrem Inneren sagte ihr, dass Zio Pietro sich darüber gefreut hätte, ja, dass er vielleicht deshalb gerade ihr sein Grundstück vermacht hatte. Weil er die Hoffnung gehabt hatte, dass sie am ehesten den Wert seiner Kunstwerke erkennen würde.

Noch am selben Abend machte sie sich daran, Zio Pietros Geschichte – oder das, was sie bisher von ihm wusste, aufzuschreiben.

KAPITEL 23

Heidelberg, Herbst 1958

Pietro wartete wie verabredet an der alten Linde, ein paar Straßen von Katharinas Haus entfernt. Er sah sie schon von weitem auf sich zukommen. Sie ging hastig und sah sich mehrmals um.

Das Gespräch mit ihren Eltern ist wohl nicht sehr erfolgreich verlaufen, dachte er.

Die junge Frau trug eine Hose und ein Jäckchen und hatte sich die Haare zusammengebunden. Sie sah nicht so schick aus wie sonst, eher so, als wollte sie zu Hause bleiben. Sicherlich wollte sie kein Aufsehen erregen. Pietro fand sie trotzdem reizend.

Sobald sie ihn sah, lächelte sie, rannte auf ihn zu und stellte sich auf die Zehenspitzen, um ihn zu küssen. Er atmete ihren Duft ein. Wie sehr er ihn vermisst hatte! Und wie sehr erst ihre weichen Lippen.

Am liebsten wäre er in ihrer Umarmung versunken. Obwohl er die Antwort schon kannte, fragte er: „Wie war das Gespräch mit deiner Familie?"

Sie blickte kurz zu Boden. Dann sah sie ihn an. Tränen liefen ihr die Wangen herunter.

„Alle sind gegen unsere Beziehung", hauchte sie.

Die Worte trafen ihn, obwohl er das erwartet hatte.

„Wir werden es aber irgendwie hinkriegen. Die meisten großen Liebesbeziehungen waren von Gefahren bedroht", versuchte Katharina ihn zu ermutigen.

„Die meisten endeten aber nicht gut", erwiderte Pietro niedergeschlagen. Er blickte in die Dunkelheit. „Das ist dann also unser Abschied."

Auch in seinen Augen standen Tränen.

„Nein, nein, ich werde weiterkämpfen", widersprach sie. „Ich habe nur Zeit gebraucht, um mir einen Plan zu überlegen."

Jetzt musste er lächeln. „Du schmiedest immer Pläne, gibst nicht auf."

Sie sah ihn liebevoll an. „Ich gebe uns nie auf." Er strich ihr über die Wange. „Ich werde versuchen, meine Eltern zu besänftigen, sonst ...", sie beendete den Satz nicht.

„Sonst?", fragte er.

„Sonst heiraten wir eben ohne ihren Segen", antwortete sie trotzig, als sei dies selbstverständlich.

„Du würdest immer unglücklich sein", wandte er ein.

„Ohne dich werde ich unglücklich sein, meine

Eltern hingegen werden irgendwann zur Vernunft kommen."

Sie küsste ihn wieder und wieder war auch er bereit, für sie zu kämpfen. Sie stand so entschieden zu ihm, dass es ihm unglaublich viel Kraft gab. Schon deshalb würde es niemals eine andere Frau als Katharina für ihn geben.

Die Tage vergingen und der Herbst färbte die müden Blätter in ein buntes Meer aus Orange und Rot. Es war zwar noch warm, doch bald würden sie die Eisdiele schließen, denn es kamen kaum noch Kunden. Zio Giuseppe konnte es kaum erwarten, nach Hause zu seiner Familie zu reisen. Seit den Sommerferien hatte er seine Frau und die Kinder nicht mehr gesehen. Carmelo freute sich ebenfalls darauf, in die Heimat zurückzukehren. Er hatte genug Geld verdient, um dort einen schönen Winter zu verbringen.

„Nächstes Jahr gibt es wieder neue hübsche Mädels, die uns anhimmeln", sagte er. „Und in der Zwischenzeit warten hübsche Sizilianerinnen auf uns."

Pietro jedoch wollte in Heidelberg bleiben, in Katharinas Nähe. Deshalb besorgte sein Onkel ihm einen Job als Tellerwäscher in einem Restaurant. Die Arbeit gefiel ihm überhaupt nicht, er wurde schlecht behandelt und der Ton in der Küche war rau. Aber sobald er an Katharina dachte, ließ es sich aushalten.

Sie trafen sich weiter nur im Geheimen, doch Katharina drängte darauf, bald zu heiraten.

„Sie werden mich niemals akzeptieren", wandte Pietro ein.

„Jetzt nicht, aber wenn etwas Zeit vergangen ist, vor allem, wenn wir Kinder haben. Stell dir bloß vor, unsere Kinder werden die süßesten auf der ganzen Welt sein."

Sie sah ihn mit diesem entschiedenen Lächeln an, mit dem sie jeden hätte gewinnen können. Er glaubte ihr, nein, er wollte ihr glauben.

Seiner Familie sagte er nichts. Er traute sich nicht, denn er vermutete, dass sie nicht glücklich darüber wären, dass er eine Frau heiraten wollte, die nicht katholisch war. Er würde sie einfach vor vollendete Tatsachen stellen und dann würden sie eine große Feier in Sizilien machen.

Zu ihrem nächsten Treffen brachte Katharina eine Flasche Sekt mit und zog triumphierend ein Stück Papier aus der Tasche – es war ein Termin beim Standesamt. Sie strahlte und er sah sie ungläubig an.

„Du hast es wirklich getan?", fragte er.

Sie nickte. „Und du musst das nächste Mal mitkommen, mit deinen Papieren."

„Du meinst es wirklich ernst?", frage er noch einmal.

Sie nickte. „Klar."

Ihre Freude steckte ihn an.

Gemeinsam gingen sie zum Standesamt, um zu klären, was sie alles für die Hochzeit brauchen würden. Der Standesbeamte sah sie prüfend an. Beide waren sehr aufgeregt. Sachlich erklärte er, welche Papiere zum Termin mitzubringen waren.

„Sie sind Ausländer?"

Pietro nickte.

„In diesem Fall benötigen wir zusätzliche Urkunden."

Im Konsulat in Stuttgart brauchte er fast eine Stunde, um telefonisch durchzukommen und einen Termin wegen der benötigten Urkunden zu erhalten. Katharina konnte es nicht schnell genug gehen, doch Pietro war eigentlich froh, dass alles etwas länger dauerte. Die Treffen im Geheimen waren zwar nicht ideal, aber sie waren wenigstens sicher. Der Gedanke, dass ihre Beziehung nun in die echte Welt übertragen werden sollte, in der jeder davon wissen würde, machte ihm Angst.

Nach zwei Monaten waren seine Urkunden da, die Originalgeburtsurkunde, die Urkunde, dass er nicht verheiratet war und die beglaubigte Aufenthaltsgenehmigung. Schließlich konnten sie das Aufgebot bestellen und der Termin für die standesamtliche Hochzeit eingetragen werden. Als Pietro bewusst wurde, dass dazu ein Aushang am Standesamt erstellt wurde, hatte er Bedenken. Was, wenn ihre Eltern davon erfahren würden? Doch Katharina beruhigte ihn. Ihr Vater war mit seiner Firma beschäftigt, die Mutter mit ihrem Garten. Sie kam eigentlich nie in die Altstadt, wo sich das Standesamt befand. Ihre Familie würde den Aushang daher bestimmt nicht zu sehen bekommen.

Katharinas Zuversicht wirkte ansteckend. Wieder einmal versuchte Pietro, sich zu beruhigen. Alles würde gut werden. Sie brauchten nur noch zwei Trauzeugen.

Obwohl die Hochzeit in einem ganz kleinen Rahmen stattfinden würde, hatte Katharina sich ein schönes weißes Kleid schneidern lassen. Sie war dafür nach Frankfurt gefahren, weil sie dort niemand kannte, und hatte sich einen modernen Schnitt ausgesucht, ohne Petticoat und eher anliegend. Es war der Beginn einer neuen Ära, die Kleider in den Magazinen wurden immer kürzer. Pietro gab seinen ganzen Monatslohn für den Anzug aus.

Die ganze Zeit über trafen sie sich weiterhin im Geheimen. Sie fuhren mit der Straßenbahn an entlegene Orte, wo sie hofften, dass niemand sie erkennen würde. Katharina zog immer einen altmodischen Mantel über ihre Kleidung, sobald sie am Treffpunkt ankam, und setzte eine dicke Mütze auf, falls doch einmal ein Bekannter in der Nähe wäre.

Sie schmiedete Pläne für die gemeinsame Zukunft. Erst einmal würden sie in Pietros Zimmer unterkommen. Carmelo befand sich in Italien und würde erst im März zurückkommen, so hatten sie genug Zeit, sich eine größere Wohnung zu suchen. Katharina hatte schon Geschirr und Bettwäsche gekauft und Pietro strich das Zimmer in einem schönen Pastellton.

Da es immer kälter wurde und sie, wie Katharina sagte, bald ein Ehepaar sein würden, kam sie immer häufiger in seine Wohnung. Meist hatten sie ein bis zwei Stunden zusammen, in denen sie frei waren und fast ein

Ehepaar sein konnten. Er bereitete dann oft eine Mahlzeit auf seiner mit Strom betriebenen Herdplatte zu, wie er es von seiner Mutter kannte. Katharina liebte es, wenn er kochte. Es schmeckte gut, auch wenn es nur Pasta mit Öl und Knoblauch war. Sie lachten und erzählten von ihrem Tag, während die Nudeln dampften.

Nach dem Essen band sie sich eine Schürze um und räumte den Tisch ab. Sie war es nicht gewohnt, zu spülen, schon gar nicht im Waschbecken eines Gemeinschaftsbades, das tat immer ihre Haushälterin, also übernahm Pietro diese Aufgabe und sie half beim Abtrocknen. Oft brachte Katharina etwas Neues mit, wenn sie kam, eine Vase oder ein Bild, das sie zufällig in den Auslagen eines Kaufhauses gesehen hatte.

So verging die Zeit und es wurde Winter. Die Berggipfel des Odenwalds waren schon mit Schnee bedeckt. Sie planten, am Hochzeitstag nur mit den Trauzeugen essen zu gehen. Pietro kaufte die Ringe, sie waren schlicht, denn zu mehr reichte sein Geld nicht.

Als Katharina wieder einmal bei ihm war und er gerade das Geschirr spülte, während sie aus dem Fenster blickte, sagte sie: „Weißt du, die kirchliche Hochzeit können wir nachher mit unserer ganzen Familie feiern."

„Meine Familie ist groß", antwortete er. „Es kommen nicht nur meine Geschwister und Eltern, sondern alle Tanten, Cousins, Nachbarn. Die wollen essen und tanzen bis in die Nacht."

Sie lachte. „Das klingt wunderbar. Mal schauen,

wie das meine Eltern überleben. Vielleicht sollten wir eine Hochzeit in Italien und eine hier machen."

„So viele Hochzeiten?", zog er sie auf und beide lachten.

„Dann kann ich sogar dreimal das Brautkleid anziehen", antwortete sie.

Sie umarmten und küssten sich. Wie sehr sie sich freute, mit ihm bald eins zu sein.

Der große Tag näherte sich. Katharinas Trauzeugin war eine alte Schulkameradin, die selbst eine Beziehung zu einem Ausländer angefangen hatte, und Pietro hatte den anderen Tellerwäscher gefragt, ob er einspringen würde.

Am fünfzehnten Dezember befand sich Pietro in einer Art Fieberzustand. Sie hatten sich am Vorabend noch ein letztes Mal getroffen und alles durchgesprochen. Katharina würde heimlich einen kleinen Koffer packen und mitnehmen. Pietro würde zusammen mit den Trauzeugen vor dem Standesamt auf sie warten.

Obwohl es die ganzen Tage davor bitterkalt gewesen war, war dieser Montag warm und sonnig. Pietro brauchte noch nicht einmal einen Mantel. Zu seinem neuen Anzug hatte er sich eine schöne dunkelblaue Krawatte gekauft. Die Verkäuferin, eine junge Frau, hatte ihm gezeigt, wie man sie band. Lange betrachtete er sich im Spiegel. Heute würde er heiraten! Es war der wichtigste Tag seines Lebens, und niemand von seiner Verwandtschaft würde da sein. Aber es war ja nur die standesamtliche Hochzeit. Alles würde nachgefeiert werden, und zwar richtig italienisch, mit gutem Essen und Wein und Tanz bis in die Nacht.

Kurz nachdem er mit dem Blumenstrauß vor dem Standesamt angekommen war, trafen die Trauzeugen ein. Sein Kollege Manolo trug ebenfalls einen Anzug und war sichtlich aufgeregt. Hilde, die Trauzeugin, war eine schüchterne junge Frau mit kurzem braunem Haar. Auch sie hatte sich hübsch gemacht. Pietro vergewisserte sich noch einmal, dass er die Ringe eingepackt hatte.

„Das ist ein wirklich schöner Blumenstrauß", bemerkte Hilde.

„Die habe ich selbst ausgesucht", erzählte Pietro. Es waren rosa Rosen, verziert mit etwas Efeu und rosa Schleifen.

In fünfzehn Minuten würde die Trauung beginnen. Außer ihnen stand niemand auf dem Vorplatz vor dem Rathaus. Endlich erblickte Pietro Katharina. Sie lief an der Heiliggeistkirche entlang und winkte ihm zu. Das Heidelberger Rathaus befand sich mitten in der Altstadt, romantisch gelegen am Marktplatz, gegenüber der imposanten Kirche. Im Hintergrund sah man das Schloss. All das verschwamm jedoch vor seinen Augen, als er sie sah. Sie trug die Haare zu seiner Überraschung kurz, so wie es gerade sehr modern war, wellig, bis über die Ohren. Es stand ihr gut, sie wirkte dadurch älter und reifer. Ein Haarreif, der mit weißen Stoffröschen geschmückt war, zierte ihren Kopf. Das eng anliegende Kleid reichte ihr bis knapp über die Knie, ein Jäckchen aus weißem Pelz schützte sie vor der Kälte. Sie sah aus wie eine Schauspielerin.

Pietro strahlte. Bald würden sie ein Ehepaar sein. Je näher sie kam, desto offensichtlicher wurde, dass sie nicht strahlte, so wie er es erwartet hatte. Sie sah eher ängstlich aus. Und dann erkannte er den Grund für ihre Zurückhaltung. Hinter ihr tauchte plötzlich ihr Bruder Hans auf. Er hielt einen Stock in der Hand. Neben ihm stand ein weiterer Kerl. Das war der, der ihn damals verprügelt hatte!

Plötzlich spürte er seine Beine nicht mehr. Entsetzliche Angst überkam ihn, Angst, dass sie ihn wieder so verprügeln würden, wie damals. Angst, dass sie ihn umbringen würden. Ihm wurde schwarz vor Augen.

Als er die Augen wieder öffnete, lag er auf einer Bahre neben einem Krankenwagen und ein Sanitäter gab ihm Ohrfeigen und rief seinen Namen. Seine Lider fühlten sich schwer an. Am liebsten hätte er weitergeschlafen. Doch die Stimme war penetrant.

„Pietro, Pietro, hören Sie mich?"

Es war alles zu grell, zu verschwommen. Erst nach einer Weile sah er, dass Katharina, sein Kollege Manolo und Hilde neben ihm standen. Alle sahen ihn besorgt an, ihre Gesichter wirkten aus seiner Perspektive verzerrt. Katharina sagte etwas, aber er verstand es kaum.

„Liebling, wie geht es dir?"

Langsam fiel ihm alles wieder ein. Er sollte heiraten, im Standesamt stehen und nicht hier auf einer Bahre vor dem Rathaus liegen.

„Was ist passiert?", fragte er.

„Du bist einfach umgefallen, als ob dich jemand erschossen hätte", erklärte Manolo.

Sie halfen ihm, sich aufzusetzen. Pietro sah sich um.

„Wo ist dein Bruder?", fragte er Katharina.

Sie fing an zu weinen und sagte: „Er ist weg. Er wird dich nie wieder belästigen."

Doch er glaubte ihr nicht. Wieder ergriff ihn die Angst, er begann zu zittern.

„Er wird mich niemals in Ruhe lassen!", rief er.

Das Gefühl, dass die Gefahr hinter jeder Ecke lauerte, war so stark, dass er aufsprang und einfach weglief. Er rannte und rannte, bis er an seiner Wohnung angekommen war. Dort packte er in Windeseile seine Sachen zusammen und lief zum Bahnhof. Der Zug nach Italien würde erst abends fahren und er würde zweimal umsteigen müssen, doch das war Pietro egal. Er wollte nur noch weg von hier, wollte niemals wieder diese Angst spüren.

Er dachte nicht mehr an Katharina oder die Hochzeit. Sie waren in diesem Moment unwichtig und blass. Die Angst und das Bedürfnis, der Gefahr zu entkommen, waren so groß, dass nichts anderes mehr eine Rolle spielte.

KAPITEL 24

Sizilien, Mai 2019

Nachdem Letizia Pietros Geschichte niederge-schrieben hatte, begann sie mit der Planung ihres Museums. Eine der ersten Personen, die sie darüber in Kenntnis gesetzt hatte, war Angelika Krauss, der sie eine Übersicht von Pietros Kunstwerken gesendet hatte. Angelika war von der Idee begeistert und hatte ihr sogar eine Fördersumme zur Museumseröffnung versprochen. Heute würde sie Letizia besuchen, um sich das Gelände vor Ort anzusehen. Das war viel mehr, als sich Letizia erhofft hatte. Sie freute sich riesig.

Jetzt saß sie an ihrem Laptop an einem kleinen Holztisch vor dem Haus und blickte über ihren Oran-genhain auf den Ätna. Dieser Ort war zu ihrem neuen Büro geworden. Sie öffnete ihren Mail-Browser und entdeckte eine Benachrichtigung. Sie hatte einen Google Alert für den Namen von Alexanders Firma eingerichtet, nun erhielt sie regelmäßig die neuesten Nachrichten dazu. Als sie vor ein paar Wochen in einem schwachen Moment seinen Namen gegoogelt hatte, hatte sie festgestellt, dass seine Firma tatsächlich das gemeinsame Projekt mit Milenas Start-up angegangen war. Aber mehr noch: Die neue Hard- und Software wurde auf einem Feld in Sizilien getestet. Ausgerechnet! *So kommt Milena doch noch zu ihrem kulinarischen Trip auf die Insel,* dachte sie.

Diesmal führte der Link zu einem Regionalblog aus der Gegend. Das fruchtbare Hügelgebiet rund um den Ätna schien sich für die Versuche ideal zu eignen. Letizia sprang sofort ein Foto ins Auge, das Milena und Alexander bei der Besichtigung des Testfeldes zeigte. Lächelnd standen sie nebeneinander, eine Hand hatte er auf ihre Schulter gelegt. In diesem Moment wurde ihr bewusst, warum es eine dumme Idee gewesen war, diese Alerts einzurichten. Sie musste jedoch zugeben, dass die beiden ein hübsches Paar abgaben. Vielleicht waren sie es ja bereits? Das würde seine Mutter ganz sicher freuen. Die Gedanken rasten durch ihren Kopf.

Warum habe ich nicht auf seine Nachrichten reagiert?, fragte sie sich.

Er hatte in der Tat versucht, ihr alles zu erklären, nachdem sie wütend aus seinem Büro gegangen war, doch ihr gekränkter Stolz, etwas sehr Bezeichnendes bei den Frauen ihrer Familie, ließ es nicht zu. Jetzt hatte er eine andere. Ihr war schwer ums Herz.

Letizia deaktivierte die E-Mail-Benachrichtigungen und klappte den Laptop zu. Da sie ein Auto den Feldweg herauffahren hörte, der zum Orangenhain führte, stand sie auf und lief den Hügel hinab, dem Auto entgegen. Das Taxi parkte und Angelika stieg aus. Doch sie war nicht alleine. Zu Letizias Verwunderung öffnete der Taxifahrer die hintere Tür und half einer alten Dame beim Aussteigen.

Die Seniorin lächelte und sah sich um. „Es sieht genauso aus wie damals", meinte sie auf Deutsch.

Letizia sah sie fragend an und sie stellte sich vor: „Ich bin Katharina."

Die junge Frau sah die Besucherin so überrascht und verdutzt an, dass diese lachen musste.

„Sie schauen mich an, als ob ich ein Gespenst wäre."

Letizia räusperte sich. „Entschuldigung. Herzlich willkommen."

„Sie sind also Pietros Nichte?", fragte Katharina.

„Großnichte", korrigierte Letizia.

Doch darauf ging Katharina nicht ein. Sie nahm sie in den Arm.

Angelika meinte mit einem schelmischen Grinsen: „Ich habe meiner Mutter die Fotos von Pietros Werken gezeigt. Sie wollte sie sich unbedingt persönlich ansehen. Ich hoffe, die Überraschung ist gelungen!"

„Allerdings!", erwiderte Letizia lächelnd.

„Diese Idee mit dem Museum ist großartig", rief Katharina und ging direkt auf den Orangenhain zu. Sie schien sich hier auszukennen.

Angelika wandte sich an Letizia: „Es ist, als hätten die Fotos von Pietros Kunstwerken neue Lebensgeister in ihr geweckt. So klar und fit war sie seit zwei Jahren nicht mehr."

„Das freut mich."

Die beiden Frauen folgten Katharina. Letizia zeigte den Besucherinnen alles und führte sie zu den einzelnen Kunstwerken.

„Ich glaube, das sind Sie!", sagte Letizia und zeigte auf die Skulptur zwischen den Rosensträuchern.

Katharina kamen die Tränen und sie seufzte. „Mittlerweile glaube ich, dass er hier wirklich glücklicher war als in Deutschland."

Letizia legte einen Arm um Katharinas Schultern. In Pietros Haus, das jetzt ihr Heim war, kochte sie Tee. Dazu reichte sie ein paar Biscotti von Nonna, die ihr Großonkel in einer alten Keksdose aufbewahrt hatte.

Nachdem sie einen Schluck Tee genommen hatte, erzählte die alte Dame noch einmal die ganze Liebesgeschichte und Letizia machte sich fleißig Notizen. Als sie den letzten Abschnitt der Geschichte erzählte, in dem Hans Pietro am Tag der geplanten Hochzeit gegenübergestanden hatte, hatte Letizia Tränen in den Augen.

„Er wollte Pietro Angst machen und das ist ihm gelungen", sagte Katharina nüchtern. „Er muss irgendwie von unseren Plänen erfahren haben, ich war nicht vorsichtig genug. Ich war am Boden zerstört, habe tagelang geweint und war auf alle wütend. Sogar auf Pietro. Sie haben mich damals in die Psychiatrie eingewiesen. Als es mir besser ging, verließ ich Heidelberg und suchte mir eine Arbeit in Hamburg. Erst Jahre später versöhnte ich mich mit meinen Eltern und meinem Bruder und zog wieder nach Heidelberg."

„Was haben Sie gemacht, als Pietro weggerannt ist?"

„Geweint und geweint. Ich wusste, dass es für Pietro zu viel war. Er war nicht nur in Ohnmacht gefallen, er hatte sich sogar vor lauter Angst eingenässt und es nicht einmal bemerkt. Mein Bruder war zu seinem Alptraum geworden und ich war ein Teil davon. Ich weiß nicht mehr, wie lange ich durch die Altstadt geirrt bin und dabei auch noch wegen meines Brautkleids von Fremden beglückwünscht worden bin. Meinen Koffer hatte ich in der Pension gelassen, wo wir unsere Hochzeitsnacht verbringen wollten. Da bin ich verheult hin, hab mich umgezogen, ausgecheckt und in ein anderes Hotel eingecheckt. Später bin ich an die Stelle gegangen, an der wir immer gepicknickt haben, und habe das Kleid verbrannt. Eine ganze Woche habe ich im Hotel gewohnt. Meine Eltern waren außer sich vor Sorge. Als sie herausgefunden haben, wo ich war, hat meine Mutter gebettelt, dass ich zurückkomme, vor allem wegen der anderen. Was würden die denn sagen?"

Letizia konnte Tränen in Katharinas Augen entdecken. Das alles nahm sie ganz offensichtlich immer noch mit, obwohl es so viele Jahrzehnte zurücklag.

„Doch irgendwie musste es weitergehen", fuhr Katharina fort. „Ich bin nach Hamburg gezogen. Die andere Umgebung und die neue Arbeit haben mir geholfen. Später habe ich Angelikas Vater kennengelernt. Es war anders als mit Pietro, er war ruhig und besonnen, typisch norddeutsch eben, aber ich habe ihn geliebt. Als wir zusammen meine Traumhochzeit vorbereiteten, musste ich jedoch Beruhigungsmittel nehmen vor lauter Angst, dass etwas passieren könnte."

„Wie war diese Hochzeit?", wollte Letizia wissen.

„So, wie ich es mir für Pietro und mich gewünscht hatte, romantisch und groß."

Eine Weile hing jeder seinen Gedanken nach. Dann fragte Letizia: „Wie konnten Sie Ihrem Bruder vergeben?"

„Er lag im Sterben, hatte Krebs im Endstadium. Da haben wir uns versöhnt. Mit meinem Vater und meiner Mutter habe ich viel früher Frieden geschlossen. Sie haben sehr gelitten, als ich im Krankenhaus war, und sich für mich entschieden, obwohl sie sich am Anfang einfach nur geschämt haben dafür. So ein Aufenthalt in einer Nervenanstalt war ein ziemlicher Makel, vor allem in der vornehmen Gesellschaft. Natürlich hat man versucht, das vor den Bekannten und Geschäftspartnern zu verheimlichen."

Nach einer Pause fuhr sie fort: „Mein Leben lang habe ich mich für Pietro verantwortlich gefühlt. Schließlich war es meine Familie, die ihn fast zerstört hat."

Letizia berührte ihre Hand. „Aber Pietro war hier glücklich, er hat seinen Frieden gefunden und dabei sind diese wunderbaren Kunstwerke entstanden."

„Ich weiß, ich habe ihn nach vielen Jahren hier besucht." Katharina sah ihre Tochter an. „Das habe ich noch nie jemandem erzählt. Ich war frisch geschieden, Ende fünfzig und dachte, dass wir es vielleicht noch einmal miteinander probieren sollten."

„Wirklich?", fragte Letizia.

Katharina nickte. „Wir haben versucht, Verlorenes wiederzufinden."

KAPITEL 25

Sizilien, 1996

Pietro war gerade dabei, die Ziegen zu melken, als ein Auto vorfuhr. Eine Frau Ende fünfzig mit kurzem blondem Haar stieg aus, die ihm sehr bekannt vorkam. Dennoch fragte er: „Wen suchen Sie?"

„Dich", antwortete die Frau auf Deutsch.

Erschrocken sah er sie an. Diese Stimme kannte er.

„Ich bin es, Katharina", flüsterte sie fast unhörbar.

Wie vom Blitz getroffen blieb er stehen.

„Ich bin hier, weil ich hoffe, dass wir beide Frieden mit der Vergangenheit schließen können."

Er starrte sie immer noch an, als ob er einen Geist gesehen hätte, unfähig, etwas zu sagen.

„Vielleicht möchtest du mich auf einen Espresso einladen?", schlug sie vor und lächelte.

Jetzt erst erwachte er aus seiner Starre, schüttelte sich kurz und sagte: „Natürlich, komm, komm rein."

Sie folgte ihm in das kleine Haus.

„Meine Schwester hat mir einen Mandelkuchen gebacken. Er schmeckt sehr lecker", erklärte er. Unsicher ging er an den Ofen und setzte die Kanne auf.

„Du siehst gut aus", sagte sie.

Pietro hatte sich nicht sehr verändert, er war etwas gealtert, natürlich, und hatte einige graue Haare. Er wirkte schüchtern, doch das war er schon immer gewesen. Ein etwas kauziger Künstlertyp. Gerade das hatte ihr immer an ihm gefallen. Er drehte sich zu ihr um: „Du siehst auch sehr schön aus."

Sie kicherte. „Na ja, ich bin alt geworden."

„Ich doch auch."

Damit war das Eis gebrochen.

„Lebst du alleine hier?", fragte sie.

„Die Tiere sind meine Familie", sagte er und sah sie schüchtern an.

Er traute sich kaum, ihr Fragen zu stellen, doch sie plauderte einfach drauflos: „Ich habe geheiratet, 1961 war das, und zwei Kinder bekommen. Und jetzt bin ich frisch geschieden."

Er hörte ihr aufmerksam zu. „Wie geht es dir damit?", wollte er wissen.

„Besser als zu der Zeit, als ich verheiratet war."

Sie lachte, während sie ihn dabei beobachtete, wie er nervös den Kuchen schnitt. Sie ging zu ihm und nahm ihm das Messer ab.

„Ich helfe dir."

Unsicher sah er sie an. Sie legte ihre Hand auf

seine und gemeinsam schnitten sie den weichen Kuchen, der wunderbar nach Marzipan roch. Katharina atmete Pietros Geruch ein und legte ihren Kopf auf seine Schulter. Seine Hände zitterten. Behutsam legte sie das Messer weg, nahm seine Hand und begann, ihn sanft zu küssen. Erst war er zurückhaltend und unsicher.

„Ich habe schon so lange nicht …“, setzte er an.

Doch sie ließ ihn nicht ausreden, sondern küsste ihn. Vorsichtig und sanft berührte sie seine von der Sonne gegerbte Haut. Ihre liebevollen und zarten Berührungen ließen ihn selbstbewusster werden und er spürte, wie die alte Leidenschaft sich langsam in ihm breitmachte. Er erwiderte ihre Küsse. Katharina schmeckte nach Minzbonbons und sie war genauso schön wie damals. Ihre Körperform war weicher geworden, ihr Bauch war nicht mehr ganz so flach, aber das gefiel ihm. Er spürte solch eine Kraft, dass er sie hochhob und ins Schlafzimmer trug. Dort legte er sie aufs Bett, riss sich das alte Hemd vom Körper und zerriss fast ihr Kleid vor Ungeduld.

Sie liebten sich den ganzen Nachmittag und Abend über immer wieder, bis sie erschöpft einschliefen. Pietro hörte weder das Blöken der Ziege, noch sah er nach den Hühnern. Seine Katze Chiara traute sich nicht ins Haus. Es gab nur noch ihn und Katharina. Es war, als versuchten sie, die ganzen verlorenen Jahre nachzuholen. Als sie weit nach Mitternacht aufwachten und Katharina ihm den Mandelkuchen und frisch gebrühten Kaffee ans Bett brachte, weinte er vor Glück.

„Danke", sagte Pietro.

Katharina lächelte. Sie sagten nichts, tranken den Kaffee und aßen den Kuchen und genossen einfach die Nähe des anderen. Dann erzählten sie sich, wie ihr Leben verlaufen war.

„Nach dir wollte ich lange keine Frau haben. Später, als ich wieder bereit gewesen wäre, waren die guten schon vergeben. Meine Schwester sagt immer, ich sei ein Eigenbrötler geworden."

Katharina lachte traurig. „Und das alles wegen meiner Familie."

Er strich ihr übers Gesicht. „Dein Bruder war vielleicht der Auslöser, aber ich war einfach zu verängstigt und zu schwach, um für dich zu kämpfen. Du hattest einen starken Mann verdient", sagte er und küsste sie erneut.

„Ich wollte aber immer nur dich. Einen starken Mann hatte ich und jetzt bin ich geschieden."

„Warum bist du gekommen, Katharina?", fragte Pietro und betrachtete sie aufmerksam.

„Was denkst du?", stellte sie die Gegenfrage. Er seufzte.

„Wir konnten damals nicht unsere Beziehung leben, jetzt haben wir eine zweite Chance. Wir sind erwachsen und reifer", erklärte sie.

Er lächelte. Doch sie merkte, dass ihn etwas beunruhigte. Sie erzählte ihm von ihrer Tochter und ihrem Sohn, davon, dass sie zusammen ein schönes Leben in Deutschland führen könnten.

„Du spürst doch auch, wie groß die Leidenschaft zwischen uns ist, sie hat die letzten Jahre überstanden.

Du könntest ein Leben mit mir leben statt mit deinen Tieren."

Sie küsste ihn.

„Du riechst jedenfalls besser", sagte er schmunzelnd.

Liebevoll gab sie ihm einen Hieb. Trotz des Kaffees schliefen sie wieder ein.

Als Katharina aufwachte, war Pietro nicht da. Sie stand auf und ging in die Küche. Auf dem Tisch standen frisches Brot, Käse, Wurst und Tomaten. Sie zog sich an und lief in den Garten. Es roch nach Gras, Grillen zirpten. Hinter dem Haus hörte sie Hühner gackern und lief dorthin. Pietro war gerade dabei, die Eier einzusammeln und redete liebevoll mit den Hühnern. Während sie ihn beobachtete, wurde ihr schlagartig klar, dass sie unmöglich von ihm verlangen konnte, dass er all das verließ, um mit ihr nach Deutschland zu gehen. Hier war es friedlich, entschleunigt. Es war Pietros Welt, wo er in Frieden leben konnte.

Er drehte sich um und als er sie entdeckte, zeigte er ihr voller Stolz den Korb mit Eiern.

„Ich mache uns gleich Rührei", sagte er.

Sie lächelte und fragte sich, ob sie sich vorstellen könnte, hier mit ihm zu leben.

„Was würden denn Frau Huhn und Frau Ziege sagen, wenn ich zu eurer Familie dazustoßen würde?"

Er lächelte und fragte die Hühner etwas auf Italienisch.

Anschließend verkündete er: „Sie sagen, es wäre ihnen eine Ehre."

Katharina küsste ihn und sie frühstückten ausgiebig die Leckereien aus seinem Garten. Das frische Gemüse schmeckte herrlich und der Ziegenkäse war vorzüglich. Nach dem Essen lasen sie Zeitung und machten gemeinsam einen Mittagsschlaf. Danach liebten sie sich erneut. Pietro hungerte nach ihrer Nähe.

Es war Hochsommer. Wie so häufig in dieser Jahreszeit hatte es seit Wochen keinen Regen gegeben. Die Temperaturen betrugen fast vierzig Grad. Katharina litt unter der trockenen Hitze. Den ganzen Tag verbrachte sie im Haus. Pietro störte das Wetter nicht. Er war es gewohnt. Mit der Zeit würde es sie auch nicht mehr stören, hoffte sie.

Als sie nachts aufwachte, war Pietro nicht da. Sie stand auf, um ihn zu suchen. Er stand in der Küche und sagte etwas. Sie dachte erst, er spräche mit ihr, doch dann sah sie die Katze. Er erzählte ihr etwas, streichelte sie liebevoll. Anschließend setzte er sich an den Tisch und begann zu zeichnen. Er bemerkte sie nicht.

Am nächsten Morgen wachte sie vor ihm auf. Sie wollte ihn mit einem leckeren Frühstück überraschen, stellte alles auf den Tisch, was sie fand, und weckte ihn mit einem Kuss. Anschließend ging sie ins Bad. Als sie später wieder in die Küche kam, war der Tisch neu gedeckt, die Teller waren anders angeordnet. Er hatte Kaffee gemacht und sie merkte, dass ihm seine tägliche Routine wichtig war. Während er die Tiere versorgte, lief sie durch den Hain, in dem die Orangenbäume voller Früchte hingen. Sie betrachtete die wunderschönen Skulpturen, die hier und dort standen. Könnte sie tatsächlich hier leben?

Eine Woche verging. Jeder Tag war gleich, derselbe Ablauf, dasselbe Essen. Katharina litt unter der Hitze, verbrachte die Tage drinnen und hatte häufig Kopfschmerzen. Doch die Nächte waren aufregend, denn die Leidenschaft zwischen ihnen war immer noch stark.

Am siebten Tag war die Hitze besonders schlimm gewesen und Katharina genoss die Kühle der Nacht. Pietro war an ihrer Schulter eingeschlafen und sie beobachtete ihn. Als sie das Ticket nach Sizilien gebucht hatte, hatte sie nicht gewusst, was sie erwartete. Jetzt war es Zeit, abzureisen. Doch ihre Gefühle sagten ihr, sie solle bleiben, einfach ihrem Herzen folgen, wie damals. Diesmal war alles anders, einfacher. Es war so schön mit Pietro und nichts stand ihrer Liebe mehr im Weg. Beide waren frei.

Pietro wurde wach und flüsterte. „Das sind unsere Flitterwochen."

Katharina lächelte. „Heißt das, du möchtest, dass ich hierbleibe?"

Er sah sie an und irgendetwas war anders. Etwas in seinem Gesicht hatte sich verändert.

„Wenn du das möchtest", sagte er leise.

„Ja, das möchte ich."

Die zweite Woche verging und die dritte und immer waren die Tage gleich. Sie blieb tagsüber im Haus, er fütterte die Tiere, sie kochten gemeinsam, aber Katharina beschlich eine Sehnsucht nach Großstadt, nach Arbeit. Obwohl die Leidenschaft zwischen ihnen immer noch stark war, war sie nicht mehr so glücklich wie in den ersten Tagen. Sie träumte von Regen und vom Stadtleben.

Eines Nachts wurde Pietro von Alpträumen gequält. Er versuchte, sich zu wehren und zu rufen, doch er schaffte es nicht. Als sie ihn aufweckte, wirkte er völlig verstört.

„Es war nur ein böser Traum, Pietro", versuchte sie, ihm gut zuzureden.

Doch er wehrte ihre Zärtlichkeiten ab. „Ich gehe raus und suche Chiara. Das hilft mir immer, wenn es mir nicht gut geht."

Katharina streichelte seine Stirn. „Jetzt bin ich hier um dich trösten, du musst nicht einer Katze hinterherrennen."

Sie lachte. Doch Pietro fand das nicht lustig. „Chiara ist nicht nur eine Katze, sie ist wie eine gute Freundin."

Er ging hinaus. Katharina lief ihm hinterher.

„Pietro, das habe ich nicht so gemeint. Ich wollte dir nicht zu nahe treten, aber ich möchte für dich da sein."

Er sah sie an. „Ich kann wegen dir nicht einfach alles aufgeben."

„Das musst du nicht, aber ich wäre gerne die erste Person, an die du dich wendest. Sonst macht das Ganze keinen Sinn."

„Vielleicht …", sagte er ganz leise.

„Vielleicht was?", wollte sie wissen.

Doch er wich ihr aus.

Sie lief in die Küche und dachte nach. Hatte sie

sich nur einem Traum aus ihrer Jugend hingegeben? Das Gefühl, welches sie in den letzten Tagen häufiger beschlichen hatte, wurde jetzt immer stärker. Sie konnte sich nicht vorstellen, hier zu leben, einsam in einem kleinen Häuschen mit ein paar Tieren. Sie liebte Pietro, aber das reichte nicht.

Als Pietro hereinkam, küsste er ihr Haar.

„Ich dachte, wir würden uns lieben", sagte sie. „Das, was wir die letzten Tage hatten, war so schön!"

„Das war nur eine Illusion", sagte er sanft. „Unsere Leben sind zu unterschiedlich."

Diesmal war sie nicht am Boden zerstört wie damals. Er hatte Recht. Sie nahm ihn an der Hand und sie legten sich ins Bett. Sie schmiegten sich aneinander und blieben so liegen, bis es hell wurde.

Besonnen und ruhig stand sie auf. Sie suchte ihre Sachen und packte sie sorgfältig zusammen. Es war kurz vor Sonnenaufgang und draußen war es still. Gleich würde der Hahn krähen. Diesmal fühlte sie nicht diesen unerträglichen Schmerz, nein, diesmal war es anders. Die Erkenntnis schmerzte, aber gleichzeitig spürte sie eine Art Erleichterung.

Als sie fertig war, setzte sie sich in die Küche, kochte sich einen Kaffee auf der kleinen Cafetera auf dem Herd und wartete den Morgen ab.

Mit dem ersten Hahnenschrei wurde Pietro wach. Er wusste, sie würde gehen, doch er hasste Abschiede. Deshalb wartete er, bis sie ins Bad ging, und schlich aus dem Haus zu seinen Tieren.

Als es Zeit war, zu gehen, nahm sie ihren kleinen Koffer und lief aus dem Haus. Einmal drehte sie sich noch um. Pietro stand vor der Scheune und sah ihr wortlos hinterher. Sie wusste, dass es auch für ihn schwer war und lächelte ihm zu, obwohl er das sicher nicht erkennen konnte.

Pietro schämte sich, dass er so feige war und sie wieder gehen ließ. Er verbrachte Zeit mit seinen Tieren und versuchte, nicht daran zu denken, dass er gerade die Liebe seines Lebens hatte gehen lassen.

Als sie abgereist war, ging er in seine Werkstatt und begann, eine neue Skulptur zu formen. Das Hämmern war selbst aus weiter Ferne zu hören, denn er ließ seine ganze Trauer an diesem Stein aus.

Einen gesamten Tag arbeitete er fast ohne Unterbrechung an diesem Werk. Dann waren seine Gefühle zur Ruhe gekommen.

KAPITEL 26

Gegenwart

„Erst war ich traurig und wütend auf uns beide. Erst später, als ich eine Therapie begann, wurde mir klar, dass es mutig von uns beiden gewesen war und wir richtig gehandelt hatten. Was uns blieb, waren diese paar Wochen der Leidenschaft. Sie gaben mir lange Zeit Kraft. Rückblickend kann ich sagen, dass ich niemals dort hätte leben können. Das einsame Leben auf einem Hügel war nicht meine Welt. Wahrscheinlich wäre ich irgendwann doch wieder nach Deutschland geflüchtet und hätte Pietro nur noch mehr verletzt."

„Sie sind ihm also nicht mehr böse?"

Katharina lächelte. „Nein. Die Wunde, die mein Bruder ihm zugefügt hat, ist nie ganz geheilt, er war ein hochsensibler Künstler. Das normale Leben war einfach nichts für ihn. Doch alleine durch das …", sie zeigte auf seine Kunstwerke, „… weiß ich, dass er mich geliebt hat." Letizia hörte ihr gebannt zu. „Bald darauf beschloss ich, ihn als Künstler zu fördern."

„Sie haben ihm also vergeben."

Katharina lachte. In ihrem faltigen Gesicht stand Zuneigung. „Wer konnte denn Pietro jemals böse sein? Ich verstehe jedenfalls, warum er Ihnen das alles geben wollte. Es ist in den besten Händen. Das mit dem Museum ist eine fabelhafte Idee."

Die wachen Augen in dem faltigen Gesicht sahen Letizia voller Zuneigung an. Diese Frau hatte Pietro mehr geliebt als irgendjemand sonst. Ihre Ermutigung tat Letizia deshalb besonders gut.

„Ich habe übrigens auch einige Werke von Pietro unter verschiedenen Künstlernamen in Umlauf bringen lassen", sagte Katharina. „Mir war klar, dass seine Kunst zu stark war, um sie nicht mit anderen Menschen zu teilen. Also haben wir mit der Stiftung einige seiner Kunstwerke angekauft. Das hat es für ihn auch leichter gemacht, die Zuwendungen anzunehmen. Eine seiner Skulpturen hat es sogar in eine große Wanderausstellung zur *Outsider Art* gebracht. Unter dem Namen Leonardo Esposito."

Letizia musste schmunzeln. Dann war die Skulptur mit den zwei Liebenden in dem Bildband, die sie so berührt hatte, also doch von ihrem Groß-onkel gewesen.

Nachdem sie sich verabschiedet hatten, sah Letizia ihnen noch lange nach. Erst der Kater, der um ihre Beine strich, riss sie aus ihren Gedanken. Mimi war ein Urenkel von Chiara, der Katze, die Katharina damals kennengelernt hatte.

Letizia beugte sich zu ihm und streichelte ihn. Dabei musste sie an Alexander denken. Obwohl sie versuchte, ihn aus ihren Gedanken zu verdrängen, gelang es ihr nur schlecht. Sie suchte sich eine Beschäftigung, aber nicht einmal die Arbeit konnte sie ablenken.

So ging es ihr immer häufiger. Ständig gab es einen Auslöser und sie sehnte sich nach ihm. Anfangs war sie nur wütend, doch mittlerweile fragte sie sich, ob sie nicht überreagiert hatte und eine Schwiegermutter, die sie ablehnte, vielleicht doch nicht so schlimm war. Was sollte sie tun? War es nicht eh zu spät?

Nonna wusste oft Antworten auf schwierige Lebensfragen, deshalb rief sie sie kurzerhand an.

„Ciao Nonna."

„Was ist, meine Süße?"

„Ach, wollte nur mal sehen, wie es dir geht", schwindelte Letizia.

„Mir geht es gut, wie geht es dir denn?"

Letizia antwortete nicht darauf, sondern fragte: „Hast du gerade Besuch, Nonna? Das ist so laut im Hintergrund."

„Äh, was, nein, nein, wir schauen nur gerade diese Show mit den besten Sängern."

„The Voice?"

„Genau."

„Soll ich später anrufen, Nonna?"

„Nein, nein, sprich mein Kind."

„Ich wollte nur hören, wie es dir geht."

„Gut, hab ich doch schon gesagt, bist du verliebt?"

„Ich? Quatsch!"

„Denkst du noch an Alexander?"

Letizia nickte stumm.

Als ob ihre Großmutter sie sehen könnte, antwortete sie: „Tja, mein Kind. Du musst wissen, ob du das aushältst mit den Sticheleien der Mutter. Das kann ganz schön anstrengend werden und die Beziehung leidet sehr darunter. Bei meiner Freundin Emilia hat es geklappt, aber meine Cousine Alina … Dein Mann muss hundert Prozent hinter dir stehen."

„Ich will ihn ja nicht gleich heiraten!"

„Wenn du meinst … Ach, jetzt hat dieser komische Clown gewonnen. Unglaublich."

Letizia seufzte.

„Nonna, ich leg auf, du hast ja keine Zeit."

„Nein, nein, für dich hab ich doch immer Zeit, bella. Wenn du ihn nicht heiraten möchtest und nur eine gute Zeit mit ihm haben willst, dann kann sie dir egal sein."

Letizia war einen Moment sprachlos. War das wirklich ihre Großmutter, die das sagte?

„Ist das ironisch gemeint?", fragte sie.

„Ach was, man sollte nicht so früh heiraten, ihr jungen Leute habt recht, genießt das Leben. Oh, jetzt singt er noch einmal. No, no, no!"

Früher hatte ihre Nonna das Fernsehen nicht gemocht, aber mittlerweile sah sie außerhalb der Orangensaison fast jede Talentshow. Letizia verabschiedete sich. Sie war nicht klüger geworden und hatte das Gefühl, dass Nonna sie hatte abwimmeln wollen.

In den nächsten Tagen fuhr die junge Frau mehrmals zu dem Feld, wo die Tests durchgeführt wurden und sogar ein Werbefilm für die neuen Produkte gedreht wurde. Sie hoffte, ihn zu sehen, doch er war nicht da.

Dann soll es wohl so sein, dachte sie. Sie hätte sowieso nicht gewusst, was sie hätte tun sollen, wenn sie ihm über den Weg gelaufen wäre. Wie hätte sie erklären sollen, was sie hier machte?

Bei ihrem dritten Besuch auf dem Feld, als sie gerade wieder in ihr Auto gestiegen war, fuhr ein Wagen an ihr vorbei. Gebannt sah Letizia ihm nach. Er hielt etwas weiter vorne an und ein Mann stieg aus. Alexander! Ihr Herz machte einen Satz. Doch in diesem Moment stieg auf der anderen Seite Milena aus und als sie zum Feld gingen, legte er seinen Arm auf ihre Schulter.

Hastig ließ Letizia den Wagen an und fuhr los. Es war dumm gewesen, herzukommen. Er hatte sich längst mit einer anderen getröstet. Ihr wurde schwer ums Herz.

Zu Hause angekommen, machte Letizia sich einen Tee. Vielleicht war es besser so. Milena war nett und Alexanders Mutter würde sie mögen. Und sie? Sie würde eine erfolgreiche Museumsbesitzerin sein.

„Schließlich habe ich noch dich", sagte sie zu dem Kater Mimi, der in diesem Moment auf ihren Schoss sprang.

Eine Woche später setzte sich Letizia in ihren Fiat Cinquecento und fuhr zu dem Tante-Emma-Laden, der von einer entfernten Cousine betrieben wurde. Er war gerade mal zwanzig Quadratmeter groß, aber dort gab es alle Artikel, die für das tägliche Leben nötig waren. Gemüse, Hygiene-Artikel, Pasta, Schokolade, einfach alles. Draußen standen sogar Kinderfahrräder und Spielsachen. Die Regale waren so vollgestopft, dass es ohne die Hilfe der Besitzerin unmöglich war, alles alleine zu finden, wenn man nicht schon sehr lange hier lebte.

In Bezug auf die Auswahl konnte der Laden sogar mit den Supermärkten in der nächsten Stadt mithalten. Außerdem wurde man beim Einkauf gleichzeitig von der Besitzerin Giuseppina über die Neuigkeiten im Dorf und in der Umgebung informiert. Die junge Frau, die geschminkt und gekleidet war, als würde sie bei Versace oder Gucci arbeiten und nicht im Tante-Emma-Laden, wusste auch, welches Gemüse besonders gut zu welchem Gericht passte.

Letizia war gerade dabei, Küchenrollen aus dem Regal zu angeln, als sie eine vertraute Stimme hörte. Sie blickte hoch und sah Alexander und Milena am anderen Ende des Ganges, wo das Gemüse war. Schnell bog Letizia um die nächste Ecke und versteckte sich hinter einem Regal. Sie musste sofort raus hier. Ein Zusammentreffen mit den beiden wäre ihr unglaublich unangenehm gewesen. Also duckte sie sich und schlich auf Zehenspitzen durch den Laden und durch die Tür auf die Straße.

Die junge Inhaberin rief ihr hinterher: „Hey Tizia,

geht es dir so schlecht, dass du sogar die Küchenrollen klauen musst?"

Letizia sah erschrocken auf die Packung, die sie ganz vergessen hatte. Ertappt und mit rotem Kopf lief sie zurück in den Laden. Dabei wünschte sie sich, der Erdboden würde aufgehen und sie verschlucken. Stattdessen gafften sie alle an.

„Entschuldige bitte, das war keine Absicht. Mir ist eingefallen, dass ich zu Hause nicht abgeschlossen habe, und da habe ich vergessen, dass ich die Rollen in der Hand habe", erklärte sie der Ladeninhaberin.

Giuseppina schien ihr nicht so recht glauben zu wollen.

„Also ich kenne diese Frau, ich bezahle das für sie", ertönte neben ihr Alexanders tiefe, warme Stimme auf Englisch.

Er zog seinen Geldbeutel aus der Tasche und gab Giuseppina einen Zehneuroschein. Letizias Gesichtsfarbe war nun nicht mehr rot, sondern dunkelrot.

Das wird ja immer peinlicher, dachte sie und betete: *Erdboden, bitte, bitte tue dich auf.* Doch nichts dergleichen passierte.

Giuseppina sagte nur perplex: „Okay."

Letizia legte die Rollen auf den Tresen, entriss ihrer Cousine den Geldschein und gab ihn Alexander zurück. Auf Italienisch bat sie Giuseppina, sie allein zu lassen und die junge Frau ging in einen der Gänge, um anderen Kunden zu helfen.

„Wo ist Milena?", fragte Letizia Alexander.

Er lachte. „Sie kauft noch weiter ein. Sag mal, du

hast uns doch gesehen und wolltest verschwinden, oder?"

Sie zuckte mit den Schultern. „Bin eben eine schlechte Diebin."

„Wie geht es dir?", fragte er.

Sie versuchte ein Lächeln. „Gut", sagte sie und nickte mehrmals. „Sehr gut sogar."

„Das freut mich", antwortete er.

Er sah ihr direkt in die Augen. Das verunsicherte sie irgendwie, sodass sie weiterredete: „Ich eröffne ein Museum."

„Das ist klasse. Ich habe darüber gelesen."

Hatte er das wirklich? Ihr Herz machte einen kleinen Satz.

„Und was machst du hier so?", fragte sie so uninteressiert wie möglich.

„Ich arbeite hier mit Milena. Wir machen ein paar Tests."

„Schön, dass die Zusammenarbeit klappt. Das war ja das große Ziel deiner Eltern."

„Ja, sie sind wirklich froh darüber."

„Hm", machte sie. Sie fragte sich, ob er ihr jetzt endlich erzählen würde, dass er und Milena ein Paar waren. Erinnerungen an die Begegnung mit Matteo und Aurelia stiegen in ihr auf.

Doch er sagte nichts, stattdessen meinte er: „Ich würde gerne dein Museum besichtigen."

„Klar."

Schweigend standen sie da, keiner wusste, was er sagen sollte. Alexanders Haut war leicht gebräunt, seine Haare etwas länger. Er wirkte entspannter. In diesem Moment kam Milena dazu. Erstaunt sah sie Letizia an.

„Das ist doch eine Überraschung. Letizia!"

Letizia antwortete betont fröhlich: „Ja, Sizilien ist ein Dorf. Überall trifft man sich."

„Was machst du hier?", fragte Milena.

„Ich lebe in der Nähe."

Milena nickte und meinte mit einem Blick auf Alexander: „Ah so. Verstehe."

Letizia wusste nicht, was sie damit sagen wollte, und sah Alexander und Milena fragend an.

Milena lächelte, als ob sie ein Rätsel gelöst hätte, und wiederholte nur: „Sizilien ist einfach ein Dorf."

„Wie geht es dir denn?", fragte Letizia.

„Gut", antwortete Milena. „Es gefällt mir hier, hat Alcxander gut ausgesucht, wirklich gut ausgesucht."

Alexander räusperte sich. „Hat mir ein Berater empfohlen."

Sie sprachen kurz über ihre Projekte.

„Vielleicht können wir uns noch mal treffen und etwas essen", meinte Letizia.

„Klar", stimmte Milena zu. „Das machen wir. Alex, wir müssen jetzt los."

Er zuckte kurz zusammen, nickte stumm und sie verabschiedeten sich. Es war eine unangenehme Situation gewesen und trotzdem war es irgendwie schön gewesen, ihn zu sehen.

Auf dem Rückweg fiel es ihr schwer, sich auf die Straße zu konzentrieren. Das Treffen mit Alexander hatte sie völlig durcheinandergebracht, wie damals die letzte Prüfung vor ihrem Abschluss. Die Freude, ihn gesehen zu haben, eine Art Fieber und Aufregung wechselten sich ab.

Irgendwie schaffte sie es nach Hause. Drinnen musste sie erst mal tief Luft holen. Er ging ihr nicht mehr aus dem Kopf. Jede Sekunde musste sie an ihn denken und ihr war klar, dass sie immer noch verliebt war.

Plötzlich klopfte es an der Tür. Ihr Herz klopfte laut, als sie ihn vor sich stehen sah.

„Darf ich reinkommen?"

Sie nickte. Seine Augen leuchteten in dem sonnengebräunten Gesicht noch grüner als sonst. Sie hatte völlig vergessen, wie gut er aussah.

„Es ist sehr schön hier", sagte er.

Sie nickte.

„Hier könnte ich auch leben", meinte er und sah sie an.

Erwartete er eine Antwort? „Und was würde deine Mutter dazu sagen?"

„Das ist eine gute Frage. Ich habe mit meiner Mutter seit längerem keinen Kontakt und sie bestimmt nicht mehr mein Leben. Außerdem werde ich in Zukunft nicht mehr für meine Eltern arbeiten, das ist sozusagen mein Abschlussprojekt."

Sie sah ihn ungläubig an.

„Vielleicht brauchst du ja einen Assistenten oder so? Ich kann übrigens auch gut kochen."

Sie musste lachen. „Heißt das, du möchtest eine Anstellung bei mir?"

„Das wäre nicht schlecht. Ein ganzes Museum

kannst du doch kaum alleine betreiben. Irgendjemand muss ja die Tickets verkaufen."

„Ich könnte tatsächlich einen Assistenten gebrauchen. Jemanden, der mir hilft, das ganze Marketing abzuwickeln."

„Ich bin dein Mann", sagte er ernst.

„Ich kann dich nicht bezahlen."

„Wir werden einen Weg finden. Ich habe ein kleines finanzielles Polster. Vielleicht kannst du mir helfen, eine Wohnung im Dorf zu finden? Das Klima hier bekommt mir nämlich sehr gut", sagte er und lächelte.

„Das mache ich gern. Freistehende Häuschen gibt es hier genug."

Letizia wusste, dass dies ihre zweite Chance war, und die würde sie nicht loslassen.

KAPITEL 27

Sizilien, Dezember 2019

Der Orangenhain war voll behangen mit reifen Orangen. Im Hintergrund war der Ätna zu sehen, er war mit einer dicken Schneeschicht bedeckt. Zwischen den Bäumen wuselte Letizias Familie umher, auch einige Cousinen und Cousins und Tanten und Onkel waren gekommen, um zu helfen. Es war Erntezeit. Überall standen Kisten, die gefüllt werden mussten.

Letizia liebte diese Jahreszeit. Sie hatte ihre Orangen-Clipper-Schere in der Hand, schnitt eine Frucht vom Ast ab und legte sie vorsichtig in die Kiste, die nun komplett gefüllt war. Ihr Cousin Kevin stellte ihr eine leere Kiste hin und brachte die volle Kiste zur Scheune, wo seine Schwester Cinzia bereits dabei war, die Blätter und Zweigreste von den Orangen zu entfernen.

Die Arbeit gefiel Letizia. Alles war bestens organisiert. Immer wieder verlockte der Duft sie dazu, an den saftigen Orangen zu riechen. Im Laufe der Zeit war sie zu einer professionellen Pflückerin geworden. Und heute, beim Abernten ihres eigenen Hains, machte es ihr noch mehr Spaß. Sie hatten sich dazu entschieden, den Moro-Orangen von Zio Pietro eine Chance zu geben und sie den Kunden in Deutschland mit einer Sonderlieferung schmackhaft zu machen.

„Was für eine gute Ernte", sagte sie.

Als sie auf die leere Kiste neben sich blickte, entschied sie sich, eine kurze Pause einzulegen. Sie ging an ihrer Mutter vorbei zu einem jungen Mann, der die Früchte sehr vorsichtig und konzentriert abschnitt. Letizia legte sanft ihre Arme um ihn, um ihn nicht zu erschrecken. Er drehte sich um.

„Ich bin schon fertig mit meiner Arbeit!", sagte sie.

„Du Sklaventreiberin, ich bin noch ein Azubi", antwortete Alexander. „Und jetzt versuchst du auch noch, mich abzulenken!"

Sie musste lachen. Er mochte noch unerfahren sein in der Feldarbeit, aber in den letzten Wochen und Monaten hatte er bewiesen, dass er längst kein Azubi mehr war. Er hatte ihr geholfen, die Ernteabläufe zu optimieren, auch auf den anderen Feldern der Familie. Außerdem war es seine Idee gewesen, eine Marketingkampagne für die Orangen zu starten, die sie unter dem Label *Zio Pietro* vertrieben. Er hatte sogar ein kleines Rezeptbuch für Moro-Orangen zusammengestellt. Die Ideen dafür hatte er sich bei den Dorfbewohnern geholt, die sich freuten, ihre alten Familienrezepte weitergeben zu dürfen. Schließlich war jeder der Meinung, dass sein Moro-Salat der beste der Welt sei. Das Rezeptbuch hatten sie ihren Kunden in Deutschland geschenkt, die die erste Lieferung nun gar nicht mehr erwarten konnten. Neben den Orangen konnten sie noch andere Zutaten für die Rezepte erwerben, die Letizia und Alexander von Familienbetrieben in der Umgebung einkauften.

Nebenbei hatte Alexander angefangen, zwei Zimmer in dem Häuschen, das er gemietet hatte, an Gäste zu vermieten. Das war so gut angelaufen, dass er mittlerweile mit einigen Dorfbewohnern im Gespräch war, um auch deren leerstehende Häuser an Feriengäste zu vermarkten. Für die Tour „Ätnawanderung – Orangenplantagenbesuch – Kunstführung durch den verwunschenen Orangenhain", hatte er einen Cousin von Letizia als Fremdenführer angeworben.

Alexanders Italienisch wurde immer besser. Dass er in der Schule Latein gelernt hatte, half ihm sehr. Er hatte sich so gut in seinem neuen Leben in Sizilien eingerichtet, als hätte er nie in der Großstadt gewohnt.

Letizia zog ihn weg vom Baum, zu sich und flüsterte: „Du musst eine Pause einlegen." Sie umarmte ihn fest und scherzte: „Es gibt kein Entrinnen vor mir."

Er sah sie an und sie küsste ihn.

„Du bist wirklich hier in Sizilien mit mir", flüsterte sie ihm ins Ohr, als sich ihre Lippen das erste Mal trennten. Sie konnte es immer noch nicht recht glauben. Doch sie spürte ihn in ihren Armen, also war es echt. Und es fühlte sich gut an.

Er küsste ihren Hals. „Schon seit ein paar Monaten", erwiderte er.

„Wirklich?", fragte sie und er musste lachen. Dann streichelte er ihr Haar.

„Es sind genau genommen vier Monate und drei Tage", antwortete er.

Letizia sah sich um. Der Moment war immer noch unwirklich für sie, deshalb wollte sie so viele Details wie möglich in sich aufsaugen. Über ihnen glänzten die Orangen in der tiefstehenden Wintersonne. Hinter ihnen schlummerte der Ätna, die Spitze in Nebel getaucht. Wer konnte schon sagen, wann der Berg wieder zum Leben erwachen würde? Der Vulkan und diese Region waren so geheimnisvoll wie das Leben, das sie immer wieder aufs Neue überraschte.

Sie blickte zu Alexander und lächelte. Er drückte sie sanft an sich und sie hielt ihn fest, wollte ihn nicht mehr gehen lassen. Wieder küsste Letizia ihn, während das zarte Aroma der Moro-Orangen ihre Nase umschmeichelte.

DANKSAGUNG

Mein Dank gilt meinen großartigen Testleserinnen und -lesern – Sandra, Simona, Kati, Katharina, Susanne, den Bloggerinnen Kitty vom *kitty411buecherblog* und Franziska von *Buechertatzen* – sowie meinen Lektorinnen Christiane und Sandra.

Besonders danken möchte ich auch euch – den Leserinnen und Lesern. Für euch ist dieser Roman entstanden. Wenn er euch gefallen hat, freue ich mich, wenn ihr meinen E-Mail-Newsletter abonniert. Hier werdet ihr immer als Erste über neue Romane informiert – wie den nächsten Band der Café Sehnsucht-Reihe: http://eepurl.com/WGE2f

Und natürlich freue ich mich auch, eure Meinung zu erfahren, zum Beispiel durch eine Rezension im Internet.

Eure Ella
autorin@ella-wuensche.de

ÜBER DIE AUTORIN

Ella Wünsche liebt Geschichten. In der Schule schrieb sie die ersten Kurzgeschichten, später folgten Drehbücher für Filme und eine Kinderserie. Ihr erster Roman *Das Leben ist (k)ein Brautstrauß*« war ein Überraschungserfolg im eBook-Weihnachtsgeschäft 2013. Mit »*Das Geheimnis der Zitronen*« und »*Der Geschmack von Mandeleis*« erreichte sie Platz 1 der kindle-Bestsellerliste.

www.ella-wuensche.de

LENIS GEHEIMNIS (CAFÉ SEHNSUCHT-REIHE)

Kaffeeduft und romantische Geheimnisse – im Café Sehnsucht.

Das Café Sehnsucht lockt seine Gäste nicht nur mit dem weltbesten Cappuccino, sondern auch mit dem Duft der Vergangenheit: In der Second-Hand-Ecke findet Hannah eine alte Nähmaschine, die sie auf eine Reise in die 30er-Jahre lockt. Bald verliert sich Hannah mehr und mehr in der dramatischen Liebesgeschichte der ursprünglichen Besitzerin Leni. In ihrem eigenen Leben gibt es hingegen viel zu wenig Romantik.

Bis sie Paul begegnet, der die Maschine zum Verkauf angeboten hat, und der bald ebenfalls das Geheimnis der mysteriösen Leni lüften will – und deshalb immer mehr Zeit mit Hannah verbringt ...

DAS GEHEIMNIS DER ZITRONEN

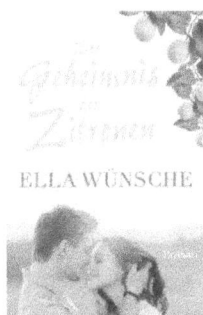

ELLA WÜNSCHE

Julie fällt aus allen Wolken; die Kellnerin erbt eine Villa von ihrer Großmutter, die sie nie kennengelernt hat. In dem geheimnisumwobenen Heidelberger Anwesen hofft Julie, mehr über ihre eigene Herkunft zu erfahren und endlich mit ihrer chaotischen Familiengeschichte abschließen zu können. Durch Zufall gerät sie auf die Spur einer großen Liebesgeschichte, die Jahrzehnte überdauerte und bis heute nachwirkt.

Mit dem alten Haus erbt Julie auch einen unliebsamen Mitbewohner: Marc hat bei einem Unfall ein Bein verloren und ist verbittert. Trotzdem übt er eine sonderbare Anziehungskraft auf Julie aus.

Lightning Source UK Ltd.
Milton Keynes UK
UKHW010645140521
383717UK00001B/113

9 783752 687101